Web Mortem

Christine Adamo

Web Mortem

ROMAN

Albin Michel

NOTE DE L'AUTEUR

Comme de bien entendu, tous les personnages de ce roman sont purement imaginaires. En aucune façon ils ne s'inspirent de personnes existant ou ayant existé. Et si bon nombre de références scientifiques, historiques, culturelles ainsi que de noms de lieux, d'institutions, etc. sont exacts, ce n'est qu'une façon de teinter de véracité une histoire qui, elle, n'existe que sur le papier.

Prologue

Semaine 5. This is the end[1]

Mercredi, 14:46 (UTC–5[2])

IL ÉTAIT AGITÉ par un sombre cauchemar dans lequel il lui semblait s'entendre crier, comme en écho au fond d'un gouffre. Crier. Puis hurler. Mais personne ne l'entendait. Personne ne l'entendrait plus jamais. Ses seuls compagnons étaient désormais ces vers répugnants qui se tortillaient à côté de lui.

Son corps s'éveilla. Il grelottait.

Son esprit sortit des ténèbres. Il vacillait.

Hammond regarda autour de lui. Peut-être aurait-il mieux fait de rester plongé dans son rêve. Loin de ce trou infâme.

Il se souleva à moitié. Mais ses bras furent tirés en arrière par les menottes qui soudaient ses poignets au vieux radiateur. Irradiant immédiatement une violente douleur dans sa nuque déjà raide et endolorie.

Il ferma les yeux, les rouvrit aussitôt. Leva la tête.

---

1. *C'est la fin,* The Doors.

2. Universal Coordinated Time : Temps universel coordonné qui, à partir du Méridien terrestre origine (autrefois dénommé méridien de Greenwich), définit les fuseaux horaires et donc les zones de décalage horaire dans le monde.

Une minuscule fenêtre. Une lumière rougeoyante qui tombait de l'ampoule vissée au-dessus de sa tête, sur le plafond carrelé, le noyant dans un halo pourpre et noir. Pourtant, cette lueur mettait du relief sur tout ce qui se trouvait autour de lui. Ce qui équivalait à pas grand-chose. Le vieux seau placé contre le mur et qui exhalait une faible odeur âcre. Une étagère métallique au sommet de laquelle étaient empilés des bocaux poussiéreux. Le vieux radiateur auquel il était attaché. Les restes d'un lavabo, abandonnés à même le sol, à côté d'une porte métallique fermée. Et pas un bruit, si ce n'était celui du liquide qui, filtrant de l'un des bocaux, tombait goutte à goutte dans le seau.

Hammond sentit sa gorge se serrer d'un coup. Il allait crever. Et il croyait savoir comment. La panique le submergea.

Il se redressa, se propulsa vers l'avant.

Putain de tuyau.

Il allait lâcher, c'était sûr. Mais les menottes raclèrent le métal, ramenant brutalement le prisonnier vers le conduit, avec pour seule conséquence de lui déchirer les muscles des épaules et des bras, la peau des poignets.

Hammond se laissa retomber contre le mur, tenta de maîtriser son envie de hurler.

Compter.

Il fallait continuer de compter.

Les pattes des bestioles. Ou autre chose.

Il prit une longue inspiration, baissa les yeux en direction des vers qui grouillaient. Se rapprochaient du récipient métallique. Hammond ne pouvait voir ce qui se trouvait à l'intérieur. Et qui les attirait.

Il plissa les yeux. Il n'avait jamais observé des vers de cette sorte. L'arrière de leur corps portait une queue minuscule, qui s'étirait et se rétractait à volonté selon la position de l'animal, comme si ce dernier avait été télescopique. Et cela contribuait de manière évidente à la propulsion de l'ensemble.

Une première bestiole arriva au niveau du seau, passa sans difficulté le barrage du rebord. Se laissa tomber à l'intérieur.

Un à un, ses congénères la suivirent. Mais la curiosité scientifique de Hammond n'était plus assez présente pour qu'il eût envie de les observer dans le liquide. De toute façon, de l'endroit où il était, il ne pouvait le faire. Alors, mentalement, il se mit à passer en revue la liste des profs du département de zoologie. Lequel serait susceptible de lui faire le discours le plus long sur cette larve immonde ?

Petit bidule mou et rampant, de forme cylindrique et allongée, harmonieusement pourvu d'un corps sans membres et sans vertèbres...

À ce moment, à travers le voile de lumière pourpre, il le vit. Sursauta. Si fort que les menottes s'enfoncèrent encore davantage dans ses poignets meurtris.

L'ombre noire. Deux yeux bleus. Très pâles dans le masque de charbon de la cagoule.

Le meneur de jeu.

14:59

Voilà.

Le dernier joueur était là.

Numéro Huit, alias Numéro Sept, alias...

À sa merci.

Pourtant, Il n'avait pas l'impression d'en tirer le moindre plaisir. De toute manière, quand avait-Il réellement pris son pied dans cette histoire ? Cela n'avait jamais été son objectif. Même incidemment.

D'un geste machinal, Il rajusta la cagoule sur le haut de son crâne, se pencha sur l'homme assis, lui attrapa les cheveux. Tira sa tête en arrière.

Il le vit déglutir et, sans faillir, soutenir son regard. Le connard savait. Et s'il avait peur, il le cachait bien. Était-ce à cause de la fille ? Comment pouvait-on être autant attaché à une stupide petite pétasse ?

L'espace d'un instant, Il l'envia presque. Affronter aussi calmement ce qui s'annonçait, comme s'il n'avait plus rien à perdre. Puis Il sentit l'humidité poisseuse sous ses doigts, dans les cheveux du prisonnier.

Il ne put s'empêcher de sourire. En dépit du froid qui régnait ici, le connard transpirait.

Sans le lâcher, Il s'approcha au plus près de son oreille, chuchota, d'un ton presque triomphant :

– T'as la trouille, Numéro Huit ?

Et Il se sentit soudain envahi par une sérénité qu'Il n'avait encore jamais ressentie.

PARTIE 1

Mardi. In real life[1] *(Warp zone*[2]*)*

JUSTE AU MOMENT où le soleil émergeait enfin d'entre les nuages, le vieillard sortit du taudis qui lui servait de piaule. Le troisième étage d'un hôtel infâme, planqué au fond d'une cour du Dundee historique.

De derrière les poubelles, Il l'observait quand soudain, Il sentit son estomac se tordre. Se redressa, attendit que la nausée s'estompât, serra les dents. Il était parfois terrorisé par ce qu'Il envisageait de faire. Pourtant, Il pouvait encore se contenter de rentrer chez Lui, de reprendre la vie d'avant.

La vie d'avant.

Il ferma les yeux.

Quelle vie ?

Son seul refuge, désormais, était ce projet fou qui Le reliait à jamais à Lily.

Il se força à se redresser contre le mur. Ce n'était pas le moment de se planter.

---

1. « Dans la vie réelle », expression couramment utilisée dans certains jeux vidéo.

2. « Zone de distorsion », expression couramment utilisée dans certains jeux vidéo.

Ce serait le dernier spécimen.

Et le premier.

Il sortit l'appareil de sa housse. Un bijou de bridge numérique, performant et peu encombrant, ce qui, pour ce qu'Il s'apprêtait à faire, était indispensable. En dépit des mœurs de cette époque dingue, où tout le monde pouvait photographier tout le monde avec un téléphone à peine plus grand qu'un morceau de sucre, il existait encore des gens rétifs à l'idée d'être immortalisés par un inconnu.

Immortalisé.

Il esquissa un sourire. Le mot était juste. Il se sentait tout à coup en forme.

Lentement, Il leva l'appareil, effleura la touche pour démarrer le zoom, appuya. Un crépitement à peine audible Le fit grimacer.

Il s'arrêta un instant. La cible ne se retournait pas. Sous son épaisse chapka, incongrue en ce début d'été, le vieux était absorbé, en pleine conversation avec la femme en survêtement qui marchait à ses côtés.

Il traversa la rue : Il voulait le profil. Le nez mince et busqué, la longue moustache blanche et soignée, les tresses qui s'échappaient par l'arrière de la coiffure, les yeux sombres noyés dans le gouffre d'orbites creusées par l'âge et les privations, le menton dominateur. Et quelle démarche. Le pas ferme et nerveux contrastait avec celui, traînant, de sa compagne. Sa fille, semblait-il, une grande bringue massive aux cheveux ras, à la figure jaunâtre, à la mine patibulaire prématurément vieillie.

Il était si occupé à la détailler dans le viseur qu'Il ne se rendit pas compte qu'Il avait franchi ce qu'Il appelait la « zone de sécurité des dix mètres », celle de l'apprenti paparazzi qui souhaite demeurer incognito.

À ce moment, la pluie se mit à tomber de nouveau, de plus en plus drue. Jusqu'au déluge.

Le déluge.

L'équivalent Lui vint aussitôt en tête :

Amaru.

Il fronça les sourcils. Cette langue étrange, à nulle autre pareille. En tout cas, c'était bien le terme, Il en était certain.

Amaru.

Le déluge.

Et un vrai.

Il jura entre ses dents, recula sur le trottoir défoncé, farfouilla dans la poche de son blouson pour récupérer le cache de l'appareil. Et ne vit pas qu'elle lui fonçait dessus.

– Pourquoi vous photographiez mon père, vous ? Pourquoi ? Eh toi, j'te parle. Eh, p'tit con !

Sans Lui laisser la moindre chance d'esquiver, elle L'avait coincé contre le mur et ponctuait chaque phrase d'un coup du plat de la main contre sa poitrine.

Qu'elle était moche. En plus, elle empestait la bière.

D'une main, Il protégea l'appareil, de l'autre, tenta de la maintenir à distance. Mais Il ne put s'empêcher de grimacer en voyant la bouche aux dents gâtées.

Cela sembla décupler la fureur de la femme.

– Réponds-moi, enculé ! Qu'est-ce' tu veux ? T'es journaliste ? Ou juste voyeur ?

Bon sang.

Cette pétasse était au moins aussi grande que Lui. Si elle Lui prenait l'appareil... Sans réfléchir davantage, Il lui donna un coup de tête dans le nez.

La femme vacilla, mais ne recula pas. Il n'y avait pas été suffisamment fort : elle ne saignait même pas, se contentait de Le regarder d'un air surpris, une main sur le visage.

Alors, Il la frappa de toutes ses forces au sein gauche, sentit son poing s'enfoncer dans la chair molle. Et elle fit deux pas en arrière.

Sans demander son reste, Il prit ses jambes à son cou, dévala la ruelle en pente. Cette walkyrie n'avait sans doute aucun talent de coureur. Mais il valait mieux mettre le plus de distance possible entre elle et Lui.

Dix minutes plus tard, Il sautait dans le bus. En fin d'après-midi, soulagé, Il poussait la porte de son immeuble. Bâtiment étroit au bout d'une rue silencieuse. Volets de plastique abaissés, comme d'habitude. Il ne les avait pas ouverts depuis son retour en Écosse.

Sans le voir, Il longea le couloir à la peinture écaillée, ouvrit l'un après l'autre les trois verrous, lança son blouson sur la table où traînaient encore les reliefs du petit déjeuner, ainsi que le papier d'aluminium noirci. Contourna la télévision débranchée. Il ne l'allumait plus. Elle Lui rappelait trop Lily. Les longues heures que la frêle jeune femme passait devant. Après avoir coupé le son.

Il donna un coup de pied rageur dans le vantail qui ouvrait l'accès à la cave. Il allait se débarrasser de ce foutu engin. C'était un écran de trop dans cet endroit.

Il dégringola les marches, fit jouer l'interrupteur.

La lumière d'une ampoule neurasthénique inonda le sous-sol. Tableau de liège suspendu aux pierres brutes, table supportant deux ordinateurs, imprimante laser, scanner, amoncellement de fils et de branchements électriques, photos empilées, feuilles recouvertes de notes.

Mensurations, détails de vie, horaires.

Toutes ces notes qui, assimilées par la technologie, allaient perdre de leur humanité, deviendraient une matière atone, pour la création des sujets. De ses sujets.

Dociles. Bouffons dans le scénario qu'il leur avait écrit.

Ce rôle odieux de passivité et de crédulité, Lily l'avait tenu, Lui-même l'avait tenu, jusqu'à la mort de la jeune fille, jusqu'au violent retour à la lucidité. Alors Il n'avait plus eu qu'une certitude : sa survie passait par la vengeance. Et la vengeance passait par l'utilisation de leur propre méthode . la désinvolte manipulation d'autrui.

Voilà pourquoi Il avait installé son matériel dans cette cave. Et voilà pourquoi Il était sur le point de terminer son second tableau, sa seconde série de spécimens, de personnages. Dont quelques-uns seulement allaient bientôt entrer dans l'histoire.

Il posa l'appareil photo sur la pile de prises de vue, à côté du clavier, alluma la colonne des disques durs.

La clarté blanchâtre qui tombait de la voûte recula devant le brusque rayonnement bleu pâle avec lequel l'écran s'éveillait.

Il poussa un soupir de soulagement.

Il rentrait chez Lui. Le seul qui Lui restât dorénavant.

1

Semaine 1. Come as you are[1]

Jeudi, 14:30 (UTC)

C'ÉTAIT DÉJÀ la dernière semaine de juin. À l'extérieur, le ciel était pâle, presque laiteux. Poisseux. À l'intérieur, rien ne venait déranger la virginité des murs blancs, hormis quelques rares meubles noirs posés tels des rochers sur l'horizon.

Une semaine infernale. De nouveau.

Alors qu'il faisait glisser le slip étroit sur les hanches de la jeune femme, Hammond ne put empêcher la pensée de parasiter son désir.

Il ferma les yeux.

N'y pense pas. Elle va être absente plusieurs jours. Sois avec elle. Rien qu'avec elle.

Il tira sur la mince pièce de tissu, résistant à l'envie de la déchirer brusquement. Il savait qu'elle détestait ça. Puis il glissa ses doigts entre les cuisses moites de Sara, remonta vers le triangle noir et touffu. Il sentait les seins lourds contre sa poitrine. Cela suffisait d'ordinaire à lui faire tout oublier. Mais aujourd'hui... Était-ce la chaleur, inhabituelle pour l'Écosse, même en été ? Ce que cela lui rappelait ?

1. *Viens comme tu es,* Nirvana.

Il passa sa bouche sur la base du cou humide de la jeune femme, sentit une brise légère lui effleurer le dos. Le matin, pour alléger l'atmosphère, il avait ouvert le bow-window en grand. Derrière le lit, l'unique rideau de la pièce dansait en gracieuses arabesques. Peut-être le souffle de l'océan allait-il enfin chasser les orages qui pourrissaient cette partie de la côte.

Hammond leva la tête, prit sa respiration.

Sara eut un sourire espiègle.

– Tu étais en apnée ou quoi ?

Il haussa ironiquement les sourcils.

– Tu bous, ma chère. Et moi aussi. Alors, avec cette chaleur...

Elle fit la moue.

– Quel Anglo-Saxon tu fais ! Un ou deux degrés de plus et tu n'es plus bon à rien...

Il rit.

– Pas la peine de me provoquer. Et je te ferai remarquer que je ne suis pas le seul à avoir chaud.

Doucement, il ramena le drap qui avait glissé au sol, le lui passa sur le visage, sur le cou et, se soulevant d'elle, sur la poitrine et le ventre.

– Qu'est-ce que tu fais ?

Il ne répondit pas, entreprit d'essuyer sa propre sueur tout en la regardant. Elle était petite, ronde et fine à la fois. Sa peau dorée luisait sur les draps blancs. Sa longue chevelure brune se collait sur ses épaules et son dos.

Il se pencha à nouveau vers elle. Sous son ventre, celui de Sara se mit à onduler doucement. Sur sa nuque, dans ses cheveux, les doigts de la jeune femme se firent caressants.

Il l'entendit chuchoter dans son oreille, sentit sa langue s'insinuer entre ses lèvres.

La main de Hammond reprit le chemin de la cuisse de Sara, remonta jusqu'à la hanche, redescendit. Ses pensées perdaient toute cohérence. Il n'avait plus de raison. Rien que de la chair, de la substance. Des sens qui s'enflammaient.

Il n'en pouvait plus.

Il l'attira brutalement contre lui, lui arrachant un cri de surprise autant que de douleur.

S'enfouir en elle. S'y perdre.

14:54

Les yeux clos, la jeune femme reprit son souffle.

Attendre un peu avant de soulever les paupières.

Il la coinçait encore sous lui, n'avait pas l'air de vouloir la libérer.

Comme d'habitude... Brute.

Sara ne souhaitait pas qu'il lût quoi que ce fût dans ses prunelles. Depuis leur toute première rencontre, elle avait compris qu'il valait mieux le laisser dans le doute. Un poil d'incertitude quant à ses performances de mâle ne pourrait lui faire que du bien. Elle aimait voir, même brièvement, une interrogation sur son visage. Cela le rendait plus humain.

Entre ses cils, elle le regarda. Il avait basculé sur le côté, la tête entre son propre biceps et le creux de son épaule à elle. Effectivement, il la guettait.

Les paupières à demi fermées, elle sourit. Comme il était là, avec ses cheveux qui bouclaient sur la nuque, sa barbe naissante, ses yeux inquiets qui la scrutaient, il l'aurait presque attendrie. Puis elle sentit son sexe qui retombait le long de sa cuisse. Et l'humidité. Collante.

Elle ouvrit les yeux, pivota brusquement.

– Bon sang, Hammond ! J'avais mis une serviette à côté du lit !

Il se souleva sur le coude, considéra l'objet du délit d'un air lugubre. Le trouble avait disparu de son regard.

Sara se mordit la langue. C'était trop tard. Il riait.

– Eh, rappelle-toi ! On est chez moi. C'est mon lit. Ce sont mes draps. C'est mon problème. Et puis, merde, tu ne peux pas oublier ce genre de détails à la con de temps en temps ?

Elle s'efforça de répondre sèchement :

– Les trois quarts du temps, on fait ça chez moi. Là où dort, de temps en temps malgré tout, mon mari. Il m'est donc difficile d'oublier ce genre de détails à la con, comme tu dis. Et...

Elle tenta de le repousser.

Il rit de plus belle, emprisonna les poignets de la jeune femme dans ses mains.

– Où est-ce que tu vas comme ça ?

– Me doucher en vitesse. J'ai un avion à prendre, figure-toi, de ceux qui n'attendent pas.

– Mais non, tu as le temps...

– Laisse-moi...

Elle leva son genou vers le bas-ventre de son amant.

Il se figea, la regarda dans les yeux.

– Tu essaies de faire quoi, au juste ?

Elle soupira. Il était presque aussi macho que les hommes de chez elle.

– Si je manque le vol, mon mari se doutera de quelque chose. Il doit me téléphoner lorsque je serai à Tbilissi. Tu es censé retourner bosser. Ça ne fiche donc rien les universitaires ?

Il se mordit la lèvre, comme pour retenir une réplique, lui pinça la fesse.

Ils chahutèrent un instant. Les dernières minutes ensemble. Les pires et les meilleures. Celles qu'on ne pouvait pas abandonner.

Elle finit par s'arracher à lui, attrapa ses sous-vêtements au vol et fila au salon où, à côté du piano, elle commença à enfiler son slip. Dans une minute, elle serait dans la voiture.

Une minute.

Une.

Šuki.

Pourquoi pensait-elle soudain à son père, à ce qu'il lui avait appris ? Elle secoua la tête. Le passé était le passé. Et ce n'était vraiment pas le moment. D'autant que Hammond se glissait derrière elle, la ceinturait de ses bras, lui chuchotait dans l'oreille :

– Personne ne touche à mon piano. Même pas toi.

– Alors, lâche-moi.

15:02

Il obtempéra, la regarda s'empêtrer dans sa culotte.

Elle bougonna :

– Je n'ai même pas le temps de me doucher. Bon sang... Je vais sentir le sperme à plein nez. En business, ça ne se fait vraiment pas.

Hammond boutonna son pantalon, eut un sourire narquois.

– Tu n'as qu'à voyager en éco, comme tout le monde.

Mais les cheveux en bataille, la jupe de travers, Sara tirait déjà sa valise vers la porte d'entrée. À la volée, elle ouvrit la portière de la voiture garée le long du trottoir, lui cria :

– Et toi, tu ne voyages pas en business peut-être ?

Il se mit au volant, enfonça l'accélérateur de la MG.

Elle se retint au tableau de bord.

– Eh ! Tu es malade ou quoi ?

– Si je voyage en business, ma chère, c'est pour le boulot.

Il appuya sur le lecteur audio. Et l'ouverture du *Messie* résonna dans l'habitacle.

La jeune femme leva les yeux au ciel.

– C'est un truc que je ne comprendrai jamais. Tu es le type le moins croyant et le plus terre à terre que je connaisse et tu prends ton pied en écoutant la musique d'un catho.

– Haendel était luthérien. Si, en Italie, il a dû se frotter aux « cathos », comme tu dis, en Angleterre, il devait surtout côtoyer des anglicans. De toute façon, je ne vois pas le rapport avec le plaisir d'écouter de la musique.

Elle pinça les lèvres.

– Je déteste lorsque tu es comme ça.

Il la regarda avec ébahissement.

– Comme ça ? Comment « comme ça » ?

– Condescendant.

Il marmonna :

– Je suis désolé. Je ne voulais pas te blesser.

Il remonta les mains sur le volant, décida de se concentrer sur la musique. Mais la magie que celle-ci opérait généralement sur lui s'était enfuie. Il en voulut à Sara, s'en voulut de lui en vouloir. Et les sourcils froncés, il tendit l'oreille pour repérer les différentes parties de l'oratorio. Le chœur cédait la place au ténor. Au ténor, vraiment ? Non, c'était l'alto. Le début de la passion du Christ.

« *He was despised and rejected of men, a man of sorrows and acquainted with grief*[1]. »

Hammond tourna le volant. Après avoir traversé la campagne, ses champs et ses villages, la voiture rejoignit l'A8 au rond-point de Newbridge. Cette route, il l'avait suivie tant de fois. Ingliston Road, Fairview Road...

« *He looked for some to have pity on Him, but there was no man, neither found He any to comfort Him*[2]. »

Cette fois, il s'agissait bien de la voix du ténor.

Hammond sourit machinalement, se tourna vers sa passagère. Elle le regardait.

– Quand on ne baise pas, on s'engueule.

Il se raidit. Elle n'avait rien écouté. Rien entendu.

– Est-ce que c'est grave ? Nous ne sommes pas mariés, après tout.

Le regard de la jeune femme se fit mélancolique.

– Hammond, qu'est-ce que je suis pour...

Elle ne termina pas sa phrase.

1. « Méprisé, abandonné des hommes. Lui-même homme de douleur et familier de la souffrance. »

2. « Il chercha qui pouvait avoir pitié de Lui. Il ne trouva personne. Pas davantage, Il ne trouva de réconfort. »

Il lui en fut reconnaissant.

La voiture venait de pénétrer dans l'un des parkings de l'aéroport d'Édimbourg. Avec les protections antiterroristes, aucune dépose n'était plus possible aux abords immédiats. Et c'était bien.

Comme le reste.

Il ne fallait pas qu'on les vît ensemble. Il ne fallait pas que...

Hammond coupa le moteur et, doucement, demanda :

– Tu connais la porte de départ ?

Sara ramena ses cheveux derrière les oreilles. Sa voix reprenait de la vigueur.

– Comme d'habitude. Porte 9. En face de Dixons et de Naturally Cashmere.

Il voulut plaisanter :

– La poésie de tes repères... du matériel high tech et...

– J'ai des années de retard à rattraper en la matière, coupa-t-elle. Et si je veux en profiter, j'ai peut-être intérêt à me dépêcher. De toute façon, je n'ai pas l'impression que tu puisses me donner de leçons sur ce sujet. Oh, et puis...

Elle s'extirpa de la MG.

Il avait déjà la main sur la poignée de la porte lorsqu'il se ravisa. Ce n'était pas une bonne idée.

Ne jamais alimenter le feu qui couve.

Il l'entendit se débattre avec la valise coincée dans le coffre.

– Ça te dérangerait beaucoup de m'aider ?

Il sortit lentement, dégagea le bagage, le posa sur ses roulettes.

– Je te croyais une femme indépendante.

Sara se mit à courir sur ses talons trop hauts en traînant son bien derrière elle. Alors qu'elle atteignait l'ascenseur, elle se retourna, lui lança un regard noir démenti par son lumineux sourire. Puis elle lui tira la langue, s'engouffra dans la cabine.

Trois quarts d'heure plus tard, au son de la dernière partie du *Messie*, Hammond rejoignait l'A915 qui le ramenait à St Andrew.

« *O death, where is thy sting ? O grave, where is thy victory*[1] ? »

Tout en sifflotant, il se fit la remarque que, pour un non-croyant, l'œuvre avait un côté sinistre. Comme souvent. Pourquoi alors le rendait-elle si joyeux ?

Parce que je croirai en ma propre mort le jour où je la verrai planifiée dans mon agenda.

Il fit la grimace. Peut-être n'aurait-il pas dû plaisanter ainsi de la sorte avec lui-même. Avec le sort.

À propos d'agenda.

Il eut tout à coup l'impression d'avoir oublié quelque chose.

Merde. Le rendez-vous.

Il appuya sur l'accélérateur, fit crisser les pneus de la voiture dans le virage, le long du campus.

Lorsqu'il était arrivé pour prendre son poste, Hammond avait tout d'abord regretté de se retrouver loin des bâtiments historiques de la plus ancienne université d'Écosse. Puis il s'était rendu compte du côté étouffant de la vieille cité. Des fantômes de ceux qui, en d'autres temps, avaient fait du site un haut lieu du golf, de la connaissance et de l'académisme. Il avait fini par apprécier l'extension moderne de l'université, face au Royal Golf Club et à la plage des West Sands, à l'ouest de la baie. Et surtout le vaste édifice de verre et d'acier de l'École des sciences biomoléculaires, celle-là même qui hébergeait la direction de l'École des sciences et techniques.

Mais en cet instant, le pied sur le frein, il ne songeait guère à profiter de la vue. Une phrase inachevée occupait encore son esprit. Celle de Sara :

« *Qu'est-ce que je suis pour...* »

Il fronça les sourcils. Ce genre de réflexion sonnait en général le glas d'une relation.

Dommage.

---

1. « Ô mort, où est ton dard ? Ô tombeau, où est ta victoire ? »

Il poussa la porte vitrée du hall, aperçut son assistante, esquissa un sourire.

A-t-elle jamais eu un miroir chez elle ? Pour s'attifer de la sorte.

Ce jour-là, elle portait un ensemble qu'il ne lui avait jamais vu. Le haut, sans manches, s'évasait jusqu'aux hanches en un drap noir à carrés blancs qui, par son motif autant que sa texture rigide, rappelait davantage le tissu d'ameublement que l'étoffe d'un vêtement. Une sorte de caleçon moulant prenait ensuite le relais. Jusqu'à ce qui devait être le haut du mollet, mais aurait tout aussi bien pu être le bas de la cuisse.

Hammond leva les yeux vers le visage de la jeune femme. Les cheveux bruns de Martha, tirés en arrière et fixés sur le dessus de la tête par une large barrette, faisaient ressortir ses traits ingrats. Ses petits yeux marron papillotaient derrière des verres épais. Elle n'avait que trente-trois ans. À savoir l'âge de son patron. Mais elle en affichait dix de plus. A contrario, elle arborait en permanence l'air lunaire d'une enfant perdue dans ses rêves. Et, pour cacher son bégaiement, se contentait souvent de répondre par monosyllabes. Pourtant, Hammond le savait, cette docteur en géologie possédait une intelligence hors du commun. Trois ans auparavant, lorsqu'il l'avait rencontrée, elle travaillait pour l'entreprise qui gérait les distributeurs de boissons de l'université. Rien à voir avec la géologie. Un boulot minable, où on la considérait comme une moins-que-rien, et où elle s'était révélée empotée au point de faire exploser une recharge de café en poudre devant Hammond. Celui-ci avait été furieux, puis intrigué. Certes, l'apparence et le comportement de la jeune femme détonnaient au sein de l'université. Mais elle semblait si brillante, si pleine de bonne volonté. Hammond lui avait donc rapidement proposé le poste d'assistante du doyen dans l'école dont il venait de se voir confier la charge. Depuis, elle s'était révélée d'une efficacité absolue. Une seule fois, Hammond s'était demandé s'il aurait pu accorder ainsi sa confiance à une jolie femme. Il n'avait trouvé qu'une réponse à cette question : personne ne le soupçonnerait jamais d'avoir eu une idée derrière la tête en embauchant Martha.

17:12

Dès qu'elle le vit tirer le nœud de sa cravate vers le haut, se recoiffer avec les doigts, Martha sut d'où il venait. Ou plutôt ce qu'il venait de faire.

Il se pencha vers elle pour lui chuchoter :

– Pas d'appel pendant un bon quart d'heure, Martha, OK ?

La jeune femme le regarda s'engouffrer dans son bureau. Les effluves boisés de son eau de toilette étaient mêlés à ceux d'un parfum chypré. Et à l'odeur à la fois salée et amère de la jouissance masculine. Il avait un de ces culots. Elle battit des paupières, recala le casque du lecteur de MP3 sur ses oreilles.

Ordinary day[1].

Pour la dixième fois de la journée (et sans doute pour la dix-millième fois de sa vie), elle baptisait cet instant du titre d'une chanson. Pourtant, la vie était-elle jamais ordinaire avec Hammond Mac Leod ? Et pouvait-elle vraiment lui en vouloir ?

Elle jeta un œil à son reflet dans la fenêtre qui donnait sur la pelouse, se détourna, pêcha une agrafeuse dans son tiroir. Ce n'était pas le moment de se retrouver face à la réalité de son visage.

Moche tu es, moche tu resteras. Alors, accepte-le.

L'accepter. Même en étant certaine de ne nourrir aucun absurde espoir, cela restait difficile. Bien plus difficile que pour ses autres supposées tares, dont Martha croyait néanmoins pouvoir énumérer, en toute lucidité, les séquences constitutives. Son père, gérant d'un « big bazaar » dans une miteuse banlieue écossaise. Son enfance de fillette privée de mère et élevée entre des étagères où

1. *Une journée ordinaire*, Dolores O'Riordan.

s'alignaient des peignoirs rose bonbon et des chats de faïence turquoise. Son standard de vie, depuis le *fish and chips* au coca jusqu'aux vêtements bradés en bout de linéaire dans le hard discount. Sa découverte tardive du sexe masculin avec le premier crétin venu. La grossesse qui s'était ensuivie. Et (cerise sur le gâteau) un mariage qui, au fil des ans, ne résonnait plus que de quotidiens beuglements. Tous ces paramètres avaient concouru, selon elle, à ce qu'elle avait secrètement baptisé sa « dissonance universelle ». Sorte de disharmonie avec le monde qui, en sus de rendre vains tous ses efforts d'adaptation, ne la laissait, en bout de processus, qu'avec une pathétique représentation d'elle-même. À tel point que, ses enfants à peine sevrés, et pour ne plus se sentir animal de batterie autant que pour échapper aux réalités d'un monde en bouleversement, elle avait plongé dans le virtuel du web. Là où, tout en étant consciente de sa croissante addiction à une aliénante technologie, elle avait enfin pris corps, sous des formats et des formes qui lui avaient ouvert les portes d'une autre vie.

Et voilà !

En quelques claquements bien sentis, elle se mit à regrouper des liasses de feuillets.

Au final, le docteur Mac Leod était le premier à l'avoir considérée, elle, la Martha de chair et de sang, comme étant pourvue d'un cerveau efficace. Il lui avait même fait faire des cartes de visite : « Martha Preston, assistante du doyen ». Mais elle ne s'en servait que parcimonieusement. Voir son nom en toutes lettres à côté de son titre à lui. Il lui semblait qu'elle en savait assez sur elle-même pour être certaine que quelque chose clochait.

Lui et moi. Moi et lui. Lui.

Diplômé du Massachusetts Institute of Technology, docteur ès biologie. Collaborateur de Craig Venter, le fameux spécialiste des biotechnologies, lors du décodage du génome humain. Débauché lors de la première conférence internationale du MIT sur la biologie synthétique et la création de micro-usines vivantes. Très jeune doyen de la toute nouvelle étoile du ciel scientifique : l'École des sciences et techniques de St Andrew qui, en trois ans, et malgré les chambardements internationaux, était devenue une concurrente de ceux qui étaient, pour quelque temps encore, les plus grands. Le MIT, Stanford et Princeton.

Un universitaire brillant. Un fin stratège. Un homme élégant, pudique, parfois taciturne, au sourire rare mais irrésistible. Bourré de charme.

Elle leva le nez vers la porte entrouverte de son bureau, le vit penché sur un dossier. Ne put s'empêcher de jeter rageusement l'agrafeuse dans le tiroir. C'était comme si ces fichus cartons exhibaient leurs antinomies à la face du monde, comme si, sous les titres ronflants, étaient notées en lettres de feu des caractéristiques bien moins professionnelles.

Martha Preston, épouse laide et frustrée, mère de famille coincée. N'entr'aperçoit le bonheur que dans la virtualité des réseaux de la toile.

Hammond Mac Leod, sex-libataire toujours au garde-à-vous. Se fout des quotas de la morale.

Avec un regard sombre, la jeune femme contempla les liasses empilées sur son bureau.

Tu te fiches de qui il tronche et pourquoi et comment et combien. Il doit être infernal. Le genre baiseur tourmenté, c'est ce qu'il y a de pire. Et tu sais à quel point il peut en plus être froid, brutal, arrogant et cynique... Professionnellement, il est capable de tuer. Alors...

Martha s'assura que l'objet de ses acrimonieuses pensées était toujours vissé à son bureau. Le jaugea comme si elle ne le voyait pas tous les jours de la semaine, comme s'il était un morceau de viande qu'elle s'apprêtait à mettre au four.

Du charme ? Vraiment ? Après tout, il n'est même pas beau. Ni blond ni brun. Châtain foncé. Presque comme moi. Avec encore davantage d'épis.

Elle se recula légèrement sur sa chaise, reprit son agrafeuse en main. S'il levait la tête. Pourtant, ce jour-là, la jeune femme se sentait le droit de l'épier. Était-ce cette odeur de lit de milieu d'après-midi qu'il avait amenée avec lui ? Ou le besoin qu'elle avait de le détester de temps à autre ?

Qu'est-ce qu'elles lui trouvent, toutes ?

Elle reprit son incursion visuelle, suçota pensivement sa lèvre inférieure. Quoi encore ? Ce nez trop long. Ces lèvres trop minces. Ces rides entre les sourcils, au-dessus des pommettes et autour de la bouche. Ce visage anguleux, creusé. Cet air inaccessible, encore accentué par la mâchoire carrée. Ces yeux rougis par le manque de sommeil, et à la couleur incertaine. Marron vert.

Caca d'oie.

Martha s'affaissa sur sa chaise.

Ces yeux. Ses yeux.

Qui ne se détournaient jamais, mais transformaient le visage lorsqu'il souriait malgré tout.

Elle appuya à fond sur la commande de son lecteur pour augmenter le volume dans son minuscule casque gris. Pourquoi était-il ce qu'il était ou paraissait ? Et surtout, pourquoi était-elle ce qu'elle était et paraissait ? En sus d'en être si consciente et si dépendante. Alors que, dans ses oreilles, retentissait l'un de ses morceaux favoris :

« *No particular guy. A crooked smile. A dream gone bad. Not worth having. His eyes are dim. Not enough to warn you. About the mess you're in*[1]. »

Jeudi. Looking for a member[2] *(WZ)*

L'index posé sur l'écouteur calé dans son oreille, Il se pencha vers l'écran. Le rayonnement azur qui en émanait se nuançait

1. « Un type quelconque. Sourire de travers. Rêve qui a mal tourné. Il n'en vaut pas la peine. Ses yeux sont sombres. Pas assez pour te prévenir. De la merde dans laquelle tu vas te retrouver », d'après *No Particular Girl*, Minor Majority.

2. « Recherche un joueur », expression couramment utilisée dans certains jeux vidéo.

d'ombres sombres. D'un côté, les données manquantes arrivaient. De l'autre, les dernières connexions s'effectuaient entre les différents logiciels

Mentalement, Il passa en revue les différents stades du protocole qu'Il avait mis en place. Puis, d'un clic, fit basculer l'écran sur la fenêtre sous-jacente. Y accéderaient ceux qui, à travers leurs errances sur le net, de recherche en article, de blog en forum, auraient suivi le fil morbide jusqu'au labyrinthe.

Pour la énième fois, Il se posa la question à laquelle Il avait l'impression qu'Il ne pourrait plus jamais échapper. Celle qui L'anéantissait. Celle avec laquelle Il allait anéantir :

Quid du hasard ou de la nécessité ? Du futur et du passé ? Quid de cette illusion de vie ?

Ce fut alors que, sans crier gare, le visage de Lily Lui apparut.

Immédiatement, Il sentit sa gorge se nouer, tenta de chasser l'image, y renonça. Laissa la souffrance venir. Il savait qu'avec elle, ressurgiraient la colère et la détermination. Et c'étaient elles qui Lui permettaient de construire sa vengeance. Elles qui endormaient les émotions insoutenables, la terreur et la répulsion à l'endroit du futur, l'angoisse à l'endroit du passé.

Et si j'avais agi autrement. Serait-elle encore en vie ?

À ce moment, un bip sonore Le fit tressaillir. Il s'essuya les pommettes, porta les yeux sur l'encadré de contrôle.

Reprends-toi.

Un premier joueur venait de franchir le barrage du labyrinthe de la ziggurat.

Enfin.

Depuis combien de temps n'avait-Il eu une vraie conversation, autre que l'échange distant et anodin qu'Il entreprenait presque quotidiennement avec l'un ou l'autre de ses voisins ou avec l'épicier ? Pour pouvoir se dire qu'Il était encore un homme malgré tout, que d'autres que Lui partageaient ses doutes et ses hésitations.

Mais aujourd'hui.

Il déglutit, posa les mains à plat devant le clavier. Pour quelques instants, Il allait oublier et se contenter de profiter du spectacle. Le texte d'accueil apparut :

Sois le bienvenu, Numéro Un. Au hasard de la toile, tu as su te frayer un chemin. Au hasard du jeu des carrés, tu vas appliquer le talion. Dans le temps, tu vas aviver la mémoire des spectres oubliés. Dans le sang, tu vas laisser ton empreinte.

Regarde ce plateau quadrillé, ces pions égarés entre les latitudes et les longitudes de leur destin. Voilà un jeu des plus anciens et pourtant des plus simples. Il met à ta disposition :

– cinq fois quatre carrés, où les lettres A, B, C, D, E sont assignées aux horizontales, et les chiffres 1, 2, 3, 4 aux verticales, permettant ainsi de signifier les positions successives des pions ;

– sept pions blancs (les miens), répartis sur la première ligne de quatre carrés (1 en A4, 1 en A3, 2 en A2, 3 en A1) ; et sept pions noirs (les tiens), répartis sur la cinquième ligne de quatre carrés (1 en E1, 1 en E2, 2 en E3, 3 en E4) ;

– deux pièces : la première est marquée d'un point au recto et de deux au verso, la seconde de trois points au recto et de quatre au verso.

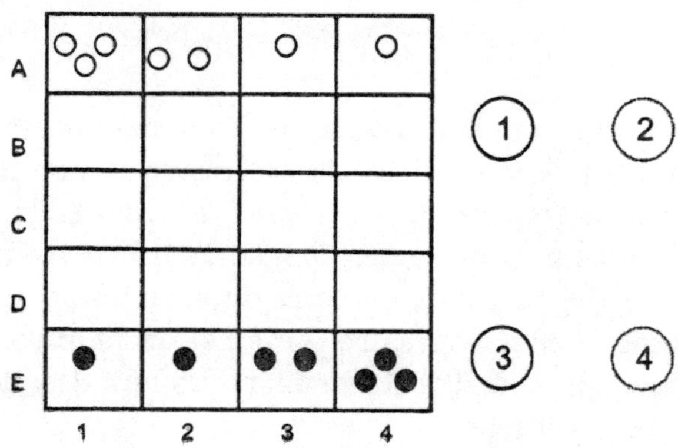

Il s'interrompit dans sa relecture. Était-ce suffisamment clair ? Ne pouvait-Il encore simplifier cette partie de l'énoncé ? Il avait tant besoin de convaincre un adversaire à sa mesure, tout à la fois clone semi-virtuel et concurrent influencé.

Il considéra les phrases qui venaient ensuite :

Voici la règle du jeu :

Tu dois faire atteindre leur domaine aux sept pions que tu possèdes. Ce domaine est l'endroit exact où se trouvent les pions de ton adversaire, en l'occurrence moi.

Pour cela, tu vas jeter virtuellement les pièces en cliquant sur elles. Puis tu bougeras tes pions vers l'avant et/ou vers la droite ou la gauche, selon le nombre de points indiqué par ces pièces.

Nerveusement, Il tapota le rebord du clavier.

Non, à quoi bon ?

À quoi bon tenter de se mettre dans la peau de l'internaute candide ? Lui qui savait, comment pouvait-Il faire semblant de ne pas savoir ?

Il essuya la sueur qui perlait sur son front. Il n'y avait donc plus qu'une chose à faire.

Une seule.

Croire en la capacité de compréhension de l'autre, en son intelligence, en sa coopération, fût-ce dans l'affrontement.

Rapidement, Il parcourut les dernières lignes :

Tu peux jouer un seul pion avec la somme des nombres indiqués sur les pièces ou bien un pion avec le nombre qui sera indiqué sur la première pièce et/ou un autre avec le nombre qui sera indiqué sur la seconde. Cependant, pour avancer, il faut que la case que tu vises soit libre ou encombrée seulement de l'un des pions de l'adversaire. Ainsi, si un pion se trouve seul sur un carré, il peut être éliminé lorsque l'un des pions de l'adversaire arrive sur lui.

Le gagnant est celui qui a réussi à mettre un maximum de pions à l'endroit où se trouvaient initialement ceux de son adversaire, et donc à éliminer un maximum des pions de ce dernier.

Maintenant, lance tes pièces, Numéro Un, tu ne le regretteras pas.

En dépit de la température, Il frissonna. L'écran demeurait immobile. Que faisait donc le joueur ?

Ce n'était quand même pas sorcier. Tout ce qu'Il lui demandait, c'était de lancer les pièces, puis d'avancer les pions.

Brusquement, les pièces virevoltèrent, retombèrent, se stabilisèrent. Et les numéros désignés par le sort électronique lui apparurent :

Le 3 et le 1 !

L'un des pions noirs frémit.

E 4.

Il pâlit.

Un seul. D'une seule case !

Le joueur avait compris. Mais il n'utilisait que l'un des résultats du tirage, n'éjectait aucun des pions de l'adversaire.

Il tapa du pied.

Quel trouillard !

C'était donc Lui, le maître du jeu, qui allait engager le premier. Fermement, Il s'empara de la souris et, à son tour, déclencha le lancement des pièces.

4. 1. Et bingo !

Sans attendre, Il avança deux pions blancs, d'une case pour l'un, de quatre cases pour l'autre.

Et l'un des pions noirs sortit.

Oui !

Il contint son envie de crier.

E 1.

La bouche sèche, Il regarda le pion éliminé venir se ranger dans la partie gauche de la base-line. Ferma les yeux.

Le premier. Pour toi, Lily. Pour toi.

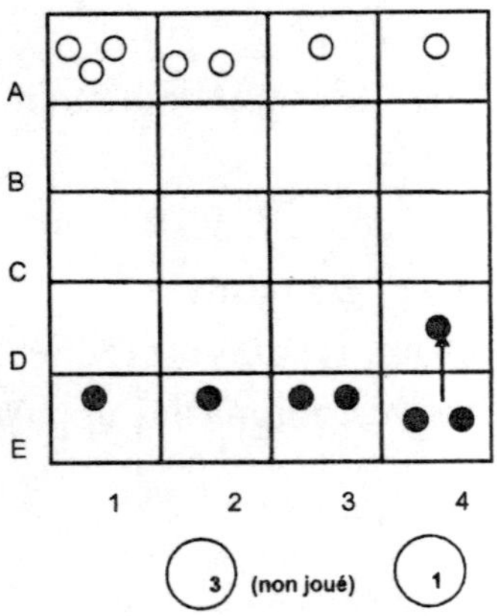
A
B
C
D
E
1
2
3
4
3
(non joué)
1

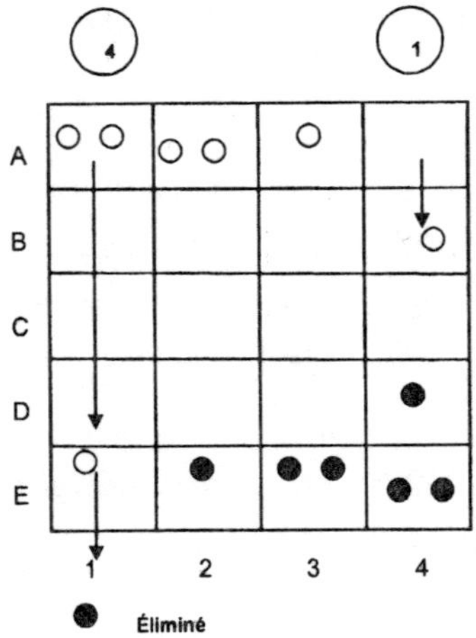
4
1
A
B
C
D
E
1
2
3
4
Éliminé

2

Semaine 1. Somewhere only we know[1]

Jeudi, 14:12 (UTC)

LA BOUCHE SÈCHE, Dany scrutait la feuille froissée entre ses doigts.

Putain de planning. Putain de météo.

Depuis deux semaines, les orages s'étaient enchaînés à un tel rythme qu'ils n'avaient pratiquement pas avancé les travaux du client. De plus, après dix jours de pluie ininterrompue, le toit de la baraque venait de céder. Et le propriétaire voulait accélérer la rénovation.

Du Tudor, forcément. Y en a encore pour un maximum.

Planté devant l'entrée, le chef de chantier leva les yeux vers l'ouvrier qui se démenait à l'intérieur. Les nuages ne s'étaient pas encore remis à pisser des trombes d'eau, il fallait en profiter. Or le Bobcat était entré. Mais, avec ses quatre roues motrices et sa pelle à l'avant, le mini-bulldozer pesait plus de deux tonnes et surtout, comme il était plus haut que la porte de la maison, il avait fallu démonter la cabine au-dessus du siège conducteur pour ne laisser que la barre de sécurité.

Ce qui rendait Dany encore plus soucieux. Elias connaissait son

---

1. *Un endroit que nous seuls connaissons*, Keane.

job. Mais il était parfois un poil trop nerveux. Et avant d'entamer autre chose, il fallait racler le rez-de-chaussée, déblayer les gravats des murs intérieurs, et aussi les débris du toit et des planchers des étages.

Le Bob vomit son godet de gravats sur la plate-forme abaissée du camion. Puis Dany vit Elias appuyer sur le palonnier pour lui faire faire demi-tour, baisser la tête en passant une deuxième fois sous la porte, glisser la pelle vers l'avant, la basculer pour la remplir à nouveau. La monter. Ce ne fut que lorsque l'engin pivota à l'intérieur de la maison, sur le plancher pourri, que le pire arriva.

Le chef de chantier sentit le sol vibrer, n'eut que le temps de voir le petit bulldozer disparaître dans le trou qui venait de s'ouvrir.

– Elias !

Seul le silence lui répondit.

D'un bloc, Dany se retourna vers l'homme qui avait accouru à sa suite.

– Une lampe torche ! Amène-moi une lampe torche ! Et appelle les secours !

14:18

Au niveau inférieur, Elias avait été projeté contre un mur de pierres grasses et suintantes. Hébété, il ne se rendit pas immédiatement compte de ce qui venait de lui arriver.

La douleur se chargea de le ranimer. Celle qui taraudait son épaule droite, tout d'abord. Puis, alors qu'il tentait de se redresser, celle qui l'élança brutalement dans sa jambe gauche.

Il gémit, avança une main tremblante vers sa cuisse, la retira avec un cri. En saillie à l'extérieur du pantalon déchiqueté, de la chair labourée, quelque chose de proéminent, presque lisse.

Le fémur.

Il appuya sa tête contre le mur, regarda autour de lui. L'angoisse le saisit. Cette obscurité. Ce bruit léger qui lui parvenait, entre les appels de ceux qui s'affairaient au-dessus de sa tête.

Puis le faisceau d'une torche balaya la cave. Et Élias vit, à un mètre de lui à peine, la pelle du Bob encastrée dans le sol. La tache plus sombre qui s'agrandissait autour.

L'ouvrier eut un haut-de-cœur.

Ce n'est pas possible ! Il n'y a pas encore un niveau là-dessous !

Il savait maintenant ce qu'était ce grincement. Anecdotique. Épouvantable. Celui des matériaux qui, pourris par le ruissellement de l'eau depuis des années, faisaient bien davantage que travailler.

À cet instant, Élias vit l'épaisse corde se dérouler devant lui, au plus proche du mur. Il ferma les yeux, tenta de se rappeler ses prières, celles qu'avec sa mère il récitait le soir et qui le faisaient s'endormir le nez sur la courtepointe de son lit d'enfant. Lorsqu'il les rouvrit, son chef de chantier enjambait l'épaisseur des lambeaux de parquet et de tout ce qui avait constitué l'infrastructure sous-jacente.

L'espoir revint dans le cœur d'Élias, lui faisant presque oublier la douleur et la peur. Mais aussitôt, il vit sa jambe brisée glisser légèrement, sentit le sol s'incliner. Et en un grondement terrible, le Bob disparut de sa vue, happé par le gouffre sombre qui venait de s'ouvrir.

14:26

Dany recula à la hâte. À la place de la cave, un énorme puits noir au fond duquel luisait une surface encore mouvante. Autour du chef de chantier, les ouvriers qui, après l'affolement initial, se pressaient.

Les lampes se dirigèrent vers l'eau opaque et luisante qui avait accueilli le bull et le corps d'Elias. Du premier, les roues arrière émergeaient encore. Du second, juste derrière, on voyait la tête et les épaules qui surnageaient péniblement.

Affolé, Dany resta un instant sans voix. Il y avait une autre poche de flotte à l'étage du dessous. Et elle se remplissait encore avec ce qui ruisselait des murs.

Le chef de chantier entreprit de dénouer la corde, cria :

– Lancez quatre planches au-dessus de l'eau, je vais passer dessus, m'y arrimer et descendre. Appelez aussi les secours et les pompiers : il nous faut une pompe, et en vitesse !

Puis il se pencha de nouveau vers le niveau inférieur.

De sa main valide, Elias tentait de chasser les poussières et gravats qui recouvraient son visage, se raccrochait à la partie émergente du bull. Mais à chaque fois, il buvait la tasse. Et l'engin glissait vers une position roues contre sol qui menaçait de l'écraser contre le mur.

Dany posa un pied sur le bois humide qui surplombait maintenant le trou, accrocha la corde à la croisée des madriers, entama sa descente en priant pour que ce qui restait des soutènements du plancher supportât son poids. Finit par prendre appui sur un morceau de métal rouillé qui affleurait.

L'extrémité d'une vieille étagère de bureau ?

Sans lâcher la corde, il chercha le fond du bout de sa chaussure. À vue de nez, en regardant la partie immergée du Bob, il ne devait pas y avoir plus d'un mètre cinquante de profondeur. Et le sol semblait solide cette fois. Lorsqu'il fut à peu près certain de ne pas tomber, il lâcha la corde, s'avança aussi vite qu'il put vers Elias, passa un bras sous l'épaule valide de l'ouvrier. Qui s'évanouit pour de bon.

À ce moment, une voix inconnue lui parvint de l'étage supérieur. Des projecteurs se mirent à balayer le fond du trou.

– Eh, là-dessous ! Ne bougez pas, on descend vous aider !

Quelques minutes plus tard, deux pompiers descendaient un harnais, remontaient Elias, pendant que les autres branchaient la pompe à eau sur le générateur. Et le niveau commença à baisser à une vitesse impressionnante.

Grelottant, Dany trébuchait vers la corde pour sortir de là au plus vite lorsqu'il vit la forme blanchâtre, juste sous la surface, devant le Bob. Ébloui par la lueur des projecteurs, les dents serrées pour les empêcher de claquer, il se pencha. Les gens qui avaient autrefois habité ici devaient avoir stocké pas mal de trucs : il y avait plein de petits pots en plastique qui flottaient. Comme s'ils venaient de sortir d'un placard.

À cet instant, un bruit d'écoulement se fit entendre. Et le niveau de l'eau descendit si brusquement que Dany recula, effrayé. Il y avait sûrement d'autres cavités quelque part en dessous. Ils feraient bien de tous filer d'ici.

Ce fut alors que, yeux grands ouverts, traits gonflés et livides, le visage lui apparut.

17:21

Barney se retourna, jeta un regard noir aux badauds déjà attroupés derrière le cordon jaune de la police. Comment pouvait-on être attiré à ce point par la mort, la désagrégation de la chair humaine ?

Il s'approcha du constable en uniforme qui prenait des notes à côté d'un homme en bleu de travail.

La femme se retourna.

– Bonjour inspecteur, c'est lui qui a trouvé le corps.

Barney hocha la tête.

– Demandez-lui de rester à proximité. Je vais voir à l'intérieur.

Il passa précautionneusement la tête par la porte, pénétra dans ce qui restait de la première pièce, recula en voyant le trou béant et les reflets sur l'eau, tout au fond. Trouver des indices allait être coton. Entre les gravats, le sol trempé et défoncé par les engins de chantier et la flotte qui continuait de dégouliner sur les murs, les experts de la criminalistique qui n'étaient pas en vacances aux Baléares allaient s'amuser.

Il s'apprêtait à faire malgré tout le tour de la pièce d'entrée lorsqu'il aperçut deux étincelles dans l'obscurité, se figea.

Les pupilles d'un rat.

Il ressortit précipitamment, salua le biologiste de la main.

– Tu crois que tu vas pouvoir filtrer la boue ? Et vérifier ce qui reste des conduits d'évacuation ?

L'autre se retourna en riant.

– Tu te fous de moi ? Je file demain à Brighton avec ma femme et mes gosses ! Mais je peux quand même te dire que c'est un homme. Il avait plus de soixante-dix ans. Il est mort. Il était à poil. Ce n'est pas un suicide. Le photographe est parti en congé hier. Mais son stagiaire devrait arriver.

– Dans un quart d'heure, il n'y aura plus grand-chose à photographier.

– Qu'est-ce que tu veux, mon vieux, les meurtres de l'été...

Charmant, songea Barney en se retournant vers la façade de briques, les fenêtres à meneaux et à petits carreaux. *Un vieux corps dans une vieille baraque. Gothique et Renaissance.* XVIe *? Du Tudor ? Beurk. Finir là-dedans...*

Deux ans auparavant, il avait obtenu sa nomination à St Andrew, dans l'un des dix-huit postes de police de la péninsule de Fife. Et il avait enfin pu quitter Glenrothes et le siège de la police régionale, s'éloigner du superintendant Alastair Shaeffer, emménager avec Trevor. Ce qui, en définitive, l'avait projeté dans la schizophrénie la plus complète. D'un côté, se glisser dans la peau de l'inspecteur bourru qui secouait les suspects sans ménagement et riait aux blagues graveleuses de ses collègues. De l'autre, balancer son costume d'hétéro et vivre enfin avec celui dont il était épris. Il lui avait fallu du temps et une certaine maturation pour apprendre à fusionner les deux personnalités, sans qu'aucune d'entre elles eût trop souvent envie de prendre le pas sur l'autre.

Il ne s'était pas pour autant réconcilié avec les vieilles pierres.

En vérité, en gamin grandi dans une sordide banlieue de Glasgow, il les avait toujours détestées. Elles avaient trop symbolisé pour lui soit la pauvreté, soit l'étalage d'une richesse qu'il savait hors de sa portée. Et ni l'âge ni la lucidité n'y changeaient rien, bien au contraire. Il avait du reste convaincu Trevor de prendre un appartement flambant neuf dans l'une des résidences à la lisière de la ville.

Barney ficha entre ses lèvres le cure-dents qu'il mâchonnait depuis qu'il tentait d'arrêter de fumer. Se fit la réflexion que cela illustrait bien ses actuelles contradictions. Il détestait l'ancien. Pourtant, c'était bien dans une demeure victorienne qu'il cachait ses amours avec Maggy. Sans pouvoir se résoudre à avouer à Trevor qu'il le trompait depuis un mois, qui plus est avec une femme. Et que, pour ringard que ce fût, il trouvait ça extraordinaire. Sur le plan physique, bien sûr. Sur le plan intellectuel, il n'en savait rien : Maggy et lui ne discutaient pas beaucoup. Ils occupaient le temps qu'ils volaient à leurs conjoints respectifs à forniquer, dans toutes les positions, sur tous les tempos.

Avec un soupir, Barney se baissa sur la civière où était allongé le cadavre. De la main droite, il fourragea dans son épaisse chevelure blonde. De la gauche, il souleva la couverture, grimaça.

L'image de Maggy, nue, s'effaça aussitôt. À sa place, un simulacre d'être humain.

Indubitablement, l'homme avait succombé à une mort violente : corps blanchâtre, visage déformé, sans doute par l'agonie, mais à peine boursouflé par le séjour dans l'eau. En dépit de la chaleur, le bain où le cadavre avait trempé ne devait pas être à plus de huit-dix degrés dans cette cave en deuxième sous-sol. En conséquence, s'il n'y avait pas séjourné plus de deux jours, il n'avait pas beaucoup gonflé, et seules ses rides les plus marquées avaient été effacées. Cela faisait néanmoins ressortir les incisions en travers du ventre, preuve qu'il ne s'agissait ni d'une mort naturelle ni d'un suicide.

Encore que, se dit Barney.

Il en avait vu d'autres.

Mais tout de même. Se taillader le ventre...

Et la position de la victime, lorsqu'on l'avait trouvée, ne pouvait pas renseigner grand monde : sous l'eau et avec ce qui s'était passé, le corps avait été plus que brinquebalé. Seules les marques des poignets et des chevilles parlaient d'elles-mêmes : l'homme avait été attaché et s'était violemment débattu.

Barney s'accroupit. Il y avait également une blessure au cou, superficielle et peu profonde. À première vue, elle n'avait pas été réalisée par un instrument contondant, plutôt par une corde étroite ou un fil de fer. Avait-on tenté de maintenir la victime prisonnière par ce biais ? L'avait-on étranglée ?

Barney se mordit l'intérieur de la joue. Ses yeux se portèrent sur le torse de l'homme, d'une maigreur impressionnante. Avec dégoût, il attrapa le minuscule lambeau de toile qui semblait accroché dans les poils, tira, le porta à ses yeux. Ce n'était pas de la toile. On aurait plutôt dit un petit morceau de papier plastifié, qui portait une inscription blanche et rouge. Il l'approcha de ses yeux.

... ed Dot™...

Qu'est-ce que c'était que ce truc ?

Barney sortit un sac transparent de sa poche, y glissa le lambeau, puis revint au torse. À la peau incisée en plusieurs endroits.

Encore un malade.

Il recula pour avoir une vision d'ensemble.

Un dessin ? Un mot ?

Il se releva d'un bond, frissonna. Il en avait assez. De toute façon, il n'avait pas fait ses armes dans la police criminelle, et le légiste allait passer par là. Quant à l'endroit où le cadavre avait été découvert... avec toute cette eau, ces trucs et ces machins qui flottaient partout, il n'y avait pas grand-chose à tirer des lieux. De plus, il fallait laisser un peu de boulot au constable et aux deux stagiaires qui effectuaient déjà des prélèvements un peu partout.

Il s'écarta pour laisser partir la civière. Puis s'avança vers une trouée de soleil qui profitait de la percée entre deux nuages, tendit son visage vers le ciel. La luminosité du dehors, la chaleur, bien qu'encore saturée d'humidité, contrastaient d'autant plus avec la noirceur et le froid qui régnaient à l'intérieur de la vieille maison.

Il plongea la main dans la poche de poitrine de son veston beige, en tira son paquet de cigarettes. Eut un sourire amer. Le seul point commun entre Trevor et Maggy, en dehors du fait qu'ils gémissaient tous les deux sous les coups de boutoir du même homme, était qu'ils détestaient son haleine de fumeur et qu'ils lui avaient extorqué la promesse qu'il s'arrêterait. Mais après tout, ils ne se connaissaient pas. Ils n'étaient pas censés se rencontrer. Et surtout, en cet instant, ils n'étaient là ni l'un ni l'autre.

Barney ficha la cigarette entre ses lèvres, frotta la molette de son briquet. Tira la première bouffée.

Bordel.

Qu'est-ce que c'était bon.

Au loin, deux véhicules s'éloignaient. Le premier, gyrophare allumé, filait en hululant vers l'hôpital avec, à son bord, le conducteur du bulldozer. Le second, gyrophare éteint, se traînait silencieusement à sa suite. Son passager n'était plus pressé. Seuls les légistes de l'institut médico-légal de Dundee l'attendaient.

Vendredi. Area of effect[1] *(WZ)*

L'écran envoyait une lueur couleur ciel sur le visage de celui qui lui faisait face, marquant de façon prononcée les creux, les à-plats. L'inquiétude. Puis le minuscule sablier qui indiquait que le programme moulinait les informations disparut.

Enfin.

En une fraction de seconde, Il vérifia que le premier joueur était toujours en ligne, s'imagina qu'Il pouvait le voir, en chair et

1. « Aire d'effet », expression couramment utilisée dans certains jeux vidéo.

en os, le toucher. Lui vint même l'idée qu'Il pourrait approcher sa bouche de son oreille, lui parler.

Autrefois, j'avais un travail, un vrai chez-moi, une vie digne de ce nom. J'étais quelqu'un. Mais j'ai été obligé d'abandonner tout ça, tu comprends.

Pourtant, il fallait faire les choses doucement.

Pas à pas.

Posément, Il fit donc glisser ses doigts sur le clavier :

Allons, Numéro Un, le premier pion a été éliminé. Peu importe qu'il ait été tien. Regarde…

S'afficha alors le cliché du patriarche qui, les mains dans les poches d'un blouson de cuir élimé, fronçait les sourcils vers celui qui l'avait photographié à la sauvette.

Adieu, songea-t-Il.

Ce visage, Il l'avait tant regardé, étudié, exploré. Grâce à lui et aux autres, les ombres disparaissaient petit à petit. Ainsi que l'indifférence des passants, des vivants.

Adieu, mon alter ego.

Et ses doigts revinrent sur les touches, vers le premier joueur :

Maintenant, si tu passes sur ce « pion », il cédera la place à celui qu'il représente…

Quelque part à une extrémité de la toile, le joueur obéit. La flèche de sa souris effleura la tête chenue.

Le texte du maître du jeu réapparut :

Ton « pion », Numéro Un, est le descendant d'un certain Nabheel. Avec lequel tu vas faire une plongée de 4 018 ans dans le temps. Cela te dit quelque chose ? Réfléchis… Nous sommes en 2009. Tu vas être projeté en 2009 avant Jésus-Christ. Est-ce une coïncidence ? Peu importe. Tout ce que tu dois savoir pour l'instant, c'est qu'à cette époque, Nabheel a vingt-trois ans. Il est sumérien, né dans le bourg de Hermal, et il est devenu l'un des scribes d'Ibbi-Sîn, dernier empereur de la troisième dynastie d'Ur, en Mésopotamie...

Fasciné, Il regarda le visage du vieil homme disparaître, écouta la voix s'élever du micro.

Claire et régulière. Telle une incantation.

Comme Il l'avait voulu.

Prudent, ô savant, ô roi de sagesse. Ton âme est-elle tourmentée ? Et voilà que tu maltraites Dieu !

Le cœur de Dieu est aussi loin de nous que le tréfonds des cieux.

Sa connaissance est ardue et les hommes l'ignorent.

On a beau chercher quel peut être le dessein de Dieu, les hommes l'ignorent[1] *!*

Il vit alors l'en-tête noir s'inscrire dans le coin gauche de l'écran.

« 2009 av. J.-C. »

Puis les chiffres disparurent dans la couleur ocre. L'animation vidéo se mit en marche. Et la voix off reprit du service :

Les hommes l'ignorent si bien ce dessein de Dieu que souvent, ils ne peuvent s'empêcher de vouloir l'aménager. De là partent beaucoup d'histoires. Veux-tu assister à l'une d'entre elles, Numéro Un ? Et par là, faire renaître le passé ? Oui ? Alors, ne quitte pas ton écran.

Voici la bibliothèque royale d'Ur, capitale de l'empire sumérien du même nom. Et voici Nabheel, ta créature, ton ouvrage, notre scribe en vérité et qui, assis sur le sol, consulte deux tablettes d'argile. Tout d'abord, celle qui conte la mythique quête de l'immortalité par Gilgamesh, le roi sumérien des âges héroïques. Ensuite,

1. *Théodicée ((E)sagil-kînam-ubbib*, XIIe siècle avant J.-C.).

celle qui dépeint la déroute de Sargon, le conquérant akkadien, face aux barbares Guti venus de la Caspienne.

Maintenant, suis avec moi l'œil du scribe, Numéro Un. Et vois. Les maisons, les temples qui surmontent les ziggurats, le rempart et, au-delà, les champs, l'Euphrate, le campement des Amorrites. Tout est si paisible.

Pourtant.

Quelque part dans la mémoire de Nabheel, rôde un texte bien plus ancien que celui de Gilgamesh. Il dit la colère des dieux contre l'humanité, l'avertissement lancé à Ziusudra, « celui-dont-la-vie-a-des-jours-prolongés », par Enki, seigneur des eaux. Puis la construction de l'arche, l'embarquement des futurs rescapés, le cataclysme. « Et lorsque, après sept jours et sept nuits, le Déluge eut recouvert le pays et que le bateau eut été ballotté sur les eaux, Outou, le dieu-Soleil, réapparut. »

Eh bien... ces phrases ont-elles éveillé quelque chose en toi, Numéro Un ? Tout comme elles ont éveillé quelque chose en Nabheel ? Oui, j'en suis certain. D'ailleurs, vois-le réfléchir, notre scribe. À ces crues catastrophiques de l'Euphrate, au rapport qu'elles peuvent avoir avec le Déluge, aux barbares, à la quête de l'immortalité. Tout se mélange dans sa tête. Les crues, amarukam, *le Déluge,* Amaru. *Et ces nomades qui se sont installés à proximité de la cité. Amorrites.* Amurru.

Troublant, n'est-ce pas, Numéro Un ? Passé, présent. Présent, passé. 2009, –2009. Notre patriarche en blouson de cuir, Nabheel et son pagne à mèches lainées. Aujourd'hui, la mémoire de l'un ; hier, l'existence de l'autre. Ici, ton image numérique ; là-bas, le soleil qui se lève à peine.

Et demain...

Ses doigts se mirent à courir sur les touches :

Voilà, Numéro Un. As-tu réalisé que tu viens d'inaugurer le cercle très fermé des démiurges capables de donner la mort comme de ramener à la vie ? Cependant, ne te pose pas trop de questions quant au pourquoi et au comment de cette opportunité que je t'offre. Sache seulement qu'elle est unique. Parce que, derrière le virtuel, il y a la pulpe ; derrière les pixels, il y a le sang. Et profite simplement de ce jeu qui...

Alors même qu'Il se demandait jusqu'où Il pouvait aller dans l'explication, se méfiant de sa propre envie de dire, de se confier, le bip résonna à ses oreilles. Ses doigts s'immobilisèrent.

Un second internaute...

Il se mordit la lèvre. Pouvait-Il mettre la suite en ligne immédiatement ? Il eut un pincement au cœur. Se séparer si vite de ce premier complice. De cette exubérance qu'Il avait ressentie à partager pour la première fois.

Oh, après tout...

Le premier pion pouvait attendre désormais.

Il bascula sur les données du deuxième joueur, poussa un soupir de soulagement. Tout fonctionnait.

Et le texte défila sous ses yeux, comme il devait défiler sous ceux du nouvel arrivant :

Allons, avance, Numéro Deux... Voici le plateau de jeu tel que l'a laissé Numéro Un, juste avant toi... et voici les pions par lesquels tu laisseras ton empreinte...

Maintenant, lance les pièces et laisse-toi guider par ton instinct.

Machinalement, Il crispa sa main sur la souris lorsque Numéro Deux cliqua.

Les pièces retombèrent.

Le 4. Et le 2.

Il sourit lorsqu'Il comprit que son adversaire ne jouerait que le second chiffre.

Et dès que le plateau de jeu se modifia à l'écran, Il laissa ses doigts bondir sur le clavier :

Oui ! OUI ! Numéro Deux, tu as déjà éliminé l'un de mes pions !

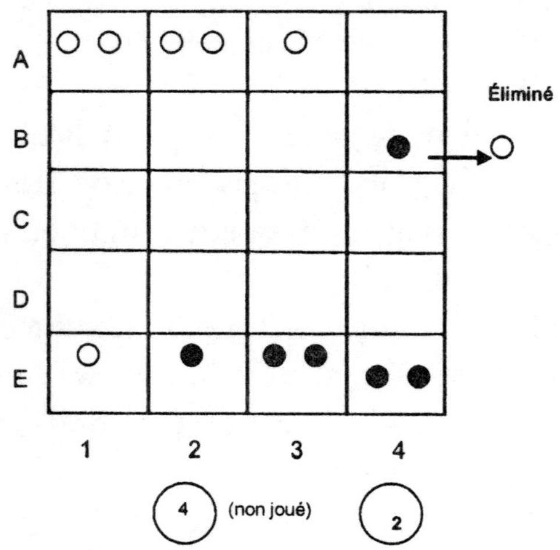

Le blanc positionné en B 2 sortait du jeu.

Il posa la feuille d'aluminium sur le petit trépied qu'Il s'était fabriqué, déposa la poudre dessus. Sortit son briquet.

Il allait chasser le dragon. C'était le seul moyen de plonger dans ses souvenirs sans s'y noyer.

3

Semaine 1. Let the night begin [1]

Samedi, 20:28 (UTC)

SES DOIGTS couraient sur le clavier.

Encore cinquante mails à traiter.

À croire que l'homme moderne n'avait plus que ça à faire de ses week-ends. Lui le premier.

Hammond leva les yeux, plissa les paupières. Dans la baie vitrée du bureau, un embrasement d'or pâle renvoyait la descente du soleil sur l'horizon. Au loin, la mer étale lançait des reflets mauves et orangés. Le vent avait presque réussi à chasser les nuages.

Il regarda sa montre. Il était sûrement le dernier sur le campus. Il posa le menton sur sa main. Sur l'écran extra-plat de l'ordinateur, son reflet le toisait avec une mine sinistre. Au-dessus de la chemise aux manches retroussées, sa barbe de fin de week-end venait concurrencer ses cheveux. Il était plus que temps qu'il aille chez le coiffeur. Pourtant, dans son planning, se bousculaient colloques, levées de fonds, discours, remises de diplômes, conclusions de partenariats... Or sa carrière avait toujours été sa préoccupation première. Il n'avait eu aucun effort à fournir pour y prendre plaisir. Il n'y avait guère de place pour le reste. Et entre

1. *Laisse la nuit commencer,* Minor Majority.

se faire couper deux mèches et renverser sa maîtresse, il avait choisi. Pour travailler autant, ferrailler en permanence, et rester celui que personne ne réussissait à infléchir lorsqu'il estimait avoir raison, Hammond avait besoin de se défouler. Davantage que le sport et le piano, le sexe était pour lui le meilleur moyen de. Pas plus qu'il n'avait reconnu les frontières du vivant dès lors que la création de bactéries synthétiques s'était avérée possible, il ne reconnaissait aujourd'hui les frontières de la morale en matière de qui forniquait avec qui. Surtout lorsque, au-delà de l'impératif d'un hygiénique désir, se profilait la certitude que cette activité pourrait, un jour, lui apporter quelques instants d'abandon.

Et d'oubli.

Il souleva les sourcils. Mieux valait ne pas penser à ce genre de conneries. Cela risquait de le ramener trop loin en arrière.

Le regard perdu dans l'écran, il ne put s'empêcher d'évoquer Sara, sa bouche, et le reste. Puis, bizarrement, son cerveau zappa sur la journaliste qu'il devait voir le lendemain. Comment s'appelait-elle, déjà ?

Oven ? Owen ?

S'il en croyait la photographie un peu floue qui figurait sur le site web du *Guardian*, elle n'était pas trop moche. Mais pouvait être dangereuse, puisque son journal l'avait chargée de comparer les stratégies des meilleures écoles de sciences de la planète. Rien que par téléphone, elle avait posé des questions embarrassantes, s'approchant de ce qu'il considérait comme sa « zone interdite ».

Une emmerdeuse.

Il sauta sur ses pieds, pêcha un morceau de papier froissé dans la poche arrière de son jean : le numéro de téléphone de la sœur de Sara en Géorgie. La jeune femme n'y était que pour quelques jours. Mais, en cet instant, elle lui manquait.

Physiquement.

Bien sûr.

Mais quand même.

Il pouvait l'appeler. Après tout, son mari n'était pas avec elle.

Il parcourait l'Amérique du Nord pour vendre ses jeux vidéo, gagner toujours plus d'argent. Et continuer d'acheter à travers le monde des maisons dont plus personne ne voulait et qu'il n'habiterait pas. Voulait-il compenser le fait qu'il avait définitivement quitté le Liban ? Sans doute. En tout état de cause, l'amant de sa femme n'en avait rien à foutre. Il ne voyait qu'une chose : le vieux était souvent absent.

Hammond composa le numéro qui figurait sur le papier. Raccrocha brutalement lorsqu'un enregistrement lui annonça qu'il devait vérifier le code du pays.

Quelle idée.

Sara serait là dans quelques jours. Et il devait être prudent. D'une part, il y avait sa situation professionnelle. D'autre part, il y avait...

Jenny.

Dire qu'elle était sa fiancée plus ou moins officielle, celle-là, et qu'il ne pensait jamais à elle. Mais, hormis parachever l'accession au statut social auquel il aspirait depuis toujours, de quelle utilité lui était-elle ? Et que savait-elle faire ?

Il eut un petit sourire ironique.

Osciller.

Jenny était championne en la matière. Chez elle, cela tournait même au mouvement perpétuel. Entre deux vies, deux attitudes. Se dévouer aux bonnes œuvres de la ville, tenir compagnie à sa grand-mère sénile, distribuer ses vêtements usagés, engloutir des scones à la crème. Ou se faire épiler le pubis en forme de ticket de métro, écumer les cocktails, dégainer sa carte bancaire, se forcer à vomir dans les toilettes, se frotter à son VIP coach, un petit bonhomme velu aux muscles si développés qu'il ne pouvait marcher que jambes et bras écartés.

Mais peu importait qu'elle fût une garce anorexique ou une future dame patronnesse. Grâce à Jenny, Hammond avait pris définitivement conscience d'une chose : il n'était plus le chevalier blanc qu'il avait cru (ou voulu) être à un moment de sa vie. Non seulement il pouvait assumer le pouvoir, mais il était également capable de faire ce qu'il fallait pour le conserver.

Les yeux sur le numéro de téléphone que lui avait donné Sara, Hammond songea que, toutes ses illusions sur la nature humaine s'étant depuis longtemps évaporées, ne l'intéressait décidément plus qu'une seule chose : son propre bien-être.

Bien-être ?

Il grimaça.

Ou bonheur ?

Il se passa la main dans les cheveux. La terminologie avait finalement aussi peu d'importance que la signification, dès lors qu'il ne croyait pas que cela existât. Il préférait donc se contenter de ce qu'il connaissait, de ce qui était à sa portée. L'adrénaline du pouvoir, celle de la conquête sexuelle et, accessoirement, de la transgression.

À ce moment, une succession de coups retentit sur la baie vitrée. Comme pris en faute, Hammond fourra le petit papier dans sa poche arrière, fit jouer le bouton de commande sur le côté de son bureau. Laissa entrer Roger, le concierge de l'école, un rouquin à l'ample bedaine et au teint constellé de taches de rousseur.

Le souffle court, Roger se mit à tartiner nerveusement sur la moquette les brins de gazon accrochés à ses talons, puis posa les deux battoirs qui lui servaient de mains sur le bureau couvert de dossiers et de journaux. Éructa la mauvaise nouvelle :

– Les flics veulent vous voir, Monsieur le doyen. Il paraît que des gens ont trouvé un mort dans une vieille baraque, quelque part par là...

Il eut un geste de la main vers un horizon indéterminé.

– Vous savez, là où il y a des chantiers de rénovation... Et le pire...

Il s'essuya le front. Le barbouilla de l'encre du *Financial Time* qui s'était transférée sur sa paluche humide.

– ... c'est que c'est l'un des jardiniers d'ici !

Hammond leva un sourcil.

– D'ici ? De l'université ou de l'École des sciences ?

Mais le concierge ne semblait pas l'avoir entendu.

– C'est pas bon du tout, M'sieur l'doyen ! C'est pas bon du tout !

Samedi. Quest[1] *(WZ)*

Les programmes tournaient à toute allure à partir de la matière du deuxième pion. Et les doigts de sa main gauche pianotaient à côté du clavier.

Soudain, le bourdonnement s'arrêta. Il braqua son regard sur l'écran bleu-gris. Cela allait-il fonctionner aussi bien que la première fois ?

Il sourit.

Bien sûr.

Le joueur Numéro Un n'était pas revenu. En revanche, le Numéro Deux répondait présent.

Enfin.

La fenêtre redevint noire. Puis le texte s'inscrivit sur le plateau de jeu :

> C'est ton tour, Numéro Deux. Et voici la personne qui demeurait derrière le pion éliminé...

Le cliché représentait un postadolescent, presque ordinaire dans son sweat-shirt et son jean, n'eussent été ses yeux légèrement bridés et sa queue-de-cheval sur le sommet de la tête. L'air crâne, le jeune homme semblait s'apprêter à tancer celui qui l'avait un instant capturé.

De derrière l'objectif.

Il contempla la photographie, vit les branches du bouleau au-

1. « Quête », expression couramment utilisée dans certains jeux vidéo.

dessus de la tête du garçon. Les avait-Il aperçues le jour où Il avait pris le cliché ? Certainement pas, sinon, Il n'aurait pu.

Le souvenir était tellement présent. Celui de ce jour où Lily et Lui s'étaient promenés dans cette allée, sous les feuilles argentées, l'été précédent. Le parfum léger de la jeune fille, celui de l'océan. Et le silence.

Il ferma les yeux. Il devait occulter la face innocente de son passé. Elle ne le menait qu'à l'accablement, noyait sa fureur. Ne Lui restait alors qu'une solution : précipiter ses pensées dans les plus sombres de ses souvenirs. Ce qu'Il fit. Jusqu'à ce que, pour éviter la suffocation, Il se vît une fois de plus contraint de songer au mécanisme de sa vengeance et, très concrètement, à l'odeur âcre de la transpiration du pion qu'Il venait d'exécuter.

Alors, seulement, Il recommença à respirer. Et la première phrase résonna hors du haut-parleur de l'ordinateur. Autoritaire.

Il tressaillit. Il n'avait pas imaginé à quel point ce passage coïnciderait avec la posture du personnage :

J'ai eu beau regarder dans le monde, contradictoires sont les signes. Non, Dieu ne barre pas la route au diable !

Vois, un père hale la barque dans les canaux, et son grand fils paillarde dans son lit !

Moi qui me suis humilié devant Dieu, qu'ai-je gagné de plus ?
Me voici agenouillé aux pieds de mon inférieur
Et le rustre, riche et opulent, me traite avec mépris[1] *!*

Il vit la flèche de la souris de Numéro Deux faire un bond en avant, comme si le joueur avait sursauté en entendant l'extrait du *Théodicée.* Dont les échos cédèrent la place à une inscription :

« 2009 av. J.-C. »

Puis à l'animation, au lent récit qui l'accompagnait :

---

1. *Théodicée* ((E)sagil-kînam-ubbib, XIIe siècle avant J.-C.)

Nous vivons aujourd'hui des temps étranges. Dieu et le diable ont trouvé le chemin du virtuel. Et comme les autres œuvres de l'esprit, ils y ont généré leurs propres univers. Tant et si bien que nombreux sont les mortels qui se pensent désormais leurs égaux.

Crois-tu que ce soit également ton cas, Numéro Deux ? Pour le savoir, une seule solution : procéder à ton avènement. Et te présenter ta créature, ton ouvrage : Hakhan, fils de Yantin, chef des Amorrites.

Regarde-le. Avec les autres cavaliers, il s'arrête sous les remparts de la cité d'Ur. Devant lui, sur un vieil alezan, Yantin, son père, est en grande discussion avec l'émissaire de l'empire voisin d'Élam. Et Hakhan tente de savoir la véritable raison de leur venue ici. Car il en est certain, en dépit de ses multiples usages, les nomades amorrites n'ont que faire du bitume qu'ils réclament à cor et à cri aux Sumériens.

Pourtant, vois-tu ces hommes somptueusement vêtus qui s'avancent maintenant entre les portes de la ville, Numéro Deux ? Ce sont des envoyés d'Ibbi-Sîn, l'empereur d'Ur. Ils sont en train d'essayer de berner les Amorrites en leur proposant une « conjugaison des sangs, des fougues et des destins », autrement dit une union entre l'une des filles d'Ibbi-Sîn et Hakhan, le fils du chef amorrite. Union qui leur permettrait d'acheter la paix, sans avoir à laisser le moindre accès aux terres de l'empire.

Tu vois, Numéro Deux... Yantin se retourne vers l'émissaire élamite, manifestement ravi d'une si stupide proposition. Au prétexte de la quête du bitume, s'ajoute celui de la vengeance face au mépris des Sumériens. Et l'Élamite en profite. « Et lorsque la troisième dynastie d'Ur eut refusé la terre qui portait le bitume, les Amorrites cessèrent d'être des errants de la montagne et, avec les Élamites, recouvrirent le pays et l'empire. »

Que ne t'avais-je pas dit, Numéro Deux ? Présent, passé. Passé, présent. 2009. –2009. Notre jeune homme en sweat-shirt, Hakhan sur son cheval. Aujourd'hui, la mémoire de l'un ; hier, l'existence de l'autre. Ici, ton image numérique ; là-bas, le soleil qui se couche à peine.

Et demain...

Sur ces mots, l'écran redevint opaque.

Et le joueur Numéro Deux était toujours là. Le moment était venu.

De lancer la suite.

Très vite, Il constata que les images du film n'étaient pas floues, que la caméra n'avait pas tremblé. En revanche, sur le côté de l'écran, la flèche témoin du joueur palpitait. Feuille dans le vent.

Plaisir... ou terreur ?

Il plissa les yeux. La question L'enchantait.

4

Semaine 2. Another piece of meat[1]

Lundi, 07:49 (UTC)

EN DÉPIT de l'heure matinale, la chaleur était déjà présente. Hammond glissa son passe dans le lecteur, poussa la porte de son bureau.

La clarté d'or jaune qui inondait la pièce l'obligea à mettre sa main devant ses yeux. Il actionna les stores électriques derrière l'immense fenêtre, aperçut son reflet dans la vitre. Costume gris. Chemise blanche. Sale tête du type qui n'a pas fermé l'œil de la nuit.

Les questions des flics s'étaient enchaînées jusque très tôt le matin. Dans son bureau tout d'abord, à la suite des explications bredouillantes du concierge, puis au poste de police.

L'inspecteur local, un certain Barney Rodham, un jeune mec trapu et agressif, avait manifestement peu de chose en commun avec Hammond. Hormis peut-être l'antipathie qu'il ressentait envers lui. D'ailleurs, vers 3 heures du matin, de derrière son bureau brinquebalant, il le lui avait presque craché à la figure :

– Je ne sais si vous vous en êtes rendu compte, Monsieur le doyen, mais vous ne me plaisez pas. Grosse tête, grosse réussite, belle bagnole, fiancée de bonne famille. Où est la faille dans tout ça ? Parce qu'il y en a forcément une. Toujours.

1. *Un autre morceau de viande,* Scorpion.

Hammond n'était plus habitué à ce que l'on s'adressât à lui ainsi. Il avait regardé le visage carré de son interlocuteur. Les taches de rousseur qui parsemaient le nez court et les pommettes proéminentes. L'épaisse calotte de cheveux blonds qui s'avançait au-dessus du front. Les yeux enfouis sous les sourcils broussailleux. Une brute épaisse, voilà ce que ce type était, ni plus ni moins. Neandertal.

Hammond avait serré les dents, admis in petto que, de toute façon, il n'avait pas envie de le voir autrement. Cela le confortait trop dans le jugement définitif qu'il avait prononcé. Et dans ce que cela pouvait lui permettre de faire en retour. Alors il s'était contenté de hausser les sourcils, sans bouger de sa chaise. Comme souvent, cela avait eu le don d'exaspérer encore davantage son interlocuteur.

– Vous vous foutez de ce que je vous raconte ? Vous vous croyez à l'abri ? Et si c'était vous qu'on retrouvait, demain, gris et gonflé, les yeux exorbités et la gorge entaillée ? Avec sur votre mignon petit corps les traces des horreurs qui vous ont peut-être poussé à supplier votre tortionnaire ? Pour qu'il vous achève rapidement ?

Une fois encore, Hammond s'était forcé à rester impassible.

– Je serais bien embêté.

Le flic avait haussé les épaules.

– Si ça vous arrive, ne comptez pas sur moi pour pleurer.

Le visage sévère, il avait marqué un temps d'arrêt.

– Et ça reste de l'ordre du possible, étant donné que nous en sommes à notre deuxième bonhomme zigouillé et mutilé de la sorte...

Médusé, Hammond avait relevé la tête.

– Le deuxième ? Vous plaisantez ?

Avec une moue expressive, le flic l'avait toisé.

– Je crains, hélas, que mes capacités en la matière ne soient des plus limitées. Il y a deux jours, dans un vieux camping-car stationné sur le parc à caravanes de Cairnsmill, sur Largo Road, on a trouvé le cadavre de l'un des étudiants de l'école. Le torse avait été scarifié, comme pour le jardinier. En revanche, le corps du garçon était dans une position étrangement... arrangée. Quelque chose qui évoquait... un rituel ou... Bref. Pour ce qui est du jardinier, étant donné l'endroit où il a été repêché, c'est impossible à déterminer. Mais dans les deux cas, on a retrouvé des boîtes de plastique, genre Tupperware. Il y en avait une dizaine autour de l'étudiant. Et quelques-unes flottaient dans le sous-sol de la cave où se trouvait votre jardinier yéménite.

Hammond avait plissé le front.

– Il n'était pas mon jardinier. Et j'ignorais qu'il était yéménite.

Avec un regard presque amusé, le flic s'était passé le pouce et l'index sous le nez, comme s'il en avait chassé une poussière.

– Oh, bien sûr. Il n'était pas directement votre jardinier...

Il avait abruptement insisté sur le *v* de « votre ».

– Mais dois-je vous rappeler que vous êtes celui qui signe les contrats de travail de ces gens-là ? De même, vous êtes responsable de ceux qui s'inscrivent dans votre école. Et dans les cas qui nous occupent, c'est donc vous qui avez employé un sans-papiers... et admis un autre sans-papiers parmi vos si brillants étudiants.

Hammond secoua la tête.

Oublier ce sale con et cette nuit infernale.

Il jeta sa veste sur un siège, se connecta à l'intranet de l'université, fouilla le réseau. Grommela.

Rien.

Martha devait avoir conservé les données pour elle. En général, il n'avait rien à lui reprocher, mais là...

En quelques enjambées, il sortit de la pièce, vint s'asseoir devant le bureau de son assistante.

08:11

Dans le hall de l'école, Martha avançait au rythme de ce que diffusaient ses écouteurs. La veille, elle avait échangé de nouveaux morceaux avec ceux qui, comme elle, se baladaient de plus en plus assidûment sur les réseaux sociaux d'internet. Et comme les intoxiqués à *MySpace* ou autres *FaceBook* ne se comptaient plus, elle s'était encore retrouvée avec un objectif d'écoute impossible à atteindre, surtout chez elle, entre mari et enfants. Restaient le trajet jusqu'à l'université et le matin avant l'arrivée de son patron.

Aussi hoqueta-t-elle de surprise en le voyant devant son ordinateur. D'un geste rapide, elle glissa les écouteurs dans son décolleté. Se pencha vers la chemise blanche et les cernes du docteur Mac Leod.

Au quotidien, il ne l'impressionnait plus. Ou presque plus. Mais là, il avait sa tête des jours sans. Et effectivement, lorsqu'il leva les yeux vers elle, elle vit que ses iris n'étaient plus ni verts ni marron, mais noirs. Qu'il avait, entre les sourcils, deux rides à rendre pétocharde la plus courageuse des assistantes.

– Nom de Dieu, Martha ! Pourquoi est-ce que je suis obligé de venir chercher les fiches des étudiants sur votre bécane ? Pourquoi est-ce que je ne les trouve pas sur le réseau ?

Elle fit sur elle-même un prodigieux effort.

– Mais, m... monsieur, c'est v... v... vous qui m'avez demandé de ne pas d... d... iffuser à tout le monde une liste où figuraient les données gé... génétiques !

Il fit alors preuve de la mauvaise foi qui, selon Martha, caractérisait si remarquablement la gent masculine, et prononça froidement :

– Est-ce que, pour vous, je suis « tout le monde » ?

La jeune femme faillit en laisser tomber le lecteur qu'elle essayait d'éteindre en douce, resta la bouche ouverte. Ce qui, avec ses cheveux tirés en arrière, son nez tout rond et ses épaisses lunettes, lui conféra plus que jamais l'aspect de la grenouille à l'affût d'une mouche.

Elle bredouilla :

– Il y a long... long... temps que j'ai b... basculé les mots de p... passe et le che... chemin d'accès dans v... votre mes... messagerie...

Mais le doyen n'entendit rien.

Alors, jetant son gilet dans l'une des corbeilles à courrier, Martha se prit à le haïr autant qu'elle haïssait son crétin d'époux et ses pantalons de polyester marron. Et sans un mot, elle s'empara de son bloc. Puisqu'il n'avait pas l'air de vouloir lever son derrière de sa chaise.

Effectivement, il avait trouvé le fichier qu'il cherchait, pointait son index sur une ligne.

– Je veux tout ce que vous avez sur cet étudiant... Hakan Qorhmah... Il a été assassiné il y a quelques jours... ainsi que l'un de nos jardiniers. Je vous passe les détails. Toujours est-il que notre chère DRH, Miss Clayton, a embauché ce jardinier sans vérifier s'il avait des papiers en règle. De même pour Bill Smith, qui fait faire la paperasse des étudiants après les sélections. Deux bourdes qui pourraient nous occasionner pas mal d'ennuis. En plus, si des concurrents apprennent ça... je ne vous fais pas un dessin.

Martha ravala sa rancœur, s'avança au-dessus de son épaule et, avec son stylo, désigna à son tour le nom de l'étudiant :

– Si v... v... vous cliquez là-dessus, vous ba... ba... sculez sur le tromb... trombinoscope.

La photographie qui apparut fut celle d'un jeune homme aux yeux à peine bridés, à la peau pâle, aux cheveux noirs attachés en queue-de-cheval sur le dessus de la tête, comme en écho à sa barbichette.

Le jeune doyen marmonna :

– Hum. Je l'ai croisé dans les couloirs à plusieurs reprises. Pas très grand, l'air sûr de lui, et scotché à une minette rousse, si j'ai bonne mémoire.

Martha ne fit aucun commentaire sur le fait que, lorsqu'il le voulait, il avait effectivement une mémoire remarquable.

– V... voilà... cliquez encore... vous êtes maintenant sur sa p... page perso.

Il écarquilla les yeux.

– Bon. Mère ukrainienne, père syrien... Nationalité... Né à...

Pourquoi est-ce qu'il n'y a rien, ici, Martha ? Langue maternelle, ukrainien. Langues étrangères, rien. Bon Dieu ! Il parlait a minima l'anglais et l'arabe syrien, non ? Soyez logique ! Et là, profil ADN... Martha ! Vous savez comme moi que cela sera bientôt obligatoire... et même si vous n'êtes pas d'accord, on n'y peut rien ! De plus, à quoi servent ces fiches perso s'il n'y a rien dedans ? Avec toutes les nationalités qui se baladent sur le campus...

– Mais m... monsieur... je... je ne fais que les c... créer ces fiches... et je récupère ensuite les données qu'on doit me fournir !

Il se leva, se dirigea vers son bureau.

– Ne faites pas l'andouille avec moi ! C'est faux et vous le savez très bien. Vous êtes mon assistante, vous êtes censée relancer ceux qui ne vous donnent pas ce qu'ils devraient... et gérer correctement tous ces trucs. On fonce droit dans le mur avec une base aussi minable ! Débrouillez-vous pour récupérer ce qui manque et me l'envoyer dans la journée. Lorsque les flics veulent quelque chose, on a intérêt à le leur donner.

Elle ravala ses larmes. Il n'employait jamais ce ton avec elle. Quelle mouche le piquait ? Elle souffla le plus discrètement qu'elle put dans un mouchoir en papier, respira à fond. Il fallait reconnaître que personne n'avait non plus jamais été trucidé sur le campus. Depuis qu'elle y était, en tout cas.

Elle cliqua au hasard sur une autre photo d'étudiant. Et encore une autre.

Bizarre.

Toutes les autres fiches perso étaient correctement remplies.

Elle revint sur celle du jeune homme assassiné, vérifia en bas de la page. Elle avait signalé trois relances auprès des services concernés, puis un accusé de réception. Par trois fois, elle avait donc redemandé ces données. Et les avait reçues.

Encore plus bizarre.

Elle s'apprêtait à décrocher son téléphone pour en savoir plus lorsqu'elle entendit la sonnerie du poste du doyen.

Sa ligne directe.

Comme d'habitude, la porte du bureau était restée entrouverte. Elle tendit l'oreille.

08:23

Jenny.

Hammond fit la moue. Il aurait dû vérifier le numéro d'appel avant de prendre la communication.

Cela allait encore lui coûter du temps et de l'énergie.

Quelle idée j'ai eue de lui donner le numéro de mon poste.

Il décida pourtant d'être patient. Après tout, il l'épouserait peut-être un jour... si son père, Neil Denehay, était encore dans le conseil d'administration...

– Oui, Jen... Je te préviens, je ne suis guère disponible en ce moment.

Au bout de la ligne, la voix se fit plus aiguë. Et Hammond s'assit lourdement sur son siège de bureau.

Bon sang. J'avais complètement oublié ce truc.

– Non, je suis désolé, je ne peux pas venir à ce brunch. Oui, je sais que tu as organisé ça avec tes parents... Il aurait peut-être fallu que tu l'organises avec moi aussi, non ?

Dans le combiné, l'intonation tournait à l'aigre. Hammond sentit la colère l'envahir.

– Non, je ne suis pas de mauvaise foi ! Non, je n'évite pas tes parents ! D'ailleurs, je te signale que je vois régulièrement ton père. Mais ce brunch ne figure nulle part dans mon agenda et... Non, ce n'est pas la faute de Martha ! Mon assistante gère mes rendez-vous professionnels et non pas personnels... D'ailleurs... Non, tu ne vas pas passer au bureau ! J'ai du boulot par-dessus la tête et...

Elle avait raccroché.

Il poussa un soupir de soulagement, s'empara du parapheur.

Cinq minutes plus tard, il le reposait à peine, après avoir signé le dernier courrier, qu'une jeune femme blonde bousculait Martha, repoussait la porte du bureau derrière elle.

Les ongles de Hammond s'incrustèrent dans ses paumes.

Quelle plaie.

08:31

Il était fatigué et de mauvaise humeur, ça se voyait comme le nez au milieu de la figure. Était-ce vraiment le moment de le titiller ? Jenny se remémora la phrase de sa mère :

Tu n'as aucune capacité d'empathie, ma chérie.

Pourtant, en ce qui concernait Hammond, Mme Denehay mère ne pouvait pas dire que sa fille ne faisait pas d'efforts. Jenny savait toujours quand c'était le bon moment... et quand ça ne l'était pas. Ce qui, de toute manière, ne l'empêchait pas d'agir à sa guise.

Aux yeux de la jeune femme, un homme digne de ce nom devait se rapprocher le plus possible de l'un des archétypes présentés dans les magazines qu'elle lisait chez le dentiste. En conséquence, il ne pouvait qu'être suroccupé par des activités qui lui apportaient argent, considération et/ou pouvoir (si, en la matière, il réussissait à concilier les trois, c'était encore mieux). Par ailleurs, il devait choyer sa compagne, lui faire des cadeaux imposants, au moins autant que des compliments, et la laisser mener sa vie à sa guise le reste du temps. Archétype ou fantasme, Jenny n'en savait rien. Parce qu'elle ne s'était jamais posé la question. Elle était plus ou moins persuadée que, à l'image de son père, et selon une immuable loi de la nature, le genre masculin méprisait le genre féminin. Peut-être était-ce pour contourner la tyrannie de ce dogme intime qu'elle tentait d'être deux personnes à la fois. Puisque, même face à son géniteur, elle ne savait où se positionner pour trouver l'affection respectueuse à laquelle elle aspirait.

En Hammond, elle avait cru trouver son fameux archétype.

Perle devenant rare entre toutes. Et depuis six mois, ils étaient fiancés (en fait, depuis la deuxième fois où ils avaient couché ensemble). À l'époque, Jenny avait d'ailleurs trouvé ça louche, un type qui évoquait le mariage aussi rapidement. Puis elle s'était dit qu'il était tombé amoureux et que, de toute façon, il répondait aux trois impératifs de base décrits également dans les revues qu'elle tenait pour bible : il était pas mal balancé, bien pourvu et, comme il avait du doigté et de l'expérience, il baisait bien. En sus, il était brillant et promis à un bel avenir, même si sa branche d'activité n'était pas (et loin s'en fallait) aussi rémunératrice que d'autres. Comme celle du père de Jenny qui, lui, en financier prudent, avait toujours su donner dans la prévision autoréalisatrice.

Par la suite, elle avait cependant compris quelques petites choses (certes, elle n'avait pas le cerveau le plus agile du monde ; mais lorsqu'il s'agissait de préserver son pré carré, elle était capable de mettre en place les bonnes connexions). Tout d'abord, Hammond n'était pas amoureux d'elle. Il pouvait, le cas échéant, avoir envie d'elle. C'était même plutôt facile de l'amener au lit. Ou ailleurs. Hammond pouvait donc provisoirement aimer ses seins, son ventre, son sexe, ses fesses, sa bouche. L'expression exacte eût été qu'il pouvait « prendre du plaisir à se servir de ». Mais Jenny n'avait pas envie d'avoir accès à la terminologie qui lui eût permis d'exprimer ce type de nuances : c'eût été pousser l'autoflagellation un peu loin. Elle s'était donc contentée de constater lucidement son statut d'objet. Face à un type qui la confortait dans la vision qu'elle avait des relations hommes-femmes, puisqu'il la méprisait, lui aussi. Le pire dans tout cela était que ce mépris ne s'adressait ni à l'indécrottable compulsive du cul et de la carte bancaire, ni à celle qui se forçait à adopter le profil de la bonne fille sage. Mais à celle qui, à la recherche d'une insaisissable estime, flottait entre deux attitudes complètement artificielles.

La colère l'avait saisie lorsqu'elle avait également compris ce qui découlait de cet état de fait. Ou ce qui était à l'origine de (tout dépendait de la façon dont on envisageait la situation). À savoir que Hammond avait très envie de conforter sa position, voire de l'améliorer. Puis elle avait réfléchi. Après tout, pourquoi pas : ce serait du donnant-donnant. Un archétype contre un soutien politique, il y avait pire comme compromis.

Seulement, en ce lundi, c'était au tour de Hammond de donner. Cela faisait un mois que Jenny avait préparé ce fichu brunch. Et dans des dispositions contraires ou non, son présumé fiancé allait y venir. Aussi, sans tenir compte des ondes réfrigérantes qui émanaient de lui, la jeune femme se colla-t-elle contre sa manche. Il lui fallait agir, vite. Tel le gaz à effet de serre avec la banquise.

08:36

Par l'entrebâillement de la porte, Martha ne pouvait pas ne pas voir ce qui se passait dans le bureau de son patron. Certes, elle aurait pu se forcer à ne pas regarder. C'était au-dessus de ses forces. D'autant que le doyen venait de se lever d'un bond et de saisir les épaules de Miss Denehay (Miss *Bigmoney,* comme l'avait surnommée Martha).

Les paupières baissées vers son bloc-notes, elle bouillait intérieurement. Ce grand abruti allait-il enfin réaliser à quel point ce qu'il faisait avec cette pétasse blonde était stupide ? N'avait-il pas suffisamment d'atouts dans sa manche sans vouloir en ajouter d'une façon aussi minable ? Elle ferma les yeux, soupira.

Lorsqu'elle les rouvrit, le doyen repoussait Miss Bigmoney vers la sortie. Et sur un ton sec, il chuchotait quelque chose.

Martha se retourna précipitamment vers son ordinateur, à temps pour ne plus voir de Jenny Denehay que son départ, tout en roulement de hanches et en balancement de sac à main D & G.

Soulagée, elle ouvrait l'agenda électronique de son patron, lorsqu'une main fine et déliée agita une carte de visite sous son nez.

Elle sursauta.

C'était la journée.

Après la blonde, la brune.

Allait-il la coller dans son lit également, celle-ci ?

08:44

Quelle idée il avait eue de sauter Jenny. Et surtout de vouloir aller plus loin sous prétexte que son père était l'un des membres les plus influents du conseil d'administration de l'école.

Comment pourrais-je jamais la supporter ?

Hammond tapa du poing sur la pile de dossiers posée sur le coin de son bureau. Mieux valait éviter l'acajou. La dernière fois qu'il s'était défoulé de cette façon, il avait fendu le plateau.

– Docteur Mac Leod ? Enchantée. Willow Owen.

Il tressaillit, leva les yeux.

La phrase convenue qu'il s'apprêtait à débiter ne vit pas le jour. Et la seule chose qu'il trouva à faire fut de tirer sur le nœud de sa cravate pour se donner une contenance. Ce que, par principe, il estimait pourtant ne jamais avoir à faire.

Son regard effleura la jeune femme prise dans un pinceau de lumière. Il était impossible de dire si la photographie du site du *Guardian* était fidèle ou non : elle était trop floue. Or les traits de Willow Owen n'avaient rien de flou. Rien d'exceptionnel non plus sans doute, pris séparément, mais combinés les uns aux autres, ils formaient indubitablement ce que l'on appelle le charme.

Un charme déconcertant.

– Enchanté, dit-il machinalement. Prenez un siège, je vous prie.

Il s'assit et l'observa du coin de l'œil tandis qu'elle croisait les jambes, chassait une mèche de cheveux qui lui chatouillait la paupière, sortait son enregistreur et son mini-ordinateur. De loin, dans son pantalon de toile écrue et son étroit polo noir, elle avait une allure très juvénile. De près, un peu moins. Cependant, un signal se mit en route dans le cerveau de Hammond. Un signal qui, sans raison apparente, indiquait le danger.

Mais quel danger ?

Celui de la reporter qui risquait de ralentir la progression de l'école par un mauvais papier ? Hammond avait l'habitude. Il savait gérer ce genre de situation.

Alors quoi ? Elle n'est même pas mon genre.

Des cheveux bruns et bouclés, des yeux futés, des hanches et des seins qui passeraient dans un toaster, ce qui, de la part de Hammond, n'était pas un compliment. Qu'est-ce qui pouvait bien le troubler chez elle ? Parce qu'il devait admettre qu'il était troublé par celle qui, sérieuse, les mains sur les genoux, l'examinait avec une interrogation muette dans le regard.

Interrogation et défi. Complicité et rivalité. Résistance et envie.

Hammond se mit à plier et déplier un trombone. Il devait rester en retrait, faire taire ce qui était en train de naître en lui.

Jusqu'à ce que.

Mais aujourd'hui, ce n'était vraiment pas le moment. Il y avait une éternité qu'il avait appris à décider quand et comment. Ce n'était pas toujours facile, mais avec de la concentration, en général, cela marchait. Pourquoi pas maintenant ? Et surtout, pourquoi face à elle ?

Alors, il décida d'être désagréable. Entre ses doigts, le trombone cassa. Et tant pis pour le papier du *Gardian*.

Lundi, Incoming[1] (WZ)

Son regard naviguait du gris de l'écran au clavier qu'Il était en train de nettoyer avec l'extrémité d'une agrafe-trombone dépliée. Davantage qu'une nécessité, c'était devenu un cérémonial dont Il

1. « Quelqu'un arrive », expression couramment utilisée dans certains jeux vidéo.

ne pouvait plus se passer. Comme si le fait de déloger les corps étrangers nichés entre les touches L'assurait du bon fonctionnement de son esprit, tout autant que de celui du plan qu'Il avait si minutieusement élaboré.

La brusque apparition d'un nouveau joueur dans la fenêtre de contrôle ne put que consacrer ce fragment de sa propre liturgie.

Il jeta l'attache.

Les choses s'accélèrent.

Les surfeurs du virtuel étaient-ils devenus plus malins ? Étaient-ils quelques-uns à s'être passé le mot ? Pourtant, en dépit de l'impatience et de l'excitation qui L'avaient poussé en avant, en dépit de son désir exacerbé de rencontres, fussent-elles virtuelles, Il avait tout fait pour garantir une certaine sélectivité de l'accès. Et ce, même à travers les sites consacrés aux jeux en ligne. Avec frénésie, Il codait donc tout ce qu'Il diffusait, ce qui, Il l'escomptait, devait au moins ralentir les copies et diffusions sur des sites de partage. En sus, Il s'obligeait à changer régulièrement la configuration du labyrinthe de la ziggurat.

L'espace d'un instant, Il se demanda ce qu'Il avait espéré lors de ces manipulations. Qu'une indifférence totale des internautes Le délivrerait de l'obligation de persister dans sa vengeance ? Ou au contraire que son site serait plébiscité, lui permettant ainsi de se décharger de ce fardeau sur des étrangers ?

Il soupira. Comme souvent, Il avait eu une vision binaire et bien partiale de la chose, peu compatible avec la réalité...

Même virtuelle.

En effet, les joueurs ne semblaient pas avoir de véritables velléités de faire du battage autour de leur nouveau divertissement. Peut-être tout simplement parce qu'ils commençaient à avoir des exigences. Numéro Deux, par exemple, avait déjà demandé à être impliqué dans le choix des personnages présents derrière les pions. Il semblait vouloir profiter du jeu pour régler quelques comptes. Et dans ce cas, il ne tenait sûrement pas à ébruiter cet état de fait.

État de fait ?

Il eut un rire nerveux, entre jubilation et amertume. Il n'aurait jamais cru apprécier à tel point ce qu'Il avait plus ou moins involontairement éveillé chez certains. Mais jamais Il ne leur déléguerait de véritable pouvoir de décision. C'était sa revanche, sa riposte. Elle n'avait de sens que pour Lui et par Lui. De toute façon, ces crétins ne sauraient pas s'y prendre.

Galvanisé, Il revint à ce qui était en train de se dérouler sur l'écran.

La troisième partie.

Et à son dialogue avec le nouvel arrivant :

As-tu compris, Numéro Trois ? Veux-tu m'aider à trouver celui qui sera le prochain ?

Il est désormais dans l'ordre des choses que je joue. Ensuite, ce sera ton tour.

Je lance les pièces...

Il hésita un instant devant le résultat du tirage. Devait-Il vraiment pousser le 4 ? Ne devait-Il pas laisser Numéro Trois tenter sa chance ?

Au fond...

Pourquoi tergiverser ? D'autant qu'en cet instant, l'envie était là, à nouveau. Tellement nourrie de souffrance et de haine qu'elle en occultait sa capacité de réflexion.

Alors Il sortit le pion noir. Entra le texte à destination du joueur :

Oh, dommage, Numéro Trois. J'ai déjà éradiqué l'un de tes pions. Mais je vais être magnanime et t'en faire découvrir le passé. Puis tu assisteras à son futur.

Laisse-moi quelques heures, Numéro Trois, et reviens dans le jeu. Tu ne le regretteras pas.

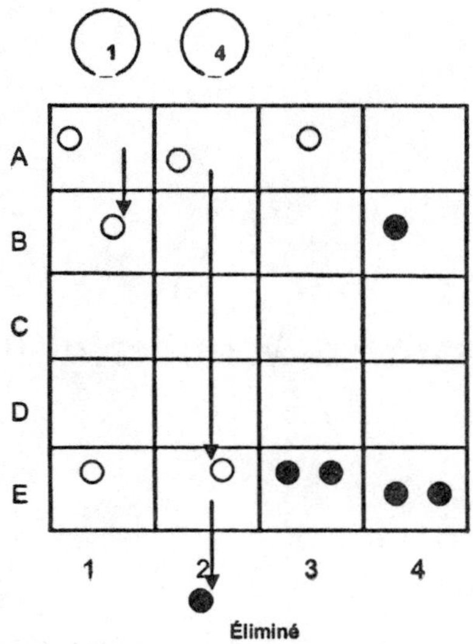

Il se baissa vers le sac qu'Il avait soigneusement préparé, enfila son blouson. Se demanda. Était-ce nécessaire ? Avec la chaleur qui régnait dehors...

Il décida que oui. Même à l'air libre, hors de cette cave, Il avait l'impression d'être glacé jusqu'aux os. Comme l'était Lily lorsqu'elle passait des journées entières à attendre.

Dans l'antichambre du labo.

L'ordinateur se remit à tourner, seul.

Pour le meneur de jeu, le moment était venu d'aller chercher le passé. Dans le futur.

5

Semaine 2. Wonderful life [1]

Lundi, 15:58 (UTC)

EN SORTANT de la voiture, Hammond regarda sa montre.

Même pas 16 heures.

Cette journée n'en finirait donc jamais. Il était éreinté. Conduire dans Dundee revenait à essayer de trouver son chemin dans un bol de spaghettis géants. Et la chaleur de plus en plus humide n'arrangeait pas les choses.

Il leva les yeux vers le ciel gris-jaune.

Si seulement il pouvait pleuvoir.

Comme en écho à son souhait, un coup de tonnerre retentit au loin, sur la mer. Hammond se passa la main sur la nuque, arrêta son geste en voyant les deux policiers qui l'attendaient sur le trottoir. Les salua d'un bref hochement de tête en se demandant s'il était aussi froissé et auréolé qu'eux.

À leur suite, il pénétra dans la cour de l'institut médico-légal, passa sans s'arrêter devant le hall réservé aux salons de présentation et à l'accueil des familles. Poussa la porte du dépositoire.

La climatisation devait fonctionner à plein et le froid qui régnait là contrastait désagréablement avec la température extérieure.

1. *Une vie merveilleuse*, Roger Black.

Hammond se sentit soudain glacé dans sa propre sueur. Il redescendit les manches de sa chemise sur ses avant-bras, enfila sa veste.

Les flics l'imitèrent sans attendre. Il en fut presque soulagé. Et pas seulement par pitié pour son propre odorat. Parfois, il avait la sensation que le détachement dans lequel il se réfugiait la plupart du temps avait le pouvoir de le couper de toute sensation humaine. S'apercevoir que d'autres ressentaient exactement la même chose que lui au même moment (fût-ce la température ambiante) lui prouvait que ce n'était pas le cas.

Derrière le comptoir de l'entrée, un vase empli de gigantesques lys blancs cachait presque la secrétaire, en blouse également immaculée.

Toute cette blancheur. Toute cette lumière. Dans cet endroit.

Cela faisait-il oublier la réalité de la mort à certains ? Hammond songea que cette pensée n'était guère scientifique. La trop grande fatigue ne lui valait rien.

Il regarda l'inspecteur Rodhum chuchoter quelque chose à l'employée, puis celle-ci se mettre en mouvement et, tel un fantôme, s'éloigner le long du couloir. Blanc lui aussi.

Adossé à un pilier, Hammond attendait. Le mal-être qui l'avait envahi lorsqu'il était entré revenait. Et observer ce qui se passait autour de lui n'améliorait pas les choses. Il avait la désagréable sensation de flotter dans un espace où il ne contrôlait plus rien, où il n'était plus rien. Il se frotta vigoureusement la nuque de sa main gauche, se força à regarder la secrétaire disparaître à l'extrémité du corridor. Elle marchait si lentement qu'il avait l'impression d'observer un film au ralenti.

Mais soudain, les images s'accélérèrent.

Un homme en civil se précipita en sens inverse vers le petit groupe. Avec ses cheveux ébouriffés, sa haute et large stature, ses mains velues en forme de battoirs, il évoquait davantage un rugbyman ou un déménageur qu'un légiste. Il eut un bref salut de la tête.

– Bonjour, messieurs... Je suis le docteur Summers. Si vous

voulez bien me suivre... Vous comprenez... Nous avons commencé... Le planning...

Au pas de course et sans autre explication, il les entraîna à sa suite, poussa la porte de l'unité de thanatologie.

Hammond se doutait de ce qui s'y passait. Il était là pour ça. Malgré tout, il eut une hésitation en pénétrant dans la grande pièce claire. Un parfum désagréable y flottait, se mêlant à d'autres émanations à l'incontestable caractère chimico-clinique. En dépit de cela, son origine ne faisait aucun doute. Ni l'odeur des détergents ni celle des antiseptiques ne réussissaient à dissimuler les remugles de la mort. Effectivement, sous les énormes projecteurs, devant la table à double plateau, une mince silhouette en tenue verte et tablier de plastique était déjà à l'œuvre.

Hammond oscillait entre répulsion et incrédulité. Pourtant, curieusement, il sentait son malaise se dissiper. Un infime moment, il se demanda pourquoi. Puis décida de se concentrer sur le corps, sur la peau grise striée d'estafilades, sur ce que récapitulait pour eux l'homme aux battoirs de rugbyman tout en enfilant sa tenue.

– L'inspection extérieure est terminée. Mon collègue a déjà procédé aux crevées antérieures, le long des bras et des jambes.

Il se tourna vers les policiers, avant de se pencher vers la tête du cadavre.

– Dans l'hypothèse où ce serait votre première autopsie..., c'est avec ces grandes incisions que nous cherchons les ecchymoses et autres marques de brutalité. Nous n'en avons pas trouvé pour l'instant. De même, nous n'avons découvert aucun orifice non naturel, de balle ou d'instrument tranchant ou contondant...

Il promena son énorme main gantée dans l'air, au-dessus du torse scarifié.

– La blessure de la gorge n'a sans doute même pas saigné. Et les entailles sur la poitrine, également superficielles, ne sont pas suffisantes pour justifier le décès. Pas davantage, elles ne peuvent expliquer le fait que l'homme ait perdu énormément de sang...

Le corps était maintenant retourné et, tout en parlant précipitamment pour l'enregistreur électronique accroché au mur, le deuxième médecin procédait aux crevées postérieures. Un maigre liquide marron rouge se mit à migrer vers le premier plateau de la table, puis vers le second, via une multitude de petits trous circulaires.

Le docteur Summers pointa la table du doigt :

– D'éventuels objets, balles de revolver ou autres, doivent pouvoir être récupérés sur cette partie coulissante. Mais les déchets humains sont évacués par la rigole avant d'être analysés ou brûlés.

Aux côtés de Hammond, Rodhum cracha le cure-dent qu'il avait dans la bouche, sortit un mouchoir de sa poche. Le porta à son nez.

Le grand légiste jeta un regard en coin aux visiteurs, les dirigea vers le réduit protégé de parois de verre qui occupait l'angle arrière de la pièce.

– Voilà, chuchota-t-il avec un sourire qui se voulait espiègle. D'ici, vous échapperez aux éclaboussures. S'il y a quelque chose d'intéressant, on vous donnera le prélèvement par le passe-plat.

16:18

Barney passa la langue sur ses lèvres parcheminées. Il avait horreur de ça. En règle générale, il s'arrangeait toujours pour y échapper, envoyer un acolyte plus résistant ou un novice qui ignorait ce à quoi on l'exposait. Aujourd'hui, il n'avait pu y couper puisqu'une bonne partie de ses collègues étaient en congé.

Il avait néanmoins recommencé à respirer en pénétrant dans le réduit devant Mac Leod. Puis ce crétin de légiste avait ouvert le guichet : l'odeur s'y était immédiatement insinuée. Et rien que l'idée de voir apparaître une barquette contenant des morceaux humains par ce trou... Il décida donc de se concentrer sur le doyen. Ça ne pouvait pas être plus déplaisant.

Quoique.

Il grimaça. À ses côtés, Mac Leod fixait la table en fronçant les sourcils. Son visage était pâle, mais sa mâchoire ne faiblissait pas, encore moins sa bouche, sculptée dans une inflexibilité sans faille. Il ne bronchait pas.

Lui.

Les yeux de Barney descendirent sur le costume de l'universitaire. Ce fumier avait l'air si sûr de lui dans sa désinvolte élégance. Et avec son arrogante élocution. Cette façon qu'il avait eue de prononcer son nom la première fois qu'ils s'étaient rencontrés, en insistant sur le *h* du milieu. Comme s'il y en avait plusieurs. *Rodhhhum.*

Le policier se mordit les joues. Détester ce connard lui occupait l'esprit, l'empêchait de penser à son envie de rendre tripes et boyaux. Pourtant, il devait admettre qu'il aurait été plus simple de convaincre Mac Leod de coopérer. C'eût été le meilleur moyen de réussir, surtout avec ce genre de personnage. Mais il ne s'en sentait pas capable. Il se racla la gorge, leva les yeux vers le plafond.

Pourquoi ?

Parce que l'autre avait apparemment la gerbe moins facile ?

Ou pour cause de costume trop bien coupé ? De langage trop châtié ?

Car, a priori, il n'y avait rien d'autre chez Mac Leod, Barney devait bien en convenir. Ni opinions opposées, ni conflit irrésolu, ni mensonge éhonté, ni filouterie effarante. Alors ? N'était-ce qu'une question de profils divergents, tant personnels que professionnels ? Ou bien d'origines, d'histoires, qu'il avait immédiatement imaginées comme étant à mille lieues les unes des autres ?

Le policier suivait maintenant du regard une mince fissure qui courait, là-haut, entre deux séries de néons. Il était en train de prendre conscience de ce qui découlait de tout cela. C'était bien davantage qu'un snobisme de caste basé sur un complexe ancien, sur la sensation d'un désavantage autant culturel que physique.

C'était la certitude de la mauvaiseté, voire de la perversité de l'autre, assortie d'un antagonisme plein de rage et d'envie, et d'un impérieux désir d'utiliser ses prérogatives de représentant de la loi.

Un instant, Barney se demanda si, dans d'autres circonstances, il eût éprouvé pour l'universitaire autre chose que cet âpre ressentiment. Il décida que non. Les carriéristes lui avaient toujours hérissé le poil. Surtout lorsqu'ils étaient dotés de si flagrants avantages. Il songea néanmoins que Mac Leod n'avait sans doute guère davantage d'atomes crochus avec lui. D'ailleurs, quel portrait eût-il dressé du policier si on le lui avait demandé ? Barney balaya la pensée. Elle était trop inutile, et surtout trop inconfortable. Sur un enregistrement, il ne supportait pas d'entendre sa voix. Devant le miroir, il ne prenait guère plus de quelques minutes pour se raser, se concentrant sur son menton et uniquement son menton. Ce n'était pas pour rien. Il se savait sans charme ni talent particuliers, sans qualification ni vernis véritables. Seul l'acharnement lui avait permis de s'élever dans la police, unique corps qu'il connaissait pour donner accès à l'autorité, et donc (à ce qu'il avait cru) à l'affirmation de soi. Puis il s'était rendu compte de ce que cela suscitait en réalité souvent chez les autres : de la crainte mêlée de dédain, voire de mépris. En conséquence, les seules personnes dans le regard desquelles son reflet réussissait à trouver grâce étaient Trevor et Maggy. Et encore. Il avait une fichue tendance à croire qu'en fait de reflet, il s'agissait surtout de celui de sa queue.

Il souriait à cette incongrue considération lorsqu'une bouffée pestilentielle s'éleva de la table.

Il tira sur son col de chemise.

Retour à la réalité. Pas d'atomes crochus, mais...

Un cadavre en commun.

Il déglutit. Il ne voulait pas restituer son déjeuner. Il allait coincer Mac Leod qui, après tout, était là pour reconnaître le corps. Même si la fille du jardinier était déjà passée à l'institut, avait hurlé, pleuré, et donc reconnu. Mais deux fois valaient mieux qu'une. Et surtout, Barney désirait être en mesure d'observer l'universitaire, de repérer une éventuelle réaction. Il en était là de ses pensées lorsque, à sa grande surprise, Mac Leod se tourna vers lui.

– C'est bien Nabhel Azmîte, l'un des jardiniers de l'école que je dirige. Mais ai-je vraiment besoin de le voir ainsi ? Je ne suis ni légiste ni croque-mort. N'est-ce pas une procédure plutôt inhabituelle que de propulser un témoin en salle d'autopsie ? D'autant plus que je n'étais là ni lors du décès de ce monsieur, ni lors de la découverte de son corps.

Les yeux baissés, Mac Leod ne le lâchait pas du regard. Bien qu'irrité par la réponse de son suspect, Barney se sentit soudain courtaud et stupide. Le jeune doyen avait l'air plus insolent que jamais. D'un coup, la haine qu'il ressentait pour lui remonta brutalement à la surface. Il serra les dents.

Ne rien laisser voir.

En une fraction de seconde, il se dit qu'il ne comblerait jamais son handicap, quoi qu'il fît. Et son assurance en fut d'autant amoindrie.

Bordel. C'est toi qui es censé le juger !

Il prit une longue inspiration, planta son regard dans celui de son interlocuteur.

– J'ai pensé que, pour un scientifique tel que vous, cela ne pouvait être qu'intéressant. De toute façon, on dit que vous en avez vu d'autres...

Il se redressa. Celle-là, il n'en était pas mécontent, même s'il ne l'avait pas préparée, contrairement à ses habitudes. Il avait beaucoup d'à-propos lorsqu'il s'adressait à lui-même. C'était une autre paire de manches lorsqu'il s'agissait de sortir une réplique cinglante en temps réel. Mais là, il eut le plaisir de voir le tressaillement à la base de la mâchoire de Mac Leod.

Il aurait beaucoup aimé entendre la réponse. Cependant, le doyen avait à peine ouvert la bouche qu'un grand *clac* l'interrompit. Le légiste, qui avait déjà remis le corps sur le dos et incisé verticalement la peau du cou jusqu'à l'abdomen, était en train de couper le gril costal au sécateur, pour soulever le plastron. Un liquide se remit à couler doucement.

Dégueulasse.

Barney eut un involontaire mouvement de recul, puis entendit la voix de Mac Leod qui, décidément, se reprenait vite :

– Probablement un peu d'adipocire. Cela signifie que le cadavre a commencé à se décomposer malgré tout.

Il n'eut aucun mal à faire semblant de ne pas entendre. Se mit à farfouiller dans la poche de sa veste en quête d'un mouchoir.

Pendant ce temps, le cœur, les poumons et tous les autres organes vitaux furent extraits un à un, avant d'être pesés et mesurés.

Sans ciller, le second médecin réalisa des prélèvements sur chacun d'eux et entreprit de tous les passer devant la vitre du réduit où se trouvaient les visiteurs. Avec de petits commentaires :

– Cœur en bon état.

– Poumons sains et sans eau : il était mort avant son immersion...

– Ventricules aortique et pulmonaire en état normal.

– Rate et foi en état normal...

Barney déglutit, se força à poser systématiquement les yeux sur le rebord de la cuvette où atterrissaient les prélèvements, à hocher la tête à chaque fois. Tel un chef approuvant les étapes d'une réalisation culinaire.

Le légiste remit ensuite tous les organes à l'intérieur. En vrac. Puis, avec un petit instrument en forme de levier, il força les deux mâchoires à s'écarter, révélant un trou béant.

– Là aussi, il y a plein de sang coagulé... comme dans le nez... Pour l'instant, je ne vois pas bien d'où il vient...

Il se retourna vers le policier :

– Si vous êtes d'accord, on va faire le cerveau ici, plutôt que de déléguer la suite au labo d'ana-pat. Je veux savoir.

Autour de Barney, les murs commençaient à danser. Sous ses pieds, le gouffre s'ouvrait.

Ne pas tourner de l'œil. Surtout pas.

Il aspira un grand coup.

De l'air. Respirer.

Mais l'odeur le prit de plus belle à la gorge. Il ferma les yeux. Elle allait s'insinuer en lui, le submerger.

Dans un réflexe désespéré, il plongea la main dans la poche de son veston, agrippa son mouchoir, le porta à ses narines. L'effluve brutal du parfum de Maggy lui fit un effet inattendu. Pendant que, de l'autre côté de la vitre, le second médecin continuait d'aligner les éprouvettes de bile, de sang et d'urine, il eut, un court instant, une foudroyante envie d'être aux côtés de sa maîtresse. Voire en elle.

Et la honte l'envahit.

17:01

Un affreux bruit de scratch se fit entendre. Le légiste venait de pratiquer une incision sur le sommet de la tête et de rabattre le scalp sur le visage. À vrai dire, ce bruit avait été à mi-chemin entre celui du velcro que l'on arrache et celui du décollage de papier peint humide. Et l'image était à la hauteur du son.

Hammond sentit un frisson lui courir le long de la colonne vertébrale. Certes, il avait vu pire. Pourtant, la disparition des traits faciaux du jardinier restait impressionnante. Ce corps avait été celui d'un homme, d'un fils, d'un mari, d'un père.

Discrètement, il jeta un coup d'œil à son voisin. Les yeux exorbités de celui-ci le ramenèrent à un présent solide et vivant, lui donnant presque envie de sourire. Ce Rodhum était-il vraiment flic ?

Ou un imposteur ?

Mais sur l'os dénudé, vint se poser la scie à vibrations, coupant toute velléité de réflexion. Le bruit qu'elle fit à l'entame de la voûte crânienne n'était guère plus réjouissant que le scratch précédent, surtout accompagné du doux mais lancinant sifflement de la partie aspirante, censée empêcher toute projection de matière. Il fallait éviter les brisures et esquilles d'os, éventuels vecteurs d'une contamination, par la maladie de Creutzfeldt-Jacob notamment. Et une insidieuse et douceâtre odeur de brûlé vint se mêler à celles qui imprégnaient déjà l'atmosphère. Bien qu'il eût détesté l'admettre, Hammond trouvait cela très intéressant. Il fut même saisi d'une brève bouffée de nostalgie. Nostalgie de ceux avec lesquels il avait travaillé autrefois, de l'univers du labo, de la passion de la recherche.

Soudain, il sentit une goutte sur sa main, recula. À ses côtés, le flic blond s'était remis à suer et regardait maintenant ses pieds. Peut-être voulait-il s'assurer qu'ils restaient collés au sol.

Hammond reporta son attention sur ce qui se passait de l'autre côté de la vitre. La voûte crânienne avait été en grande partie ôtée et il eut à peine le temps d'apercevoir les sillons et les diverses branches de vascularisation. De penser à de la cervelle d'agneau. Avec un long couteau qui ressemblait curieusement à celui qu'il utilisait pour découper le rôti, il vit le légiste entreprendre de débiter l'encéphale en fines tranches.

17:31

De jolies chaussures.

C'étaient vraiment de très jolies chaussures. Maggy les lui avait choisies, et Barney s'était senti obligé de raconter des bobards à Trevor à ce sujet. Mais il n'en était plus à ça près. C'était comme pour le cerveau du macchabée que ce fou furieux était en train de saucissonner.

Fou furieux.

Car il fallait vraiment être fracassé du bulbe pour devenir médecin légiste. Bien davantage que pour devenir flic.

Et une cuillerée d'estomac, une pincée de rate, une tranche de cerveau...

Bon Dieu, quand est-ce que tout cela allait se terminer ? Dire qu'il ne pouvait même pas en griller une.

À cet instant, son portable bipa. Il regarda le message s'afficher. Le minuscule morceau de papier qu'il avait trouvé sur le cadavre du vieil homme n'en était pas un. C'était ce qui restait d'une électrode d'environ six centimètres de diamètre, la 3M™ Red Dot™ 2238, de la gamme de celles utilisées pour la surveillance cardiaque de longue durée. Et le « ed Dot » que le policier avait initialement lu était en fait une bribe de « Red Dot™ ».

Pour l'instant, Barney ne voyait pas du tout où cela allait les mener. Avec un grand soupir, il s'essuya le front de son mouchoir détrempé et releva vigoureusement le menton vers ce qui se passait devant lui. Après tout, ce n'était que de la bidoche.

De la vieille bidoche, en sus. Plus aucun être humain là-dedans.

D'ailleurs, on ne voyait même plus la figure.

À ce moment, le légiste s'exclama :

– Ça alors !

Barney haussa les sourcils.

Le médecin l'interpella directement :

– Venez voir, inspecteur Rodhum !

Sans hésiter, le policier sortit de la cage vitrée, pénétra dans la pièce d'autopsie. En une fraction de seconde, il était redevenu le professionnel qui cherche un indice. Et indice important il semblait y avoir.

Il se pencha vers ce que lui indiquait le légiste.

– Regardez ! Un truc cylindrique et tranchant est passé par ici. La coupe que j'ai effectuée le montre en plusieurs endroits. Ce machin a traversé la partie de l'os sphénoïde qui forme une fossette sous l'hypophyse, puis la dure-mère et... Bon Dieu ! Il a dégommé une bonne partie de l'hypophyse... et creusé ensuite une sorte de tunnel jusque dans le tissu cérébral lui-même... sans s'encombrer de contourner l'hypothalamus ou... Bon sang ! Et en ôtant tout sur son passage. De la même façon que... qu'un couteau tubulaire enlève le cœur d'une pomme !

Un peu de liquide s'écoula.

Le légiste tenait toujours son coutelas dans la main.

– C'est la première fois que je vois ça ! On dirait un carottage dans du cheddar. Comme du... du.... C'est quoi, déjà, ce fromage suisse avec des trous ?

– Du gruyère. Mais comment a-t-il pu faire ? Le crâne était intact, non ?

– Oui ! Il a dû entrer par la cloison nasale... presque à la manière des Égyptiens, lorsqu'ils ôtaient le cerveau d'un mort avant de le momifier. Ou plutôt comme dans la chirurgie hypophysaire, en passant sous la lèvre supérieure. C'est souvent plus pratique pour le chirurgien, surtout lorsque le patient n'a pas un gros nez. Ce qui est le cas de notre lascar ici présent. Je n'ai pas vérifié l'intérieur de la bouche tout à l'heure, mais on doit trouver une incision quelque part en sous-labial. À partir de là, avec ou sans aide, l'espèce de couteau à pommes... ou à cheddar... a fait son petit bonhomme de chemin jusque dans le tissu cérébral... et pas pour une biopsie ! Les traces d'une biopsie seraient minuscules, à peine visibles. Là, le diamètre du truc qui est entré était plus important. Ça explique la quantité de sang. Eh bien... spécial, votre cinglé ! J'espère juste qu'il a tué sa victime avant de commencer la manipulation...

Barney le toisa.

– Vous espérez ? Vous devriez le savoir, non ?

Il sursauta. Le légiste venait de s'emparer d'un petit marteau et d'un burin.

– Eh ! Qu'est-ce que vous faites ?

– Je veux voir s'il a assommé ou tué le pauvre type d'abord. Je casse le rocher et... Non, la mort n'est a priori pas due à un coup sur le crâne. Tenez, si vous êtes curieux, regardez. Maintenant, on voit l'oreille de l'intérieur...

Pris de nausées, Barney se détourna à la vitesse de l'éclair. Faillit buter dans Mac Leod qui était également sorti du réduit et s'était approché.

– Bordel ! Qu'est-ce que vous faites ici ?

– Puis-je vous rappeler que c'est vous qui m'avez demandé de venir ? Mais maintenant que j'ai reconnu le corps, et étant donné que je ne suis pas mouillé dans un quelconque imbroglio yéménite, encore moins de nationalité égyptienne ou neurochirurgien, je pense pouvoir être lavé de tout soupçon. J'ai beaucoup de travail, je vous laisse, inspecteur. Ce fut un réel plaisir.

17:54

Sur un ton des plus urbains, Hammond n'avait pu s'empêcher d'ironiser.

Comme souvent.

Il songea un instant qu'il devait apprendre à s'abstenir. Là, c'était trop tard. Il éprouvait tant d'antipathie, presque d'aversion, pour cet homme qu'au fond il connaissait si peu. Pourtant, il y avait longtemps qu'il avait appris à ne juger que sur des paramètres tangibles et non sur des intuitions ou des préjugés. Ce flic lui rappelait-il quelqu'un ? Non, pas vraiment. Il s'agissait plutôt d'une catégorie de personnes. Une de celles dont il s'était autrefois protégé.

Oh, et puis merde.

Deux bonshommes se détestaient. Et alors ? Cela n'allait pas changer grand-chose au monde. Ni même à sa vie.

Il jeta un regard en coin à Rodhum. Celui-ci pinçait la bouche : cherchait-il une réplique cinglante ?

Hammond ne devait jamais le savoir car l'autre flic le poussa soudain vers la porte de la salle d'autopsie, se retourna vers son collègue. Lui marmonna :

– C'est presque la même chose que pour le premier. En tout cas, jamais plus je ne mangerai de cheddar de ma vie.

Par le vasistas, on entendit alors le crépitement de l'eau : l'orage avait éclaté.

Lorsque les trois hommes sortirent de l'institut médico-légal, le bitume fumait sous la pluie battante. Pendant que le second policier se bagarrait avec un parapluie à fleurs qui devait appartenir à sa femme et refusait manifestement d'obéir à qui que ce fût d'autre, Hammond se plaça franchement sous la pluie. Et les gouttes se mirent à résonner sur son crâne. Doigts tambourinant du Rachmaninov sur un piano.

Sonate numéro deux en si bémol mineur.

L' allegro agitato *du premier mouvement.*

Cela lui fit du bien.

Lundi. Point and click[1] *(WZ)*

Il surveillait le bon déroulement de la procédure qu'Il venait de lancer. Et la nuance inquiète de ses yeux concurrençait celle de l'écran, lapis-lazuli mêlé de gris. Cela signifiait que les logiciels tournaient grâce à ce qu'Il avait rapporté : la matière, brute. Avec, cette fois, le contenant en bonus. Évidemment, s'Il n'avait pas oublié son outil principal avant de partir, Il n'aurait pas eu à se donner tout ce mal. Mais au final, Il avait fouillé la cuisine, dégotté de quoi Le tirer d'affaire... et s'en était bien sorti, même si, là-haut, sur l'étagère, le colis suintait un peu.

Si peu.

Ses doigts se mirent à tambouriner sur le plan de travail, à côté de la feuille d'aluminium noircie.

1. « Pointer et cliquer », expression couramment utilisée dans certains jeux vidéo.

Il aurait aimé que le cerveau électronique de l'ordinateur fût aussi rapide, dans ses multiples calculs et corrélations, que la masse gélatineuse qui occupait sa boîte crânienne l'était dans la structuration de son canevas vengeur. Pourtant, il savait que c'était impossible : la durée de l'analyse préalable était incompressible.

Tant pis.

Il songea à ce qui venait de se passer, fronça les sourcils. Cela avait été beaucoup plus difficile que les deux premières fois. Persuadé que la haine était porteuse de toutes les ressources, Il n'avait pas anticipé la difficulté de transposer dans la réalité les combinaisons et repères du monde qu'Il avait élaboré. Combinaisons et repères qui, pour l'instant, ne fonctionnaient guère encore que selon ses seuls paramètres et volonté.

Mais le ronronnement de l'ordinateur s'arrêta net. Il sursauta.

Ses réflexes techniques balayèrent ses déplaisantes pensées. Sa main droite happa la souris, chassa l'économiseur d'écran.

Tout s'était bien passé.

D'un coup d'œil, Il vérifia que Numéro Trois était là, se sentit soudain tout à la fois soulagé et mal à l'aise. À l'autre bout de la toile, il y avait un être bien réel, à la collaboration indispensable mais aux réactions aléatoires. Donc...

Autant y aller franchement.

Il se rua sur son clavier :

Numéro Trois, tu ne connais pas ta chance ! Le pion éliminé va se retourner... et tu vas enfin rencontrer la première femme de ce jeu. Et ne jamais l'oublier. Mais ne te laisse pas aller à la contemplation de ce visage. Glisse ton pointeur et fais-la revivre... Je me suis donné suffisamment de mal pour cela.

La fenêtre s'ouvrit.

Il se laissa aller au plaisir de contempler la photographie de la jeune femme aux longs cheveux bruns, d'écouter les inflexions cadencées qui Le plongeaient dans l'histoire qu'Il connaissait désormais par cœur.

Venue de l'autre extrémité de la toile, la flèche témoin du joueur Numéro Trois se mit à trembler. Au rythme des rimes ancestrales :

Ishtar est revêtue d'allégresse et d'amour, elle est parée d'appas, d'attirance et de charme.
Elle est douce de lèvres ; sa bouche est vie.
Les rires s'épanouissent sur ses traits ; elle est splendide.
Des perles reposent sur sa tête, ses couleurs sont belles ; ses yeux sont bigarrés et chatoyants[1].

Sous le libellé « 2009 av. J.-C. », un visage aux lignes de bas-relief recouvrit le cliché, ouvrant l'animation vidéo. Et la voix du passé, pour artificielle qu'elle fût, se fit caressante :

Ishtar est revêtue d'allégresse. Inanna est revêtue d'amour. Toutes deux sont déesses, l'une sumérienne, l'autre akkadienne. Mais aujourd'hui, en Saara, elles ne font qu'une. Saara, la prisonnière, la future concubine royale. Saara, ta créature, ta création, Numéro Trois.

Regarde-la. N'est-elle pas splendide lorsqu'elle rejette ses cheveux en arrière et s'extasie devant ce jeune cavalier amorrite qui passe sous les grilles du harem ? Elle rêve aux monts du Zagros qu'il a traversés pour arriver ici. Elle rêve à ses montagnes à elle, au sud du Caucase, auxquelles on l'a enlevée. Et elle n'aperçoit pas Nabheel, son amant, qui apparaît derrière elle avec, en cadeau, une peau de gazelle. Nabheel, le scribe, qui doit avoir perdu l'esprit pour venir ainsi se glisser entre ses cuisses, alors que les autres femmes ne dorment pas.

Mais voilà qu'une ombre se profile contre les fresques, que des yeux s'écarquillent. C'est Danna, l'une des servantes qui, si elle n'a pas vu le visage du profanateur, n'a en revanche pas manqué celui de sa complice... et va répandre l'histoire dans le harem.

1. Prière à Ishtar (XVIIe siècle av. J.-C.)

Or voici que la matinée s'est écoulée, Numéro Trois, et que les larmes ont creusé le visage de notre Saara. La jeune fille s'approche du grillage de la fenêtre. Sous les murs du palais, les cavaliers amorrites. Encore. Elle les compte doucement.

Tends l'oreille, Numéro Trois, c'est une langue exceptionnellement rare. Du hourrite. Un, deux. Šuki, Šini...

Mais Saara se tait soudain. Près d'elle, Ninurta, une autre future concubine. Qui se moque des barbares Amorrites. « Et lorsque ces pauvres d'esprit, en lieu et place du bitume, en lieu et place d'une fille de roi, eurent accepté une putain, ils repartirent vivre sous leurs tentes. Eux auprès desquels Saara pourrira sous la pluie, pendant que Ninurta sera dans la couche du roi. »

Pourtant, vois, Numéro Trois. Saara ne lâche pas le jeune Amorrite des yeux. Déjà, elle ne pleure plus sur cet endroit, encore moins sur Nabheel, qui s'est enfui. Elle relève le menton vers le lointain, vers la liberté.

Réfléchis, Numéro Trois. Passé, présent. Présent, passé. 2009. –2009. Notre jeune femme aux longs cheveux bruns ; Saara qui rejette la peau de gazelle offerte par Nabheel. La mémoire de l'une ; l'existence de l'autre. Ici, ton image numérique ; là-bas, le soleil brûlant de la mi-journée.

Et demain...

Nerveusement, Il secoua la tête. Il ne devait pas être un simple spectateur. Son rôle ne serait plus jamais celui-là.

Selon le rituel, Il vérifia que le joueur Numéro Trois était toujours là, que le texte consacré clôturait bien l'animation.

Puis Il mit en marche la vidéo. Hésita une fraction de seconde. Devait-Il la regarder ?

Les yeux fixés sur la fenêtre nouvelle, Il tergiversait. Lorsque ses yeux accrochèrent ce qu'Il n'avait pas vu quelques heures plus tôt, dans le feu de l'action, mais que la caméra, elle, n'avait pas oublié.

– Chierie !

Son cœur s'accéléra brusquement. Et le coup de poing qu'Il donna sur le plan de travail fit trembler le moniteur sur sa base. Quel crétin Il faisait. Non content d'oublier l'un de ses instruments à l'aller, Il en avait oublié un au retour. Puis avait réagi si connement qu'Il avait failli foutre en l'air son matériel.

Il bondit sur ses pieds, attrapa son blouson et le sac de sport qui Le suivait partout.

Quelques secondes plus tard, le battant de la porte se refermait sur Lui.

6

Semaine 3. I just died in your arms[1]

Mardi, 21:40 (UTC)

ON ÉTAIT DÉJÀ fin juin. Dans les lueurs orangées du soir, la pluie s'était un peu calmée. Mais tout demeurait très humide. Et de mémoire d'Écossais, personne n'avait jamais connu une telle chaleur. Aussi, après s'être aperçue que son lecteur de MP3 ne fonctionnait plus, Martha décida-t-elle de ne pas recharger la batterie sur le secteur, encore majoritairement alimenté par des énergies non renouvelables. Cela excluait donc également le port USB de son ordinateur et impliquait l'utilisation du chargeur solaire qu'elle venait d'acheter. Aussi écologiquement correct que lent.

Elle consulta sa montre.

Déjà.

Combien de temps faudrait-il à ce miracle de la technologie propre pour rendre la vie à son cher lecteur ? Elle haussa les épaules : belle-maman était à la maison ce soir-là, le docteur Mac Leod allait sûrement avoir besoin d'elle.

Deux minutes plus tard, le doyen passa effectivement la tête par l'entrebâillement de la porte de son bureau.

– Encore là, Martha ? Je croyais que vous deviez partir de bonne heure.

---

1. *Je viens de mourir dans tes bras.* Cutting Crew

De derrière ses verres en fonds de bouteille, la jeune femme leva vers lui des yeux innocents.

– Oh, un petit p... problème technique. Rien de grave.

Il ne broncha pas. Il avait l'air à la fois inquiet et absent. Pourtant, alors qu'elle s'attendait à ce qu'il rentrât dans son antre, elle eut la surprise de le voir lui tendre une épaisse liasse de feuilles.

– Puisque vous ne semblez pas pressée... pouvez-vous mettre ceci en ordre et le taper pour demain matin ? C'est un rapport urgent pour le ministère. Je le relirai avant 9 heures. Comme ça, vous pourrez le corriger et l'expédier dans la foulée. Et je veux que vous en envoyiez également une copie à cette pimbêche du *Guardian*. Celle-là, je vais lui faire passer toute envie de gratter du stylo mal à propos. Bon, maintenant, il faut que j'y aille. Bonne nuit !

Par en dessous, Martha le regarda enfiler sa veste et fermer la porte de son bureau, soupira. Elle avait maintenant une bonne partie de la nuit pour recharger son lecteur. Et comme il lui fallait rallumer son ordinateur...

Le sourire aux lèvres, elle décrocha le téléphone.

– Belle-maman ? Vous êtes arrivée ? Ah, il est d... déjà 22 heures ? Je n'avais pas vu, je suis d... désolée. Vous savez ce que c'est... J'ai un dossier hyper-urgent à b... boucler pour demain matin et...

22:03

Le double vantail de verre du hall de l'école se referma derrière lui. Hammond s'arrêta sur le pavement encore humide, aspira l'air frais de la nuit tombante. Les nuages cédaient un peu de terrain. Là-haut, quelques étoiles luiraient peut-être bientôt au cœur de ce qui devenait une mousson nord-occidentale.

Il se baissa pour caser sa grande carcasse dans sa « voiture de faiseur », comme disait Sara.

Un léger sourire étira ses lèvres. Il repensa à leur dernière rencontre. Puis à leur prochaine.

Dans quelques dizaines de minutes tout au plus.

Le matin, elle l'avait appelé de Géorgie. Elle prenait l'avion du retour en fin de matinée. Et cette fois, ce serait chez elle. La fenêtre du rez-de-chaussée serait ouverte. Elle l'attendrait dans sa chambre.

Comme d'habitude.

À la sortie de St Andrew, la pluie recommença à tomber. Bien plus légèrement qu'elle ne l'avait fait ces dernières heures, mais obligeant malgré tout Hammond à mettre en route ses essuie-glaces. Entre deux allers-retours des balais sur le pare-brise, le conducteur gardait les yeux rivés sur la route. La ligne blanche sinuait dans l'obscurité grandissante, sous le halo des phares. Dans le ciel, les nuages revenaient.

Curieusement, son bas-ventre ne se tendait pas autant que d'habitude. Peut-être son esprit vagabondait-il par trop de pensées plus hétéroclites qu'érotiques. Si les cuisses de Sara avaient un temps occupé la majeure partie de son cerveau, elles avaient été vite remplacées par celles de la journaliste du *Guardian*.

Pourquoi ?

Cette fille était trop maigre. Et elle l'emmerdait. Il aurait presque eu envie de découper ses cannes de poulet en rondelles. Tout comme le légiste avait tranché dans le cerveau du jardinier.

La représentation mentale du cadavre sur la table d'autopsie acheva de tuer toute idée d'ordre sexuel. Et Hammond se mit à siffloter le début du *Requiem* de Mozart, appuya sur l'accélérateur.

Un dernier virage et il aperçut les lumières de Crail, autrefois cité royale de Robert de Bruce, puis village de pêcheurs. Au nord-ouest du site, quelques vieilles maisons avaient été agrandies et transformées en résidences de luxe. Même avec la dégringolade de l'immobilier, plus aucun marin, sauf devenu patron d'une flotte industrielle, n'avait plus les moyens d'habiter ici.

Les pneus de la MG crissèrent sur le gravier blanc impeccablement ratissé de l'allée bordée de rhododendrons. Au-dessus du premier niveau, des pierres grises avaient été ajoutées pour constituer un deuxième étage. Une véranda aux formes extravagantes était accolée à la maison, au-dessus d'une piscine et d'un jardin d'hiver.

Mais Hammond avait autre chose en tête que des considérations architecturales : il réussissait enfin à se concentrer sur ce pour quoi il était venu. Sans se soucier de l'eau qui lui trempait les cheveux et le visage, s'insinuait dans son col de chemise, il leva les yeux vers la fenêtre du premier étage.

La chambre de Sara.

Une lumière pâle luisait derrière les stores aux trois quarts baissés. À gauche de la bâtisse, en contrebas, derrière les massifs de roses anciennes, la mer clapotait doucement contre les rochers. Dieu merci, les gens d'ici s'étaient opposés à l'installation de systèmes de caméras vidéo comme il en fleurissait partout depuis quelques années.

Hammond traversa le gazon détrempé vers les trois gros hêtres qui dissimulaient le côté de la maison, s'arrêta devant l'une des fenêtres du rez-de-chaussée. Considéra le cuir de ses chaussures couvert de boue et de brins d'herbe coupée. Il allait facturer une paire de John Lobb à Sara. Puis il releva la guillotine, enjamba le châssis de la fenêtre, plissa les yeux. L'obscurité était presque totale. La seule lueur de la maison provenait de la porte entrouverte sur le couloir, vers l'escalier du premier étage.

La chambre.

Il tâtonna vers l'interrupteur de l'horrible lampe de stuc blanc que Sara laissait en général allumée pour lui. Et le salon lui apparut, impeccablement rangé, comme d'habitude. Cette baraque ressemblait davantage à un modèle pour *Architectural Digest* qu'à un lieu de vie. Rien ne laissait supposer les origines de ses propriétaires. Seule une paire d'escarpins abandonnés témoignait d'une présence humaine.

Il contourna le divan recouvert de chintz fleuri, tendit l'oreille. Que fichait-elle donc ? Était-elle en train de se remaquiller ? Pour l'usage qu'il en avait.

Il posait le pied sur la première marche de l'escalier de marbre lorsque, à travers la vitre dépolie qui courait le long de la porte d'entrée, il crut voir un éclat de lumière. Il chuchota :

– Sara ?

Rien.

Il s'imposa de laisser sa montre décompter trois minutes.

Non. Le noir absolu.

Sans doute les phares d'une voiture qui passait. De toute façon, quelques heures auparavant, la jeune femme avait confirmé à Hammond que son mari était encore aux États-Unis pour quelques jours.

Il monta les dernières marches, soupira en voyant la lumière s'échapper par l'entrebâillement de la porte de la chambre. S'immobilisa devant. Pour être aussi silencieuse lorsqu'il arrivait, elle devait lui en vouloir. Qu'avait-il donc bien pu faire ? Ou ne pas faire ?

Il tenta de se remémorer leur dernière rencontre en même temps qu'il pesait sur le battant de bois. Celui-ci avança de quelques centimètres. Revint vers lui. Comme si on le repoussait doucement.

Soudain, une puanteur affreuse lui parvint aux narines. Cela sentait...

Les excréments humains.

Et aussi...

Un violent frisson lui parcourut la colonne vertébrale. Assorti d'une terrible lucidité, qui le figea sur place.

– Sara ?

Sa propre voix résonna étrangement à ses oreilles.

Il fit un pas en avant.

22:37

Cet arbre était diablement inconfortable. Y avait-il un moyen de rester debout là-dessus sans se casser la figure ? Parce que, pour tenir la lampe torche, cela n'avait déjà pas été de la tarte. Alors, s'il fallait s'accrocher aux branches et braquer les jumelles à infrarouge en même temps... D'autant que là-haut, cela commençait à s'agiter. Il devait y avoir quelqu'un.

Encore.

La branche du hêtre crissa sous ses pieds. Derrière les stores baissés, la porte avait fini par s'entrouvrir.

Mac Leod !

C'était bien lui. Il avait pénétré dans la pièce éclairée, avait fait un bond en arrière.

Les jumelles se dirigèrent vers l'endroit où les yeux de l'universitaire étaient censés s'être posés.

Rien.

On ne voyait rien.

Mac Leod se baissa.

Allons bon.

Lui aussi avait disparu.

22:38

Hammond ne put retenir un cri étouffé.

Et son cœur se mit à galoper dans sa poitrine.

Il recula.

Oh, mon Dieu.

Il ferma les yeux, les maintint clos quelques secondes.

Réfléchir. Posément.

Ne pas se poser immédiatement la seule question qui le taraudait. S'obliger à tout noter. Pour que l'horreur se morcelle en autant de détails. Supportables. Pour que la raison prenne le pas sur la panique.

Un corps.

Sans tête.

Le tapis.

Ici, un carré intact. Beige.

Là, des fibres détrempées. Rouges. Noires.

Du sang. Partout. Sur les tiroirs de la commode, les pieds de la chaise. Jusque sur le papier peint. Un truc noir, coincé sous l'un des pieds de la coiffeuse. Un morceau de papier ? Non, ça luisait. Du plastique plutôt.

Le cœur au bord des lèvres, les muscles tendus, Hammond fit de son mieux pour ne pas marcher sur les endroits imbibés. Concentré.

Absolument.

Lorsqu'il fut certain qu'il avait à peu près repris le contrôle de lui-même, alors seulement il se baissa, tendit les doigts vers la cuisse nue, l'effleura. La retira aussitôt.

Glacée.

Il déglutit. Porta une main tremblante à la poche de poitrine de sa veste de costume.

Un stylo, mais pas de papier.

Alors, il lui faudrait tout retenir.

Au cas où.

Couché sur le côté dans une position quasi fœtale, le corps avait la jambe gauche tendue en avant, la droite repliée au-dessus. Le slip blanc était maculé. Le ventre...

Hammond plissa les yeux.

Lacéré.

Des blessures peu profondes, mais longues, et qui semblaient dessiner quelque chose.

Un « S » à l'envers ?

Non, plutôt un « 2 ». Puis un carré.

Et un rond. 2 □ O ?

Son regard remonta. Les poignets étaient encore attachés l'un à l'autre par un sparadrap marron. Le soutien-gorge avait glissé sur la poitrine et formait une sorte de collier grotesque. Les seins avaient l'air intacts. Mais sous la couche de sang, il était difficile d'en juger réellement. Quant à savoir d'où venait le sang en question, c'était en revanche simple à deviner.

Hammond se redressa, s'essuya machinalement les mains sur son pantalon, s'approcha du tronc du cadavre. Du cou tranché, entre les lambeaux de peau, de chair, de cartilage et les esquilles d'os, ne s'échappait plus aucun liquide.

Il se posa alors la question que son esprit refusait jusqu'à présent. Était-ce vraiment Sara ?

Et si ce n'était pas elle ?

Un moment, il s'accrocha à cette pensée.

D'accord, ce n'est pas elle. Alors, qui ?

La femme de ménage ? Hammond l'avait aperçue, une fois, de loin. Elle était énorme. Quant aux autres employés de maison, c'étaient des hommes.

Le cuisinier. Le chauffeur...

Brusquement, il eut un espoir fou. Si c'était la sœur de Sara ? revenue de Géorgie avec elle ? Sara en avait évoqué la possibilité plusieurs fois. Au milieu des autres confettis abandonnés là par l'ex-Empire soviétique, la région d'où elle venait n'était pas un modèle de stabilité.

Mais non, impossible.

Il se rappelait comment la jeune femme lui avait décrit son aînée, déformée par quatre grossesses et la cinquième en route.

Alors, une autre sœur ? Une cousine ?

Désespérément, Hammond tenta de se remémorer ce qu'il savait de Sara. En dehors de ces quelques bribes. Son mari ? Libanais, vieux, friqué, absent. Sa mère ? Bonne cuisinière. Morte des années auparavant. Son père ? Elle l'admirait. Il lui avait appris beaucoup. Mais encore ?

Bon Dieu.

Ce qu'il savait d'elle.

Si peu de choses.

Hormis son corps et encore son corps. Ce corps qui était là. Devant lui.

Il posa une main sur sa bouche. La nausée l'envahissait.

Rageusement, il serra les poings.

Elle ne t'était rien, crétin. Si tu ne sais rien d'autre d'elle, c'est bien parce qu'entre vous, ce n'était qu'une histoire de cul, pour le fun. Maintenant, vérifie que c'est bien elle si tu veux, mais en vitesse. Et tire-toi d'ici.

Il se pencha vers le torse. La jeune femme avait un gros grain de beauté juste sous la poitrine, du côté gauche. En cet instant, c'était la marque dont il se souvenait, parce qu'elle se plaignait qu'il le lui irritait lorsqu'il s'attaquait trop violemment à son soutien-gorge.

De l'extrémité du stylo tiré de sa poche de veste, il souleva légèrement le sein.

Le grain de beauté était là.

Il n'était pas le seul.

Deux emplacements circulaires, de cinq à six centimètres de diamètre, étaient restés nets, sans la moindre trace de sang. Vraisemblablement à peu de distance du cœur.

Sans réfléchir, Hammond souleva l'autre sein.

Rien.

Il se redressa d'un coup, haletant.

Le mouvement des épaules qu'il fit, comme pour échapper à ce qu'il voyait, le porta vers l'arrière. Et lorsqu'il entendit le fracas dans son dos, il était trop tard.

– Merde !

Pour la discrétion, c'était gagné. Il se retourna vers l'étagère dans laquelle il venait de se cogner. Un verre renversé tournait mollement sur lui-même, à côté de miettes de biscuit. Un liquide rougeâtre s'écoulait vers le bord de l'étagère et vers le tapis.

Hammond renifla.

Du vin.

Sara n'en buvait jamais.

À ce moment, sur la commode, à côté du lit, le téléphone portable de la jeune femme clignota. Et la messagerie se mit en route, avec, sur l'écran couleur, la jumelle numérique de Sara.

C'en était trop pour Hammond, qui ne se sentit pas capable de supporter une seconde de plus la vision du corps mutilé de la femme qu'à défaut d'aimer, il avait tant désirée.

22:47

L'une des fenêtres du rez-de-chaussée s'ouvrit brutalement.

Un homme en émergea, tomba à genoux sur le gazon détrempé.

C'est bien lui. Mac Leod.

Que lui arrivait-il donc ? Il avait trop copulé ? Sa maîtresse l'avait fichu dehors ? Ou ils s'étaient tous les deux bourré la gueule ?

Les yeux s'écarquillèrent sur les orbiculaires des jumelles à infrarouge.

Qu'est-ce qu'il attend pour se relever ?

Mais l'homme se pencha en avant.

Quel porc ! Il est en train gerber sur les rosiers !

La réponse était flagrante : il était plus rond que rond.

Mardi. Away from the keyboard[1] *(WZ)*

Assis derrière le volant, sous le halo presque métallique qui émanait du plafonnier, Il examinait le petit instrument qu'Il venait de récupérer. Heureusement, Il avait fait vite. À tel point que, lorsqu'Il était à nouveau entré dans la chambre, en certains endroits, le sang n'avait pas encore séché. Cela dit, ce n'était

1. « Loin du clavier », expression couramment utilisée dans certains jeux vidéo.

guère étonnant, avec la quantité. Pas de doute, Il avait eu du pot de trouver dans la cuisine ce dont Il avait besoin. Et du pot d'avoir eu le temps de trancher la tête de la fille, pour pallier son idiotie. C'était la première fois, ce serait la dernière.

Il se penchait sur la clé de contact lorsque le bruit Lui parvint par la vitre entrouverte de la portière.

Quelqu'un.

Il éteignit le plafonnier, posa une main tremblante sur le contact. Arrêta son geste. Des flics s'y seraient pris autrement, avec force gyrophares et sirènes.

Alors qui ?

Fébrile, Il retint son souffle.

Et où ?

La bouche sèche, Il scrutait l'obscurité, l'exhortait presque à Lui rendre celui ou celle qu'elle cachait. Lorsqu'Il le vit.

Là-bas.

À côté de la bâtisse, à genoux. Qui vomissait.

Vacillant d'impatience et d'anxiété à la fois, Il braqua le viseur à infrarouge sur la silhouette qui se remettait debout et réalisa qu'Il n'était pas seul à épier. Une ombre furtive avait glissé depuis l'un des hêtres, pendant que l'homme remontait dans sa voiture et démarrait en trombe.

La gorge serrée, Il se tassa contre la portière, attendit que les lueurs des phares se soient estompées dans la nuit. Puis, lentement, en évitant tout bruit, positionna l'appareil numérique en mode lecture, se pencha. Il ne rêvait pas. Le visage de l'autre observateur était pour l'instant trop sombre. En revanche, celui de l'homme lui était vaguement familier.

Il se laissa aller à nouveau contre le siège. Lorsqu'Il aurait amélioré la définition des clichés, Il en saurait davantage. Et avec la recherche d'image par l'image, l'internet devenait de plus en plus indiscret. Il trouverait. Il devait en être certain.

Absolument.

En dépit de cette conviction, Il n'y tint plus, entrouvrit la vitre, inspira l'air presque froid.

Il ferma les yeux. L'odeur de la terre humide et de l'herbe fraîchement coupée le ravissait autant qu'elle le torturait. Lily adorait la nature, jusque dans ses tourments. Sans doute s'y sentait-elle davantage acceptée. Comme tout le reste, Il avait été obligé de le deviner, de s'en accommoder.

Il serra les poings. Aujourd'hui, Il devait échapper au harcèlement doux amer de certains souvenirs. Trop pénibles. Mais aussi trop inoffensifs. L'usage qu'Il voulait faire de la mémoire, qu'elle fût la sienne ou celle des autres, n'était pas celui-là.

Il secoua la tête, actionna le démarreur. Cette fois, il était temps de rentrer, de calmer sa fièvre en découvrant qui. Et de nettoyer le matériel qu'Il avait dans le coffre.

Pour la prochaine fois.

Car il y aurait bientôt un nouveau joueur, Il en était certain. Un autre internaute, plus adroit que les autres, qui réussirait à entrer et qui, en sus d'être un instrument de sa vengeance, apaiserait son inextinguible soif de l'autre.

7

Semaine 3. Telling stories [1]

Mardi, 22:52 (UTC)

HAMMOND prit le premier virage à la sortie de Crail sur les chapeaux de roues. La pédale d'accélérateur semblait collée à la semelle de sa chaussure. Dans sa bouche, le goût de la bile venait se mêler à l'odeur épouvantable qu'il avait encore l'impression de sentir. Il lui fallut quelques minutes pour se rendre compte que la pluie s'était de nouveau arrêtée, laissant le vent chasser les nuages et la lune répandre sa lumière safranée sur la mer et la côte.

Avec violence, il appuya sur le bouton de l'autoradio.

De la musique.

Il lui fallait absolument de la musique. Pour qu'il arrêtât de voir l'infamie, en transparence sur le pare-brise couvert de pluie, jusque dans le rétroviseur.

Il sursauta.

Dans le rétroviseur...

Le véhicule qui le suivait roulait tous feux éteints, mais à chaque virage, les reflets de la lune dénonçaient la proximité de la carrosserie luisante.

Il serra les dents, appuya davantage sur l'accélérateur. Ce n'était

1. *En racontant des histoires*, Tracy Chapman.

quand même pas cette casserole sur roues qui allait lui coller aux fesses.

Sur l'A917, à l'orée de St Andrew, il accéléra encore. Ce qui mit suffisamment de distance entre lui et son poursuivant pour que ce dernier le perdît de vue, au moins un instant. Puis il jeta un coup d'œil sur le côté droit de la route, écrasa la pédale de frein, tourna son volant à quatre-vingt-dix degrés.

La voiture décéléra si brusquement qu'elle effectua un demi-tête-à-queue à l'entrée de la voie. Et, la main gauche agrippée au levier de vitesse, Hammond vit passer la Mini Cooper.

La colère lui fit alors oublier toute prudence.

Il déboîta derrière elle.

Chacun son tour.

23:07

Mac Leod semblait connaître par cœur la route qui le ramenait à St Andrew par le sud. Pourtant, il n'était plus question de le lâcher.

Une seule solution : le pied au plancher.

Ne pas regarder le rebord de la route qui frôlait parfois la carrosserie. Conserver les yeux sur les feux arrière de...

... la MG !

Où était-elle ?

Devant, la route était soudain déserte. Et un moteur grondait.

Juste derrière... Flûte !

C'était ce qui s'appelait se faire avoir en beauté.

Réfléchir, vite. Comment le semer ?

Continuer vers le nord et tourner à gauche sur l'A918. Puis South Street, en face du marchand de glaces, avant de bifurquer vers l'ouest, vers les plus vieux quartiers. Traverser Market Street et ses boutiques closes, North Street, et tout de suite à droite sur Murray Place.

Dans le rétroviseur.

Mac Leod ne lâchait pas.

Reprendre à droite toute.

Dépasser les bâtiments de la vieille université, puis virer, une fois, deux fois, dans l'étroite College Street. Ignorer les pneus qui venaient de mordre le trottoir, les flancs de la Mini qui avaient entamé un angle de mur.

Rester calme et appuyer à fond sur le champignon.

Mac Leod n'était plus dans le rétroviseur.

Non ?

Éviter le groupe d'étudiants à la sortie du resto végétarien, revenir sur Market Street, repiquer sur Union Street. Les rues étroites étaient plus discrètes. Mais...

Bon sang.

Là-bas, en travers de la rue.

La MG.

La Mini Cooper pila.

23:19

Les mâchoires serrées, Hammond attendait.

Il n'eut pas à attendre longtemps : la portière de la Mini s'ouvrit, une silhouette en jaillit, se mit à courir vers l'entrée de la rue.

– Et merde !

Il bondit à sa suite. Où croyait-il aller, ce crétin ?

En émergeant à l'angle d'Union Street et de Market Street, il vit la silhouette bifurquer brutalement. Vers le promontoire, cette fois, vers les ruines de la cathédrale.

Que va-t-il foutre là-bas ? Se jeter dans la baie ?

Hammond accéléra, passa à son tour sous ce qui restait de la tour d'entrée. L'incendie qui avait ravagé l'édifice après la Réforme avait ouvert le passage à tous ceux qui le souhaitaient.

Et les piliers ne soutenaient plus rien. Ne demeuraient que de somptueuses ruines.

Alors, il entendit le cri, se figea.

Humain ou animal ?

Il tendit l'oreille, mais ne put rien discerner. Hormis l'explosion des vagues en contrebas du roc sur lequel l'édifice avait été construit.

Il leva les yeux. Derrière le rideau de pluie, l'écume blanche se vaporisait de toute part. En un fantomatique jeu de cache-cache entre le faisceau des projecteurs braqués sur les colonnes et l'obscurité.

Hammond secoua les épaules. L'invisible n'existait que pour les crédules.

En quelques enjambées, il rejoignit l'aile survivante de la cathédrale, dont les fenêtres d'autrefois ouvraient directement sur le ciel. Et là, devant lui, il vit son gibier, un genou à terre, la main sur une cheville.

Il retint un cri de triomphe. Prématuré. L'autre avait déjà repris sa course sur le gazon, entre les stèles.

Hammond était sur le point de le rejoindre lorsqu'il glissa à son tour sur l'une des pierres tombales. Jura à mi-voix, se releva en grimaçant. Son tibia devait être dans un drôle d'état.

Haletant, il se remit à courir vers la silhouette qui disparaissait derrière la tour de St Rule, vestige de l'église qui avait précédé la cathédrale. Mais, lorsqu'il en poussa la porte, elle était fermée.

Il se retourna vers l'océan.

La seule présence qu'il put détecter était celle de deux chats en train de se poursuivre entre les buissons d'aubépine. L'autre avait-il pris le sentier qui longeait la plage, vers le sud ? Ou bien était-il retourné vers la vieille ville, le long des rochers ?

Un instant, il contempla le brouillard laiteux, respira l'odeur salée.

Quelle soirée. Quelle putain de soirée.

Fourbu autant qu'inquiet, il rebroussa chemin en boitant.

Peu après, il garait sa voiture sur le trottoir, non loin de chez lui, dans Murray Park. S'en extirpait difficilement, lorsque quelques gouttes isolées vinrent s'écraser sur le capot, puis dans son cou.

Il se passa les mains sur la figure.

La pluie, de nouveau.

Ses épaules s'affaissèrent. Il n'en pouvait plus. Il n'était plus capable d'aligner deux idées. Il voulait dormir.

Dormir.

Là-haut, les nuages continuaient leur course effrénée et la lune avait tourné au cuivre pâle. Hammond composait son code d'entrée lorsque, du coin de l'œil, il vit le reflet de l'astre sur le petit capot. Entre une Mazda flambant neuve et une Rover pleine de boue.

Les éraflures le long des portières. L'ombre à l'intérieur...

En deux bonds, il fut sur la Mini Cooper, tira violemment la portière, extirpa le conducteur de l'habitacle, le plaqua contre l'avant de la petite voiture. Pesa sur lui de tout son poids.

Nom de Dieu !

Son poursuivant lui rendait presque vingt centimètres et ne devait pas peser grand-chose. Si Hammond ne l'avait vu conduire, il aurait juré que c'était un ado. Qui, en plus, s'aspergeait de parfum. Il s'approcha de son oreille.

– Tel est pris qui croyait prendre. Maintenant, dis-moi... Qu'est-ce que tu me veux, petit con ?

Sa voix était sourde et heurtée. Et sa fureur telle qu'il tordit sauvagement le bras de l'autre dans son dos.

– Réponds-moi ! Je ne suis pas d'humeur à jouer !

L'articulation du coude fit entendre un craquement. Et Hammond entendit le cri :

– Je voulais juste...

Abasourdi, il vit les larmes de son prisonnier tomber sur le capot, se mêler aux gouttes de pluie. Rêvait-il éveillé ?

Il maintint les étroits poignets d'une main, vint poser l'autre sur la poitrine prise dans le blouson noir.

Sous lui, la réaction fut immédiate :

– Lâchez-moi !

Il n'avait pas rêvé. Une femme. Dont il reconnaissait la voix.

Petite fouille-merde.

Sous le coup de la surprise, la colère de Hammond avait reflué. Elle revint en force. Il souffla :

– On va avoir une petite conversation tous les deux... Avant que je n'appelle les flics.

Et il la poussa vers son appartement.

23:52

Dans le hall d'entrée, Mac Leod avait posé son index gauche sur le lecteur d'empreintes qui faisait office de serrure. Cela semblait l'avoir quelque peu calmé. Comme si la faire pénétrer chez lui l'obligeait à redevenir civilisé. C'était heureux car Willow commençait à se dire qu'elle avait fait une connerie.

Tout cela pour une bête série d'articles.

Certes, elle n'avait rien trouvé de vraiment tangible pour accréditer la sulfureuse réputation de l'universitaire. Cependant, en cet instant, la fureur de ce dernier paraissait disproportionnée. S'estimait-il entravé dans ses ambitions ? Parce qu'elle l'avait suivi chez sa maîtresse ?

En tout état de cause, elle s'essuya les yeux, serra les doigts sur son coude meurtri, décida de ne pas bouger du fauteuil dans lequel il venait de la jeter. D'autant que, sans la lâcher des yeux, il ouvrait l'un des placards de son affreuse cuisine-laboratoire. Et débouchait une bouteille.

Tout bêtement.

Elle ravala sa rage, presque vexée, haussa un sourcil. N'avait-il pas assez picolé, là-bas, chez sa maîtresse ?

Pour gerber comme ça...

Oh, après tout, elle boirait bien quelque chose elle aussi.

Mais Mac Leod se contenta d'avaler d'un trait le contenu de son verre. La convivialité ne semblait pas être sa préoccupation du moment.

La jeune femme jeta un regard curieux autour d'elle. Elle en avait vu des appartements de célibataires, néanmoins, vides à ce point... Des murs blancs, quelques meubles noirs aux lignes simples. Un piano à côté de la porte de ce qui devait être la chambre. Un jogging en boule sur le sol, à côté d'une vieille paire de running, en face du bow-window.

Les yeux de Willow s'arrêtèrent.

Le bow-window. Fermé. Les stores tirés.

Elle tenta de se raisonner. À cette heure, qui n'occultait pas ses fenêtres ? Surtout dans un rez-de-chaussée. De plus, il y avait sûrement des voisins au-dessus.

Oui, mais si...

Elle tendit la mâchoire. Elle devait faire taire son imagination. Reprendre son analyse de l'environnement quotidien du Cro-Magnon siffleur de whisky.

Donc...

Le bow-window.

Et une bouteille de bière posée près d'un tas de journaux et de revues. De là où elle se trouvait, Willow pouvait lire quelques noms. *Scientific American, Annals of Biology, Animal Biochemistry and Biophysics, Annals of Human Genetics, The Chronicle of Higher Education...* Rien que ça.

Un Cro-Magnon cultivé ?

Cela donnait en tout cas à l'ensemble un côté impersonnel et froid qui collait bien avec ce genre d'humanoïde, carburant à la testostérone sous des dehors lisses et vernis.

D'une voix qu'elle espérait neutre, elle demanda :

– Et moi ?

L'air interloqué, il la dévisagea sans vergogne.

– Et vous quoi ?

– Je prendrais bien quelque chose.

Il fronça les sourcils.

Pour se donner une contenance, Willow posa son blouson sur l'accoudoir, comme si elle faisait juste une visite de politesse. Mais si elle s'attendait à ce qu'il sortît de sa grotte, elle en fut pour ses frais.

Il versa ce qui devait être du whisky irlandais dans un verre semblable au sien, le jeta sur le plan de travail devant lui, posa les mains à plat de chaque côté. Impudent.

Le salopard.

Il n'y avait pas cinquante solutions. Willow se leva, fit quelques pas.

Mac Leod avait l'air absent. Il ne la regardait même pas.

Il s'en tiendra là.

Elle posa la main sur le verre.

Dans la demi-seconde, il lui avait saisi le poignet et l'immobilisait sans qu'elle pût se dégager.

Le cœur de la jeune femme fit un bond dans sa poitrine. Pourtant, depuis l'autre côté de la surface métallisée, elle réussit à le regarder droit dans les yeux. Cet air froid et indifférent. Ces pupilles qui n'abandonnaient pas les siennes.

Métal. Masque. Menace.

Ne pas ciller. Surtout ne pas ciller.

– Lâchez-moi. Vous ne croyez pas que vous en faites trop ? Je crains que ce ne soit pas de cette façon que...

Avec effroi, elle réalisa que sa propre voix n'avait plus rien de son aplomb coutumier.

Il ne parut rien remarquer et, sans desserrer sa prise, lui coupa la parole :

– Ne me faites pas le coup de la victime. Si vous vous mêliez de vos affaires, vous n'en seriez pas là. Pourquoi m'avez-vous suivi ? Que foutiez-vous à Crail ?

– J'ai le droit de me promener, moi aussi.

– Il est vraiment dommage que vous n'ayez pas jugé bon de vous promener loin de mes traces de pneus. Si c'est tout ce que vous avez trouvé comme excursion...

Elle secoua son poignet.

– Lâchez-moi. On ne procède pas ainsi avec...

Il termina sèchement la phrase :

– ... avec une... dame ?

– Très drôle. Je ne m'étonne plus de votre réputation.

Il se pencha vers elle.

– Je ne connaissais pas la vôtre. Mais avec les procédés pour le moins douteux que vous employez...

Elle eut un rire bref. Elle voulait s'échapper, mais aussi comprendre.

– C'est vous qui me parlez de procédés douteux ? Vous vous foutez de moi ? Je ne fais que mon métier. Or la curiosité est l'une des qualités des journalistes.

– Votre curiosité a donc été satisfaite ?

– Oh, bien au-delà de mes espérances. Je vous ai vu vomir dans les rosiers... et conduire comme un fou sur la corniche. Ça va être difficile à recaser dans mon article. Parce que, de toute façon, pour ce qui est du reste, le moins que l'on puisse dire est que c'est de notoriété publique. Ou presque...

Il abandonna son poignet. Et la jeune femme crut voir ses yeux se nuancer d'inquiétude. Cherchait-il à la mystifier ou abandonnait-il réellement son masque de froide et rugueuse indifférence ?

Elle leva son verre, en avala le contenu d'un trait, crut qu'elle allait suffoquer.

Mac Leod ne sembla pas remarquer quoi que ce fût.

– De notoriété publique... vraiment... Mais alors, une fois de plus, pourquoi étiez-vous là-bas ?

Willow détourna la tête.

– Je voulais simplement vérifier, avant de...

– Depuis combien de temps ? coupa-t-il brusquement.

– Pardon ?

– Depuis combien de temps y étiez-vous ?

Elle lui jeta un coup d'œil surpris. Il ne manquait pas de culot.

– Je suis arrivée juste avant le départ de son mari et...

– Son mari ? Mais il est aux États-Unis !

La jeune femme reposa son verre, écarquilla les yeux.

– Comment ça aux États-Unis ? C'était qui alors le type qui...

Mac Leod contourna le plan de travail.

– Le type qui quoi ?

Willow resta coite. De quoi pouvait-elle faire état avec lui ?

Il la poussa vers le canapé et, d'une voix tendue, répéta :

– Le type qui quoi ?

Elle se racla la gorge.

– Il... il est passé de la maison au garage juste avant que vous n'arriviez. Par l'extérieur. Il avait une sorte de grosse sacoche à l'épaule et...

– Est-ce qu'il a quitté le garage ?

– C'est-à-dire... j'ai entendu un bruit de moteur. J'ai pensé qu'il avait sorti la voiture par la route de derrière.

– Il n'y a pas de route derrière le garage. Juste la falaise et la mer.

Willow le dévisagea. Les sillons s'étaient approfondis de chaque côté de sa bouche. Ses cernes s'étaient encore creusés. Il ne rigolait pas. Et elle ne savait plus que penser.

Tout ce foin pour une bête histoire de cul.

– Vous croyez qu'il était encore dans le coin quand vous êtes arrivé ? Si vous sautiez sa femme...

Les yeux de Mac Leod se braquèrent sur elle.

– Nom de Dieu. Comment faut-il vous le dire ? Le mari de Sara est aux États-Unis en ce moment.

– Le fait qu'elle vous l'ait affirmé ne constitue pas une preuve. C'est le genre de relation où l'on est tellement entravé par...

– Entravé par quoi ? coupa-t-il d'une voix redevenue dure. Tout comme moi, Sara était libre de culbuter qui elle voulait.

– Elle est mariée, hasarda Willow.

Il éclata d'un rire forcé.

– Vous êtes mariée ?

– Non.

– Alors ?

– Alors j'imagine que si le bonhomme que j'ai vu là-bas se retrouvait devant vous, vous ririez peut-être moins... Il avait l'air plus jeune que vous et plutôt costaud.

Mac Leod se figea, l'air abasourdi.

– Jeune et costaud ? Son mari est vieux et maigre. Et Sara lui a parlé au téléphone avant de m'appeler, avant que je n'arrive... avant que...

Il passa une main soudainement tremblante sur son front.

– ... avant que je ne trouve son corps et...

D'une traite, il lui raconta la suite.

Tétanisée, Willow écoutait les phrases se succéder. Sans que son cerveau semblât en comprendre les implications.

Puis la nausée la submergea. Elle se passa alors la langue sur les lèvres. D'une voix étranglée, demanda :

– Je... je crois que je boirais bien encore quelque chose.

Mercredi, 00:17 (UTC)

Pourquoi avait-il parlé ? Avait-il un tel besoin de vider son sac ? Il avait l'impression que ses défenses s'effondraient et cela le révoltait.

Il déposa deux autres whiskies sur la table, s'assit aux côtés de la jeune femme.

Avec son pantalon sombre, elle paraissait presque maigre. Ses yeux lui mangeaient d'autant le visage, lui donnant l'air si innocent. Était-ce ce qui avait empêché Hammond de se laisser aller à la violence tout à l'heure ? Ou ce sentiment d'avoir été floué ?

Et merde.

L'introspection n'avait jamais été son fort.

Il la regarda prendre son verre, sursauta lorsqu'il entendit la voix hésitante :

– Vous réalisez ce que tout cela implique ?

À l'expression qui se peignait sur les traits de la jeune femme, Hammond comprenait surtout à quel point les événements de ce soir relevaient, pour elle, autant de l'extravagant que du monstrueux.

Lorsqu'il répondit, il ne reconnut pas sa propre voix tant elle était rauque :

– Vous vous foutez de moi ?

– Non, non, bégaya-t-elle. Je ne voulais pas être ironique... c'est juste que... pourquoi ne pas avoir appelé la police dès que vous êtes entré ?

Il la regarda comme si elle était demeurée. Mais ce fut d'un ton uni qu'il prononça :

– La fenêtre du rez-de-chaussée était ouverte, comme d'habitude. Je n'ai pas songé une seconde que...

– Et où était le corps ?

– Dans la chambre du premier étage. Sa chambre. Enfin... leur chambre.

– Mais après, quand vous l'avez trouvé ?

Il se passa la main sur le front. La migraine lui broyait le crâne.

– Sur le tapis... Mais... voyez-vous, j'ai eu récemment affaire à la police. Un inspecteur... qui ne m'a pas à la bonne. Étant donné les circonstances, il est probable que je serai le premier suspecté. Je n'ai pas...

– Vous avez été convoqué ? Pour le meurtre du jardinier ?

Hammond sursauta.

– Comment êtes-vous au courant ?

Cette fois, la jeune femme rit doucement.

– Même si je n'en ai pas l'air, ça fait quelques années que je suis dans ce métier. Et vous voudriez que je ne me préoccupe pas de l'assassinat et de la mutilation de l'un de vos employés ?

Il avala sa salive.

– Mutilation... Bon Dieu, je n'ai pas fait le rapprochement !

– Quel rapprochement ?

– Son... son ventre était lacéré...

– Le ventre de votre... ? Et c'était... comme pour le jardinier ?

Il fixa son verre. Sans le voir.

– Je... je ne sais pas. Il y avait tellement de sang avec sa tête qui a été... enfin... a disparu... je... j'étais tellement... je... C'est vrai que j'ai cru que... Non, c'est idiot.

– Qu'est-ce qui est idiot ?

Il fronça les sourcils. Il devait s'arrêter de parler.

Absolument.

Peser chaque mot, chaque phrase était le seul moyen de se protéger.

Comme toujours.

– Rien. Je viens juste de penser que... que je n'ai vu sa tête nulle part.

Il la vit frissonner, resserrer les mains sur son verre.

00:29

Willow gardait les paupières à demi baissées. Une sourde appréhension la gagnait. La première partie de la contre-offensive avait été âpre. Et soudain, sans crier gare, Mac Leod avait laissé tomber les lances et les fusils. Pourtant, qu'il ne correspondît pas à l'image qu'elle s'était faite de lui était une chose, qu'il révélât ainsi son désarroi, qu'il avouât qu'il venait de trouver sa maîtresse assassinée en était une autre.

La versatilité du personnage t'agrée-t-elle davantage, Willow ? Le préfères-tu ainsi ?

Elle serra les mâchoires. Elle ne devait pas oublier ce que l'on disait de lui. À quel point il était brillant et retors. Ne pas se laisser aller à le croire quand il disait qu'il n'avait rien à voir avec ces meurtres. C'eût été stupide, voire suicidaire.

Elle posa son verre sur la table basse et, de l'extrémité de l'index, se mit à effacer une invisible trace, lentement, comme si elle réfléchissait à quelque chose qui n'avait rien à voir avec ce qui l'agitait réellement. Lorsque son cœur eut repris un rythme moins frénétique, elle leva les yeux sur lui. Réussit à croiser son regard sans broncher.

Qu'est-ce qui m'arrive ?

Des hommes, il y en avait eu à la pelle, et de moins improbables. Alors ? Était-ce justement le côté rocambolesque de la situation ?

Même pas.

En ce cas, pourquoi ? Pourquoi se sentir solidaire de lui ? Et de quoi ? De sa froide détermination ? Ou de ce qu'elle décelait derrière les fêlures ? Cette rage qui grondait. Ce chaos trop étroitement contrôlé.

Fiche tout de suite le camp.

Elle se mit debout.

– Je ne parlerai à personne de ce qui s'est passé ce soir. Les meurtres ne sont pas du tout mon créneau. En plus, je ne sais pas quoi en penser.

Il ne répondit pas, se contenta de la regarder comme s'il ne croyait pas qu'elle pût, seule, décider de partir.

Cela exaspéra Willow, qui attrapa son blouson.

Elle avait déjà la main sur la poignée de la porte lorsque, derrière elle, elle entendit la voix de Mac Leod. Grave, rauque. Incertaine :

– Attendez... S'il vous plaît... S'il vous plaît...

Le battant claqua derrière elle sans qu'elle eût su que décider. Ses pas l'avaient déjà portée vers la nuit.

Mercredi. Be right back[1] *(WZ)*

Dans le verre posé sur la table, l'ampoule jaunâtre suspendue au plafond nourrissait de mordoré le reflet de la clarté ardoise qui émanait de l'écran. Il fronça les sourcils en regardant le prisme se décomposer.

Triangulation.

Je suis un. Tu étais deux. Ils étaient l'autre. Pourquoi les avons-nous laissés entrer ?

Irrité, Il haussa les épaules. Chasser les spectres de sa vie en distordant l'inacceptable réalité, voilà qui n'était guère original.

Et pourtant.

Il jeta un regard circulaire autour de lui. Cette tanière était moins humide que la précédente, mais également plus étroite. Pourtant, Il ne pouvait plus se permettre d'être exigeant. Et de toute manière, à quoi bon ? Il aurait bientôt terminé ce qu'Il avait entrepris. Néanmoins, avec la prudence, la curiosité revint Le tarauder. Il ouvrit un premier fichier, puis un second, contempla un court instant les deux visages sur l'écran. Il n'avait eu aucune difficulté à affiner le grain des clichés numériques. Il n'en eut pas davantage à mettre son intelligence au service de sa recherche. Et avec un soupçon de retouche, de reconnaissance anthropométrique le tour fut vite joué. Dorénavant, Il savait qui ils étaient, où ils se trouvaient.

Il consulta sa montre, effectua un rapide calcul mental.

Là-bas, il est...

Il serra les dents. Quelle importance ? Déjà, la soif de vengeance revenait en Lui. Elle réveillait son cerveau, partiellement assoupi par des préoccupations techniques. Elle Lui rappelait tout ce dont Il avait été dépouillé avec le départ de Lily. Et surtout comment.

1. « De retour sous peu », expression couramment utilisée dans certains jeux vidéo.

Et par qui.

Il sortit en claquant la porte derrière lui.

Dans la pièce sombre, seul l'écran continuait de vivre, d'envoyer vers les murs sa lumière changeante. Soudain, il s'obscurcit. Et un texte blanc s'incrusta :

Alors, Numéro Quatre, commences-tu à comprendre ? Peut-être est-ce encore un peu tôt. Mais tu vas voir... lance...

Les pièces virevoltèrent.

Les pions avancèrent.

Le blanc en E2 sortit du jeu.

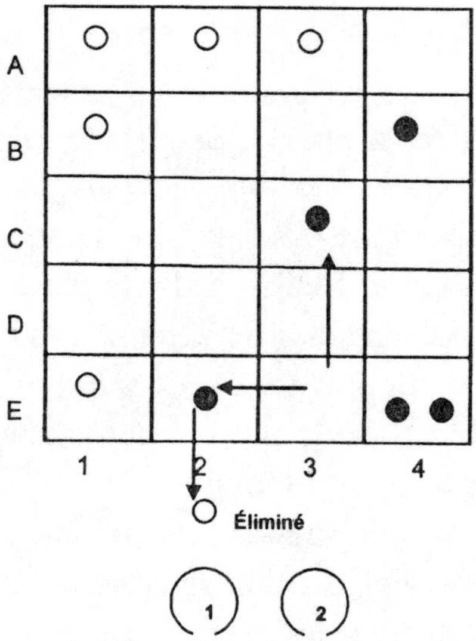

C'était si simple d'éliminer, de faire disparaître un univers.

Et comme en une livide épitaphe, les lettres réapparurent :

Tu vas maintenant plonger dans un passé qui n'a plus lieu d'être. Tu découvriras ensuite le futur qui lui a donné naissance. Alors, je l'espère, tu trembleras jusqu'au tréfonds de toi-même. Reviens dans quelques heures, Numéro Quatre. Tu ne seras pas déçu.

8

Semaine 3. Shiny happy people[1]

Jeudi, 16:20 (UTC)

LES LIGNES du programme s'affichèrent en lettres orangées sur l'écran plasma, derrière le pupitre central. Et la porte de la salle de conférences claqua bruyamment.

Martha se précipita. Le docteur Mac Leod venait de terminer son discours de clôture. Il allait céder la place à son homologue d'Harvard. Avec les centaines de visiteurs qui circulaient dans les bâtiments du Royal Golf Club, il n'était pas possible d'infliger un tel vacarme à la directrice de la prestigieuse université. Pas davantage de conserver le battant fermé.

Martha se mit donc à pousser l'un des énormes pots de fleurs qui ornaient le corridor d'accès. Avec la température ambiante, personne ne se plaindrait des courants d'air.

Lorsqu'elle se fut assurée que ce fichu battant était bien coincé, elle s'adossa au mur, haletante, et lorgna du côté de la salle de réception. Entre les tables déjà couvertes de hors-d'œuvre polychromes, professeurs, recteurs et doyens se pressaient pour se rafraîchir avant de retourner vers la salle de conférences.

Martha contemplait tout cela sans enthousiasme. Ce genre de

1. *Des gens splendides et heureux*, Rem.

manifestations exigeait des semaines de préparation et de suivi. Un bazar énorme pour lequel elle était réquisitionnée d'office, elle qui brûlait d'en être dispensée. Alors que les employés qui auraient rêvé d'en être, ne fût-ce que pour le champagne, n'étaient pas conviés. Cependant, dans la salle de conférences, les salves d'applaudissements se succédaient crescendo.

Martha sortit un mouchoir de son sac à main, le passa sur son front couvert de sueur. On étouffait ici. Et le polyester lamé de sa robe verte n'arrangeait rien. Elle se préparait à filer discrètement prendre l'air lorsqu'une voix familière retentit derrière elle :

– Martha ! Je vous cherchais !

La jeune femme se pétrifia à la vue du docteur Mac Leod, impeccable en costume gris et chemise immaculée.

Il posa les yeux sur elle. Sa voix s'adoucit :

– Martha... quelque chose ne va pas ?

– Oh non ! P... pas du tout ! C... c... c'est juste q... qu'il fait un peu ch...

Elle se tut soudain. Elle se sentait si mal fagotée, en sueur, ridicule. Et les secondes s'égrenaient. Quand donc allait-il cesser de la considérer ainsi ?

Enfin, il se décida :

– Oui, je sais. Mais il n'y en a plus pour longtemps. Et si je peux me permettre, votre robe n'est peut-être pas des plus...

Il s'arrêta net.

Martha suivit la direction que venait de prendre son regard. Fronça les sourcils. Qu'est-ce que c'était que ça ?

Un individu de haute taille fendait la foule. Cheveux bruns rasés, nez étroit et busqué, silhouette androgyne dans un survêtement de satin noir, mains enfoncées dans les poches de la veste. Il s'immobilisait devant une joyeuse bande d'Américains en train de déboucher une bouteille de champagne.

Martha chercha un vigile du regard, vit le jeune doyen s'avancer. Se contracta.

Devant eux, l'énigmatique personnage s'immobilisait.

Les femmes lui jetaient un regard inquisiteur. L'une d'entre elles, mince et élégante dans son tailleur de soie grège, était l'une des physiciennes les plus renommées du continent nord-américain. Sa beauté de madone africaine n'y était pour rien. Avec toute l'assurance du monde, elle posa ses magnifiques yeux noirs sur la face crispée, lui sourit.

– Vous cherchez quelqu'un. Peut-on vous aider ?

– Attends...

La voix féminine qui sortit de la grande bouche carrée, au-dessus du blouson de satin, la surprit moins que la main qui se dégageait lentement de la poche. À travers la longue baie vitrée du couloir, un rayon de soleil vint allumer un éclat métallique entre des doigts rouges et boursouflés.

Martha vit le docteur Mac Leod bondir, laissa échapper un petit cri de frayeur, voulut le retenir.

Mais le vigile qui était enfin arrivé levait son arme vers l'inconnue. Pour la baisser aussitôt.

– Merde alors !

Martha fut saisie d'un rire nerveux.

Un téléphone.

Rutilant, l'un des derniers modèles, sans doute l'un des plus chers. Dans lequel l'intruse se mit à vociférer :

– Vous êtes où, toutes ? Moi j'y suis et j'me souviens plus du nom du type... Si ça continue, on va m'faire des ennuis...

– Mac L'od ! J'te l'ai déjà dit un milliard de fois, m'man ! C'est lui qu'avait signé l'contrat d'grand-père !

– OK. J'vais le trouver. Mais magnez-vous. J'veux qu'y vous voie aussi.

En un éclair, Martha comprit, jeta un coup d'œil à son patron. Le vit pâlir.

Quelque chose.

Il fallait faire quelque chose.

Elle inspira à fond, prit son air le plus sérieux, s'avança vers la visiteuse. Et les jambes flageolantes mais la voix ferme, elle s'adressa aux Américains :

– Enc... encore une histoire de p... particules qui ne réussissent pas à se rencontrer. Cela arrive tout le temps !

Les physiciens éclatèrent de rire.

Martha se tourna vers la visiteuse :

– Ma chère, vous auriez dû prendre rendez-vous. Venez avec moi, nous allons consulter ensemble le planning du doyen.

Quelques minutes plus tard, alors que les deux femmes s'engouffraient dans les bureaux de la direction, une flopée de gamines les rejoignaient en courant.

Martha eut l'impression de se retrouver projetée plus de vingt ans en arrière, dans le magasin de bimbeloterie de son père. Lorsque, adolescente, elle était chargée d'y surveiller les gosses des quartiers voisins.

Elle soupira en regardant les yeux cernés de la femme en survêtement, son visage sillonné de rides profondes. En dépit des bouleversements du monde, rien ne changerait-il donc jamais ? Et pourquoi devait-elle encore éprouver ce stérile sentiment de commisération face à ce qui lui évoquait autant une pathétique incurie qu'une décourageante fatalité ? Pourquoi ne pouvait-elle rester indifférente ? N'avait-elle pas déjà suffisamment à faire avec elle-même ? ou était-elle complètement consciente au fond, et depuis toujours, des avantages au moins intellectuels dont la nature l'avait gratifiée ? Simplement incapable de les mettre à son propre service.

Qui parlait de pathétique incurie ?

Ses yeux se braquèrent sur les enfants. Celles-ci avaient-elles déjà mieux compris ? Elles semblaient en tout cas s'ingénier à compenser et ce, de la façon la plus exubérante qui fût. Aux cheveux ras, elles répondaient par des tignasses brunes qui cachaient leurs yeux en mèches savamment négligées... Au survêtement masculin, elles opposaient des t-shirts moulants. Toutes avaient hérité de la beauté de leur mère. Et toutes, à cette minute, gloussaient devant un magazine people.

Martha fit la moue, puis haussa les épaules.

Au fond...

Ce n'était pas son problème.

16:52

Sans hâte, Hammond rejoignit son assistante.

Celle-ci leva la tête vers lui, chuchota :

– C'est Layla Rawih, la fille aînée de Nabhel Azmîte, le jardinier qui...

À ce moment, la visiteuse se planta devant lui.

– Monsieur Mac Leod, il faut que j'vous dise...

Il la regarda. Tenta de toutes ses forces de nier le sentiment de pitié qui naissait en lui.

Gênant. Et stupide.

Par l'hyper-rationalité et la maîtrise de soi, il avait tout fait pour échapper à la souffrance et à la misère. Ce n'était pas pour s'y intéresser maintenant. Mais la femme ne semblait pas remarquer son manque d'enthousiasme.

– Mon père faisait que tailler les arbres et tondre les pelouses. Mais vous lui aviez fait un contrat en règle. Et c'était bien la première fois de sa vie qu'il avait ça...

Hammond se concentra pour empêcher sa jambe droite de s'agiter nerveusement. Il mourait d'envie de mettre tout le monde dehors.

Et vite.

Du côté du Royal Golf Club, de nouveaux réseaux se formaient, d'anciens se délitaient. Et plus tard, politiques, industriels et représentants de fondations ou de lobbies rejoindraient le dîner. Pour lui, il ne s'agissait plus de se concentrer sur le microcosme biosynthétique qui l'avait tant passionné, mais sur le macrocosme sociopolitique qui allait l'aider à mener ses projets à bien.

Il crispa les doigts sur sa cuisse. Il lui fallait être patient. Sara avait été assassinée a priori de la même manière que le père de cette femme. Et s'il n'y prenait pas garde, il allait se retrouver impliqué jusqu'au cou. Il se força donc à se concentrer sur le visage de son interlocutrice.

16:54

Layla loucha en direction du hall d'entrée. Avant de venir, elle s'était imaginé que l'endroit ressemblerait à l'hôtel de ville de Dundee. Mais avec ces hectares de vitres et de sol marbré, c'était bien plus grand, bien plus somptueux. Et cet homme...

Tu t'en fous, Layla. Tu t'en fous. Il est comme tout le monde, ce mec.

En dépit de ses tentatives d'autoréassurance, elle eut soudain envie de vomir. Assis en face d'elle, il attendait qu'elle parle. Elle voyait les muscles de sa cuisse se tendre comme des ressorts sous le tissu du pantalon sur mesure.

Non, je m'en fous pas. Parce qu'il est pas comme tout l'monde. C'est pas vrai.

D'une part, il était mieux habillé que tous les hommes qu'elle connaissait. Ça incluait le type en Porsche qui vendait de la cocaïne à côté de l'hôpital de Dundee. Là où elle s'était fait ligaturer les trompes parce qu'elle n'en pouvait plus de pondre des filles (même si Erni, le père des deux dernières, aurait donné sa couille gauche pour avoir un fils). D'autre part, il était le directeur de cet endroit où les uns apprenaient des choses dont elle n'avait même pas idée, où les autres venaient « chercher des solutions aux misères du temps », comme avait dit son père.

Layla devait tout faire pour l'amadouer, mais aussi lui expliquer. Elle s'arma de courage.

– Mon père était pauvre, monsieur, mais c'était quelqu'un de bien...

– Je n'en doute pas, madame Rawih. Mais...

– Laissez-moi continuer s'il vous plaît.

Putain, Layla, comment t'as osé lui dire ça ?

Il lui lança effectivement un regard surpris. Il n'avait pas l'air en colère.

– Il était yéménite. Vous savez ce que c'est que le Yémen ? C'est le pays qu'est coincé entre l'Arabie Saoudite, le golfe d'Aden, Oman et la mer Rouge. Y fait souvent hyper-chaud et on a plein de putains de tempêtes de sable. On dit que c'était le royaume de Saba. Vous savez ? La reine de Saba qu'était venue à Jérusalem pour voir le roi Salomon dans la Bible des juifs et des chrétiens. Et mon père...

Layla tira un grand mouchoir à carreaux de la poche de son blouson, le porta à son nez et souffla bruyamment dedans, avant de le replier soigneusement.

– ... mon père est venu en Écosse y a deux ans. Moi, j'étais déjà ici parce que j'avais eu des filles avec Ali, d'abord, qu'était de Londres, et puis avec Erni, qu'est de Glasgow, et que j'avais un permis de travail depuis longtemps. Papa avait pas réussi à en avoir, mais il est venu quand même vivre avec nous parce qu'il avait plus personne au pays. Et quand il est venu vous voir, vous l'avez embauché...

– C'est l'école qui l'a embauché. Cependant, il y a eu...

– C'est la même chose. C'est votre nom qu'était sur le contrat et votre signature. Moi, je suis pas cultivée. Mais mon père, il avait travaillé depuis tout jeune pour l'université de Sanaa, chez nous. Et il savait lire et écrire le français, en plus de l'arabe classique, de l'arabe sanaani, du somali et de l'arabe hadrami.... C'est pas donné à tout le monde, vous savez. Et il disait même qu'il parlait une langue de bien avant la reine de Saba... Finalement, tout ça lui a jamais servi à grand-chose.

– Il aurait dû nous en faire part. Tout comme il aurait dû nous préciser qu'il n'avait pas de papiers en règle...

Layla se fâcha illico :

– Et vous auriez fait quoi s'il vous avait dit ça ? Je m'excuse, mais me prenez pas pour une bille ! Vous l'auriez fichu dehors aussi sec !

Il n'avait pourtant pas l'air débile, ce type. Pourquoi est-ce qu'il lui sortait une ânerie pareille ? D'ailleurs, il ne broncha pas lorsque Layla haussa la voix. Ce qu'elle regretta aussitôt : elle n'était pas là pour ça. Elle fit craquer les doigts de sa main et bredouilla encore une fois :

– Je m'excuse. Je voulais pas dire ça. Vous comprenez, quand j'ai vu mon père à la morgue... et ce qu'on lui a fait... Lui, tout ce qu'il voulait, c'était une vieille maison à refaire. Il espérait qu'un jour, il serait plus obligé de dormir à la cave. Mais ils continuent de rénover le quartier là-bas aussi. Depuis, ils nous ont tous foutus dehors et on est à l'hôtel.

Elle s'interrompit.

En face d'elle, le visage du directeur s'était refermé. Il ne souriait plus du tout.

T'es trop naze, Layla. Ce type-là, il a d'autres trucs à faire. Et les problèmes des gens comme nous, c'est pas plus important pour lui que la pisse de chien dans le caniveau. Il te dira rien. Même s'il sait quelque chose sur la mort de papa.

Elle se leva du canapé en soupirant.

– Mais je veux pas vous embêter plus longtemps. Je pense bien que vous avez d'autres soucis.

Puis elle se retourna.

– Allez, les filles, on y va.

17:55

Le docteur Mac Leod était en grande conversation avec Harvard et le MIT. La migration des invités qui allaient se changer dans leurs hôtels commençait. Martha pouvait s'éclipser un moment. Elle se rua au parking, démarra à toute allure sa petite Ford et s'insinua dans la circulation de fin de journée.

Vingt minutes plus tard, elle garait la voiture devant chez elle. Une maison qui, en dépit des efforts qu'elle représentait, proclamait, avec son crépi fissuré et ses huisseries déjà abîmées, les limites du compte en banque de ses propriétaires.

En cet instant, la jeune femme n'en avait rien à faire. Elle fonça dans sa chambre, jeta sur le lit conjugal la moitié de sa penderie. Si elle voulait survivre à la soirée qui se préparait, il lui fallait quelque chose de plus léger que sa robe de sirène bon marché.

Une voix traînante la fit sursauter :

– Tu rentres déjà ? Je croyais que ça durait jusque dans la nuit.

Martha se retourna, soupira.

– Benji chéri... ne me dis pas que tu as passé la journée en pyjama...

Benji chéri fit la moue.

– Je t'ai posé une question, il me semble. En plus...

Il jeta un regard inquisiteur à l'amas de robes, de jupes et de chemisiers.

– Tu fais du rangement ? À cette heure ?

La jeune femme inspira profondément.

– Je ne rentre pas vraiment, je viens juste mettre une autre robe. C'est le docteur Mac Leod qui m'a dit de...

– ... de te changer ? C'est quoi cette connerie ?

– Non, ce n'est pas ce que je voulais...

Elle s'interrompit, le regarda attentivement. Ce visage rouge, ces yeux chassieux... Dans un souffle, elle questionna :

– Tu as bu ?

Il ricana.

– Je savais qu'il s'en passait de belles à l'université, mais à ce point ! Merde alors ! Mais dis, ton patron, je l'ai vu... plutôt beau gosse, non ? Qu'est-ce que...

Martha serra les mâchoires. Benji chéri ne terminerait pas sa phrase. C'était elle qui, les trois quarts du temps, ramenait l'argent, tenait la maison, les enfants. Elle savait ce qu'il était sur le point de dire.

Qu'est-ce qu'un type comme lui peut bien trouver à une guenon comme toi ?

Dans la seconde, elle s'enfermait dans la salle de bains, tentait de retenir les larmes qui jaillissaient. Sans pour autant pouvoir ignorer la dernière phrase. Sifflante :

– Et tu crois qu'il va t'augmenter ?

Sous le chapiteau, le dîner de gala touchait à sa fin. Et Martha ruminait encore la réplique dévastatrice qui éjecterait un jour Benji chéri de sa vie. Lorsqu'une main se posa sur son épaule.

– On y va ?

Martha tressaillit, se retourna vers Ann, l'assistante du vice-chancelier de l'université d'Édimbourg, regarda autour d'elle. Les tables se vidaient. Pâles dans leurs smokings de pingouins, les musiciens de l'orchestre descendaient de l'estrade. Et les serveurs commençaient à débarrasser.

Dans l'allée qui menait au bâtiment central de la vieille université, entre les lueurs dansantes des lampions, la jeune femme suivit les robes froufroutantes. Elle n'était guère enthousiaste à l'idée des danses écossaises qui allaient suivre. Mais c'était ça ou rentrer chez elle.

Elle grimpa donc les marches du perron, traversa l'immense hall de réception et pénétra dans la salle d'honneur. Sous les vénérables lustres de cristal, les joueurs de cornemuse étaient là, cramoisis, le kilt battant la mesure et le porte-vent à la bouche. Sur le parquet hors d'âge, la musique entraînait déjà les amateurs.

Martha décida qu'elle allait se mettre dans un coin et regarder.

Les autres.

Le champagne et la bière circulaient à flots. Seuls quelques verres de jus d'orange passaient dans les mains des Américains. Dans un groupe, une voix porta un toast. Elle fut rejointe par des cris exaltés derrière lesquels on entendit à peine le tintement des coupes. Puis les rires se mirent de la partie.

Martha se saisit d'un chocolat sur le plateau que lui tendait un jeune serveur, faillit le lâcher lorsqu'une forme enveloppée de satin vert vint lui écraser le pied.

Les larmes aux yeux, elle se pencha vers sa sandale vernie pour évaluer les dégâts. Un quintal en smoking passa alors en trombe, lui ébouriffant la permanente. C'était la soirée des cyclones égarés.

Excédée, elle rejoignit les toilettes, s'affala sur l'abattant de l'une d'entre elles, ôta son soulier. Elle avait à peine commencé à masser ses orteils endoloris que le claquement d'une porte la fit sursauter. Immédiatement, la paroi qui la séparait de la toilette voisine se mit à trembler, au rythme de gémissements sur le compte desquels il était impossible de se méprendre.

Entre affolement et rire nerveux réprimé, Martha se précipita vers la sortie.

Respirer. Par pitié. Respirer.

Épuisée, elle s'écroula sur la balustrade, entre deux géraniums. Devant elle, sur les marches de pierre, des enfants dansaient. Une ravissante gamine aux yeux bridés faisait tournoyer ses longs cheveux bleu-noir autour de sa tête. Dans la semi-obscurité de cette nuit aux lampions, sa peau dorée contrastait encore avec celle, laiteuse, du petit rouquin écossais qui riait en la regardant.

Martha les contempla un instant. Elle ne retournerait pas à l'intérieur. Elle allait rester ici. Le temps de se rafraîchir le corps et l'esprit. Ensuite, elle rentrerait chez elle.

Il était déjà si tard. Ou si tôt. Elle n'aurait guère que le temps de se doucher avant de revenir travailler. Et c'était très bien comme ça.

Vendredi, 00:02 (UTC)

Il y avait quelques minutes que Hammond tentait de se concentrer sur ce que lui disait son interlocuteur. Qui était ce type, déjà ? Un Américain, à en juger par son accent. Mais d'où venait-il ?

Il tentait de feuilleter mentalement l'interminable liste de ses contacts lorsque l'intensité des voix qui bourdonnaient jusqu'à présent dans son dos augmenta brutalement. Il était habituel de voir des invités se laisser aller, surtout à cette heure, surtout en fin d'année.

Pourtant, à ce point...

Hammond se retourna.

James Walker...

Il se raidit.

Ce minable.

Un minable qui, à la tête de l'un des plus gros instituts du campus, lui refusait le droit de regard qu'il était censé avoir en tant que doyen. Un minable avec de tels appuis politiques que Hammond, la rage au ventre, n'avait jamais pu que s'incliner.

Mais ce soir...

C'était SON colloque, SA réception. Il avait travaillé comme un fou pour faire en sorte que les gens ici présents le reconnaissent enfin. Il était hors de question qu'un Walker vînt tout foutre en l'air.

Sans lâcher l'Américain du regard, il tendit l'oreille vers les bribes de conversations qui se détachaient sur le brouhaha ambiant :

– Tu ne vas pas recommencer, Oswald ! Tu me gonfles avec Ruhlen. Sa méthodologie est biaisée, tu le sais ! Un socle cognitif, OK... Mais pour le reste, laisse-moi rire... Et puis j'en ai marre que tu dépenses le fric de l'institut pour ça...

Hammond fronça les sourcils. Son Américain venait de replonger vers le buffet et, derrière lui, les bavardages s'éloignaient. Il était sur le point de se retourner vers Walker et son vis-à-vis lorsqu'il aperçut Joe Ackerman qui, sautillant d'un pied sur l'autre comme s'il marchait sur des braises, s'approchait de lui.

Presque soulagé, il grimaça, désigna du pouce le directeur de l'institut derrière son dos, murmura :

– Eh Joe ! Ne me dis pas que tu bosses encore avec ce type !

Joe rit silencieusement.

– Oh, Hammond... Il y a des gens intéressants là-bas. Avec des idées un peu loufoques, je te l'accorde, mais c'est justement ce qui en fait le sel...

Hammond esquissa un sourire. Il aimait bien Joe. Depuis le MIT, ils entretenaient une camaraderie ordinaire, basée sur le fait qu'ils savaient pouvoir compter l'un sur l'autre, et se faisaient une relative confiance. De toute façon, Hammond ne supportait pas que l'on devînt vraiment proche de lui. Lorsque c'était malgré tout le cas, il s'arrangeait toujours pour éconduire l'intrus. Et il était arrivé à la conclusion que c'était sa manière d'éviter lui-même d'être rejeté. D'où des relations qu'en son for intérieur il qualifiait de « retenues ».

Pourtant, ce soir, c'était reposant de discuter cinq minutes avec quelqu'un qui n'allait pas, d'une façon ou d'une autre, lui mettre un couteau sous la gorge.

– Tu le connais, celui qui gesticule comme s'il avait été mordu par un chromosome farceur ?

Sur un ton railleur, il ajouta :

– Tu donnes dans la socio, maintenant ?

Joe ne broncha pas. Il ne bronchait jamais. Cette imperturbabilité qui tournait à la placidité eût pu être un défaut majeur. Alliée à l'intelligence qui faisait de lui un biologiste d'envergure internationale, c'était devenu l'une de ses qualités essentielles.

– Fous-toi de moi. C'est un linguiste. Et les linguistes travaillent de plus en plus avec les généticiens, tu le sais. Surtout celui-ci, qui est un fan de Ruhlen.

– Ruhlen ?

– Merritt de son petit nom. De Stanford. Celui qui a mis le binz dans le pré carré des traditionalistes en avançant la thèse de l'existence d'une protolangue originelle commune à toutes les familles de langues, il y a plus de cent mille ans.

Songeur, Hammond surveillait les allées et venues autour de lui. Distraitement, il demanda :

– Cent mille ans ? Pas avant ?

– Non. On admet que la faculté du langage se serait inscrite dans les gènes d'*Homo habilis* il y a plus de deux millions d'années, mais qu'elle n'aurait pas été utilisée tout de suite. Pourquoi, ne me le demande pas. Moi, quand j'ai un nouveau portable, je ne peux pas m'empêcher de le tripatouiller tout de suite, de lire le mode d'emploi en long en large et en travers. Mais Celia...

– Au fait, comment va-t-elle ?

– Bien. Surbookée en ce moment... On dîne avec des surgelés tous les soirs, sauf quand je m'y colle. Et je dois admettre...

Au sourire entendu de Hammond, Ackerman se reprit :

– Je disais donc... Celia, elle, planque son portable dans son tiroir. Jusqu'à ce que l'ancien lui explose entre les doigts. Et quand elle est vraiment coincée, alors seulement elle sort le nouveau... *Homo habilis*, ça aurait été un peu la même chose. Il avait LE langage, là, tout nouveau tout beau, quelque part dans son génome. Mais il aurait attendu d'être *erectus*, voire *sapiens*, pour le sortir... Globalement à l'époque où le nombre de membres de l'espèce humaine se serait réduit comme peau de chagrin. Tu sais, cette fameuse période glaciaire... il devait y avoir alors une pénurie de mammouths surgelés... *Sapiens* n'a pas pu faire autrement que de parler... comme moi lorsque, à huit heures du soir, je suis perdu devant mon congélateur vide et que j'appelle Celia à la rescousse...

Ackerman se racla la gorge, poursuivit :

– Bon... en fait, ça a dû être beaucoup plus progressif. Mais en attendant, dans le modèle *« out of Africa »*, machin s'est dispersé sur la planète... Le modèle multirégional, lui, ne colle pas trop avec l'hypothèse...

Hammond se passa la main sur la nuque. Il était épuisé. Il entendit sa propre voix. Rauque :

– Il y a toujours un truc *x* qui ne colle pas avec une hypothèse *y*. Sinon, on ferait un tout autre métier, toi et moi. Mais, dis-moi, c'est pour cause de pénurie de mammouths surgelés que tu collabores avec ce type ?

Joe soupira comiquement.

– Non, de ce côté-là, j'ai tout ce qu'il me faut... Mais figure-toi que...

– Hey ! Mon vieux ! La tienne est vide ! Tiens !

De retour du buffet, l'Américain glissait une nouvelle coupe entre les doigts de Hammond.

Celui-ci tressaillit, se crispa. Murmura à destination d'Ackerman, qui s'éclipsait déjà :

– Je reviens.

Sans y croire un instant.

La récréation était terminée. Et il devait absolument se rappeler qui était ce Yankee. Il fit jouer ses épaules. Il avait l'impression que ses omoplates allaient se détacher de son dos, que ses yeux allaient tomber de leurs orbites.

Trop d'alcool. Trop de soucis. Trop de pensées parasites.

Son esprit se remit à osciller entre son habileté coutumière à pousser ses pions dans ce genre de situations, le souvenir du corps mutilé de Sara, la visite de la fille du jardinier dans l'après-midi...

Et Willow Owen.

Il avala sa salive.

Nom de Dieu. Martha l'a invitée.

Cette fichue journaliste se profilait en effet dans l'embrasure de la porte de la salle. En robe du soir moulante.

Et le reste disparut.

Qu'est-ce qui m'arrive ?

Il voulut se concentrer sur ce que bredouillait l'Américain dans son verre. Mais devant lui, il y avait Willow Owen. Et derrière lui, Walker et son acolyte qui étaient revenus.

– Non, je ne veux pas continuer sur ce terrain-là ! Avec toi, entre Ruhlen et la Bible, on ne s'en sort pas !

– Mais je n'ai jamais...

– Tttt... et le classeur rouge ? Dois-je te rappeler que je t'ai aidé à déménager ton bureau l'an dernier ? Genèse 11,9 à 11,11... « Comme ils étaient partis de l'orient, ils trouvèrent une plaine au pays de Shinear... »

Hammond posa la coupe pleine sur le plateau d'un serveur qui passait. S'essuya les mains sur son pantalon.

Je ne dois pas la regarder. Je ne dois pas.

Ce qui l'envahissait, il n'aurait pu le décrire. Anxiété ? Plaisir ? Culpabilité ? Souffrance ? Inquiétude de la présence de ces émotions, comme s'il se fût agi d'une maladie, à la fois létale et honteuse ?

En dépit de cela, la silhouette de la jeune femme attirait irrésistiblement son regard. Il en perdait la parole, se sentait devenir ahuri. Alors qu'elle, très à l'aise, riait à pleine gorge de ce que lui disait l'attaché de presse de l'université de Glasgow.

Mais pourquoi diable le snobait-elle ?

Tu te le demandes ? Tu as mis tes neurones en jachère ce soir ? Et Sara ? Tu l'oublies déjà ?

Oui, mais alors, pourquoi Willow Owen était-elle venue ?

Hammond acquiesça vaguement à ce que disait son interlocuteur. Tenta d'ignorer le vacarme des voix qui enflaient de nouveau. Avec cette chaleur qui, soudain, semblait ne pas cesser de monter.

– ... « ils dirent encore : Allons ! bâtissons-nous une ville et une tour dont le sommet touche au ciel »...

– Arrête, James ! Tous les linguistes se documentent là-dessus, tu le sais comme moi !

– Voyons, Oswald ! Tu l'as écrit sur la porte de ton bureau : « *E-TEMEN-AN-KI.* » Et...

Qu'ils se taisent, nom de Dieu, qu'ils se taisent !

Hammond expira doucement.

Ignore-les. Ils ne sont pas là. Elle non plus.

Redevenir l'universitaire froid et analytique qu'il savait être.

Tout de suite.

C'était le meilleur moyen d'éviter déboires, entraves et conflits.

De faire de ma vie un mensonge.

Il serra les poings. Non. C'était ridicule, au moins autant que ce qu'il avait entendu derrière lui. Il devait bannir ces stupidités de son cerveau, ne pas perdre de vue ses objectifs, ses ambitions.

À ce moment, Willow Owen posa ses doigts sur sa bouche, dissimula à peine un bâillement.

Hammond releva la tête.

Un sourire étira les commissures des lèvres de la jeune femme. Mi-figue mi-raisin. Elle tourna les yeux vers lui.

Il crispa les mâchoires, s'efforça de paraître détaché. D'elle. De son propre corps envahi de sueur. Des bramements qui s'élevaient dans l'atmosphère chaude et lourde de la pièce.

– Oswald, voyons... Machin qui vole les habits de peau d'Adam et Ève, les confie à son fils... c'est juste une pensée talmudique...

– C'est de Kouch qu'il s'agit... Et ce fils, c'est Nemrod ! Et grâce aux peaux, il devient invincible, se rebelle contre Dieu et bâtit la tour !

Machinalement, Hammond se récita la suite : « *Et Dieu confondit leur langue pour en faire soixante-dix...* »

Il serra les poings, se mordit la lèvre inférieure.

À cet instant, Willow lui sourit. Ses cheveux courts et bouclés formaient une auréole sombre autour de son visage. Aux coins de sa bouche, des fossettes se creusaient. Elle n'avait plus du tout l'air d'une gamine prise les doigts dans le pot de confiture, mais d'une femme sûre d'elle-même.

Hammond voulut déglutir. C'était comme si sa langue était collée à son palais. Une main se posa alors sur son épaule.

– Eh ! Mon vieux !

Il sursauta, se retourna, maudit Martha d'avoir été si efficace dans ses invitations.

– Oh, Chuck ! Je ne t'avais pas vu !

Chuck Jarvis, doyen de l'université de Glasgow et député du Parti national écossais au parlement d'Édimbourg. En temps ordinaire, Hammond le détestait. Cependant, depuis un an, les deux hommes travaillaient au montage de diplômes communs censés contrer leurs concurrents londoniens sur le marché international. L'Écosse indépendante et souveraine que s'acharnait à vouloir Alex Salmond, le leader du parti de Jarvis, passait par là. Non que cela eût jamais été une préoccupation de Hammond. Il savait seulement que s'il réussissait ce coup-là, l'école serait propulsée dans le top ten mondial. Et tant que celui-ci avait encore une valeur...

Jarvis passa la main sur sa calvitie naissante, tira sur son col de chemise. Puis il approcha sa bouche de l'oreille de son interlocuteur, qui retint un mouvement de recul. L'autre puait la bière.

– On va pas parler boulot ce soir... J'ai un peu abusé et faut encore que j'rentre. Mais qu'est-ce' tu dirais d'demain ? Si t'as rien d'prévu, on pourrait déjeuner...

Hammond sentit une veine battre sur sa tempe.

Cinq minutes plus tard, lorsqu'il réussit enfin à se libérer, il chercha Willow des yeux, inspecta la pièce. La jeune femme n'y était plus.

En dépit de ses résolutions, il se précipita dehors.

En retrait du perron, dans la brume qui se levait, des silhouettes se dessinaient, oscillant doucement au rythme assourdi des voix de ceux auxquels il avait cru échapper.

Walker et son foutu...

Il détourna la tête, pas assez rapidement pour ne pas entrevoir la troisième ombre, assise à l'extrémité de la balustrade. Petite, ronde, légèrement voûtée.

Martha ?

Mais les pensées de Hammond n'allèrent pas plus loin. En cet instant, il n'avait cure de ce que faisait son assistante. Ce n'était pas elle qu'il cherchait.

Ses yeux balayèrent les jardins de la vieille université. Le chapiteau blanc dressé pour le dîner se noyait dans de longues écharpes fantômes. Les lampions achevaient de se consumer entre les arbres pendant que les premières lueurs du jour perçaient derrière l'horizon. Quelques coupes abandonnées gisaient sur la rambarde de pierre. Une écharpe de satin vert avait glissé entre deux pots de géraniums. Un géant en smoking ronflait sur le gravier de l'allée, la tête sur une cornemuse dégonflée qui, bourdons en l'air, ressemblait à un canard mille-pattes éventré. L'humidité de l'aube montait de l'herbe fraîchement coupée.

Hammond ramassa l'écharpe, la porta à ses narines, grimaça. Il avait encore en tête le parfum que Willow portait ce soir-là, lorsqu'il l'avait poussée dans son appartement. C'était frais et léger.

Rien à voir avec ce truc sucré et infâme.

Il se passa la langue sur les lèvres. Elles étaient sèches. De l'amadou. Il frotta ses paumes l'une contre l'autre. Elles étaient brûlantes. Mais moins que le sang qui affluait dans le bas de son ventre.

Vendredi. Mezz[1] (WZ)

Dans la pénombre de la chambre, l'écran de télévision formait un halo de lumière changeante.

Outremer. Marron. Indigo.

Il regarda la fille, sentit ses mains trembler. Elle n'avait pas un joli visage, mais son corps était plutôt agréable.

Elle tendit la main vers Lui.

– Tu as l'intention de rester comme ça ? Avec le pantalon, ça va pas être coton, tu sais ? Faut pas avoir peur. T'es beau gosse, *yar*. Ami. J'en ai pas eu un comme toi depuis...

Elle leva les yeux au ciel d'une manière qui se voulait comique.

Il ne répondit pas, mais se força à sourire.

1. De « *to mesmerize* » (hypnotiser), effet pour immobiliser un personnage, expression couramment utilisée dans certains jeux vidéo.

Avait-Il pensé à tout ? Ils étaient dans un motel. C'était plus risqué que les fois précédentes.

Il fit glisser son jean et son caleçon, posa une main sur le ventre de la fille. Il devait se montrer sous son meilleur jour. Pour la convaincre de se laisser faire.

Il se mit à la caresser, ferma les yeux, sentit son sexe gonfler et se tendre contre la hanche rebondie. Il respira plus fort. Il ne devait pas se laisser aller, ni à la peur, ni à la pitié, pas même au dégoût. Il fallait qu'elle fût certaine qu'Il voulait se donner du mal pour elle.

Pendant un temps qui lui parut infini, Il l'embrassa, la caressa, lui chuchota à l'oreille tout le désir qu'Il était censé avoir d'elle. Mais elle soupirait, se tortillait, respirait vite dans son oreille. Sans plus. Qu'est-ce qui clochait ?

Avec celles dont Il n'avait voulu que l'usage momentané d'une gaine chaude et humide, Il avait toujours été plus expéditif. Avec celle de St Andrew, Il n'avait pas osé : la tuer était une chose, la baiser en aurait été une autre. Ça ne faisait pas partie du scénario.

Mais là.

Relayant sa haine, sa volonté était telle qu'elle ne demandait qu'une fugace amorce. D'autant que sa sexualité était engourdie depuis bien longtemps. Aussi, lorsque les jambes potelées se refermèrent en étau autour de son poignet, Il n'eut pas besoin d'autre chose que de se rappeler l'époque d'avant Lily, l'époque où Il était un garçon sans histoires, ou presque. Avec toute l'avidité et toutes les capacités d'excitation de son âge.

Il lui écarta les cuisses, s'introduisit en elle et, pour la première fois de la soirée, autorisa son corps à agir seul. Et ses reins Le poussèrent vers le plaisir.

Pourtant, lorsque celui-ci vint, ce fut court et décevant, comme à chaque fois. Jamais la fugacité et la légèreté de la chose n'égaleraient l'intensité et la durée de ce qu'Il avait ressenti avec Lily.

Un court moment, Il s'abandonna contre le corps de la fille, le visage dans ses cheveux. Son museau était plutôt laid, mais elle sentait la rose, même après la baise. Cela avait à la fois tout et rien à voir avec hier. Il n'aurait pas su en expliquer davantage, car Il s'interdisait toujours de repasser volontairement un quelconque instant du bonheur révolu dans son esprit, sauf lorsqu'Il en avait besoin pour se remotiver. Et sauf, bien sûr, lorsque ses songes échappaient à sa volonté.

Une main aux ongles vernis caressa son menton, descendit le long de la ligne de ses pectoraux.

– Tu fais beaucoup de musculation ?

Il serra les dents pour ne pas rire. Si elle sortait une autre connerie de cet acabit, Il n'y arriverait jamais. Et pour combattre ce qui Lui semblait parfois démotivation, Il se représenta l'acte tel qu'il avait été entre deux corps. Il se força à ne pas penser à la jeune femme qu'Il avait perdue et à oublier celui qu'Il avait été.

Il remua son bas-ventre contre la fille, sentit qu'Il se tendait à nouveau.

Elle ouvrit alors la bouche, comme un poisson échoué.

– Waouh... tu fonctionnes à quoi, *m̂erIk* ? Homme ?

Il esquissa un sourire. Il ne s'était pas trompé.

– À toi. Je fonctionne à toi.

La vit-Il rougir ? Il n'en fut pas certain. Mais le regard qu'elle Lui lança Lui prouva qu'Il avait donné la bonne réponse. Il fit descendre sa langue jusqu'à son oreille, lui chuchota :

– Tu voudrais qu'on essaie un truc ?

Elle eut un petit rire.

– Tout ce que tu veux, à condition que tu me fasses pas mal... J'suis douillette !

– Faudrait être malade.

Oui. Vraiment.

Faudrait être malade.

Il s'assit sur le lit, tira le sac qu'Il avait glissé dessous, en extirpa les cordelettes.

– Tu vois, rien de méchant. Juste un jeu.

Mob[1]

Maintenant qu'elle était attachée sur le dos, les bras et les jambes en croix, Dana commençait à avoir un doute. C'était certain, il était très mignon, baisait pas mal et l'attendrissait, surtout lorsqu'il la regardait dans les yeux. Malgré cela, elle ne le connaissait absolument pas. Il l'avait abordée sur le campus le matin, l'avait complimentée sur sa démarche, ses cheveux, lui avait demandé de quel pays elle venait, d'où elle tenait son accent. Elle avait été flattée qu'il s'intéressât à elle. Surtout devant Ashley qui, en général, ramassait tout ce qui en valait la peine. Alors, de fil en aiguille, elle s'était retrouvée avec lui dans ce motel.

Mais là.

Il farfouillait une fois de plus dans son sac.

Elle lui lança :

– Eh, tu cherches quoi encore ?

Très sérieux, il lui montra un foulard.

– Ça.

Elle protesta :

– Ah non, je veux voir, moi ! Y a pas de raison !

– Oh, tu vas voir. Pas de souci.

Il se mit à genoux à côté d'elle, répéta :

– Pas de souci.

Il posa ses lèvres sur les siennes, les écarta de sa langue.

Elle ferma les yeux, ouvrit la bouche. Et la boule de tissu vint s'y fourrer, si vite qu'elle faillit suffoquer.

Elle rouvrit les yeux, vit le garçon au-dessus d'elle, à califourchon sur son ventre. Il tenait dans sa main quelque chose qu'elle n'identifia pas immédiatement. Mais elle entendit le scratch, caractéristique du rouleau d'adhésif à cartons. Elle avait

---

1. De « *mobile object* » (objet mobile) : toute créature contrôlée par le jeu, expression couramment utilisée dans certains jeux vidéo.

suffisamment déménagé pour reconnaître le bruit. Ce qu'elle ne connaissait pas, en revanche, c'était la sensation du scotch sur ses lèvres crispées autour de la bourre de tissu. Et la panique qui la saisit.

Elle secoua la tête dans tous les sens, tira de toutes ses forces sur ses bras attachés à la tête de lit.

Toujours assis sur son ventre, il la contemplait.

– Ne te fatigue pas. Je sais faire les nœuds. À ta place, je me contenterais de prendre ce qui me reste à prendre.

Dana sentit son cœur sauter dans sa poitrine, son souffle devenir irrégulier. La peur l'empêchait de respirer correctement par le nez. Une phrase résonnait dans sa tête. De celles qu'elle avait entendues autrefois. Il y avait si longtemps.

Tu c, i y ? Tu c, i y ?

Qui es-tu ? Qui es-tu ?

Bien sûr, aucune réponse ne vint.

Il se coucha sur elle, se frotta contre son ventre, ses cuisses. Et brutalement, revint en elle.

Elle ferma les yeux. Un court instant, elle espéra qu'il ne faisait qu'assouvir qu'un fantasme.

Mais il sauta à terre, une fois de plus, poussa le lit face à la fenêtre.

Alors elle se mit à prier.

Motion capture[1]

Il plaça les premières électrodes au-dessous du sein gauche.

Les yeux de la fille s'emplirent de larmes.

Il tira la mince bâche de plastique de son sac, la déplia, la glissa sous le corps qui, tout entier, se mit à trembler.

---

1. Capture de mouvement, expression couramment utilisée dans certains jeux vidéo.

Elle était à peine plus âgée que Lily. Pourtant, Lily était morte, celle-là était vivante. Et elle avait en elle ce dont Lily avait toujours été privée. Tout le reste n'avait pas d'importance. Hormis le scénario. En conséquence, Il n'avait que faire de sa terreur, de son désespoir. Comment, de toute façon, au XXIe siècle, un tel mélange d'acceptation et de bêtise pouvait-il encore exister ? Ou plutôt, comment pouvait-il ne pas exister plus souvent ?

Comment ?

Il serra les lèvres. Ce n'était pas son problème. Et pour n'être à aucun moment troublé, Il savait même ce qu'il convenait de faire. Sortir le matériel de sous la table où Il l'avait dissimulé. Se concentrer sur les réglages, les organes, ne percevoir de ce qu'Il faisait que le côté technique et anatomique. Ne considérer l'ensemble de la personne ou de l'action que comme les paramètres d'une équation à résoudre. Pour le résultat final. N'était-ce pas de cette façon que les autres avaient agi avec Lily ?

Il glissa une dernière cordelette autour du cou de la fille, serra, pour l'empêcher de bouger la tête.

Puis Il se redressa, se retourna. Fit jouer entre ses doigts la baguette qui commandait le store de la fenêtre.

L'éclat du soleil couchant L'aveugla : la tête était donc bien positionnée à l'ouest. Il avait eu raison de choisir cette chambre.

Il sortit ensuite la série de pots de plastique de son sac, les plaça devant la tête de lit, y déposa des biscuits, une pomme. Y versa de l'eau.

De l'autre côté des barreaux du lit, les yeux de la fille roulaient dans leurs orbites. Se fermaient spasmodiquement pour chasser la sueur qui coulait sans discontinuer depuis la tempe.

Il savait qu'Il ne devait pas tarder. Sinon, elle allait Lui claquer entre les doigts, et tout ça n'aurait servi à rien. Or la mesure des réactions initiales s'avérerait peut-être importante, même si, a priori, le logiciel utilisait en majorité les données du prélèvement final.

Stun [1]

Dana tenta de crier une fois de plus. Mais sa bouche restait distendue par la boule d'étoffe. Sa gorge était abominablement sèche. Et dès qu'elle faisait un mouvement, la cordelette l'empêchait de respirer.

Elle écarquilla les yeux et, comme dans un brouillard, le vit passer derrière elle.

Un gedim. Venu de l'Irkalla.

Elle se dit qu'elle allait mourir.

Mirdin.

Mourir.

Là, tout de suite.

Elle se mit à pleurer derechef.

Cela ne fit que l'étouffer davantage.

Elle le vit alors revenir devant la tête de lit, s'asseoir en tailleur devant les pots de plastique, croquer un biscuit.

Elle tenta d'attraper son regard. Mais, entre la sueur et les larmes, elle ne put distinguer du visage de son tortionnaire qu'une tache aux contours incertains. Aussi incertains que ceux de la Caspienne lorsque les brouillards matinaux se dispersent sur la presqu'île, au nord des gratte-ciel de Bakou.

---

1. De « *to stun* » (assommer) : effet qui immobilise un personnage, expression couramment utilisée dans certains jeux vidéo.

9

Semaine 3. Stairway to heaven [1]

Vendredi, 15:13 (UTC)

HAMMOND poussa la porte. La lumière crue le frappa en plein visage. La main devant les yeux, il s'avança sur la terrasse du restaurant, sentit quelque chose rouler sous son pied. Devant lui, une petite fille en robe de cotonnade orange ramassait les perles d'un collier.

– Eh, c'est pas parce que t'es grand qu'y faut marcher sur les p'tits !

Il la contourna sans répondre et, à grands pas, rejoignit sa voiture dans Chambers Street, à proximité de la vieille université d'Édimbourg.

Chuck Jarvis et lui venaient de finaliser la stratégie globale de leur accord. Hammond se fichait des visées indépendantistes du parti auquel son homologue appartenait. Mais il avait conscience qu'en Écosse, la régionalisation des pouvoirs avait suscité autant le désenchantement que le désir de sécession. Il se devait donc de placer des pions du côté du local. Par ailleurs, il savait à quel point l'économie de la province restait et resterait dépendante de l'Angleterre. Aussi venait-il de signer un autre accord avec une

1. *Escalier pour le paradis*, Led Zeppelin.

prestigieuse université anglaise où, forcément, les unionistes s'accrochaient en wagon à l'Écossais Gordon Brown.

Il se glissa au volant de la MG, réfléchit. Il pourrait peut-être faire un saut à Dundee. Passer dans le quartier où avait habité le jardinier assassiné. Il n'avait encore rien lu sur le meurtre de Sara. Pas plus qu'il n'avait de nouvelles de la journaliste du *Guardian*.

Willow.

Alors qu'il sortait son portable et demandait l'adresse de l'ancien employé de l'école à Martha, les premières gouttes de pluie vinrent s'écraser sur le pare-brise.

Il actionna le démarreur, appuya sur la commande du lecteur audio. Les notes de l'ouverture du *Didon et Énée* de Purcell s'élevèrent. Sans interruption jusqu'à ce que la voiture franchît le pont sur le Firth of Tay et que la pluie cessât.

Au cinquième carrefour, Hammond hésita. Il ne venait pratiquement jamais à Dundee, une ville qu'il considérait comme la plus laide d'Écosse.

Pleine de junkies et de mères de douze ans.

Sauf lorsqu'il s'agissait d'assister à une autopsie. Ce qu'il n'envisageait pas comme une expérience récurrente.

Il aperçut bientôt l'immeuble qu'il cherchait, à quelques rues des jonctions de l'A92. Maisonnettes délabrées, bâtiments lépreux, trottoirs défoncés, mobylettes rouillées. Face à une usine à côté de laquelle s'empilaient des véhicules accidentés. Était-ce vraiment une bonne idée de venir dans ce quartier pourri ?

Sur ce qui restait du bitume, trois fillettes aux cheveux filasse jouaient à quelque chose qui ressemblait à la marelle. Si ce n'était que leur palet avait les allures d'une vieille game boy.

Hammond s'avança vers la bâtisse, écarquilla les yeux. Le sigle ébréché qui se balançait au-dessus de la porte était pourtant explicite. Il s'agissait bien d'un hôtel.

Et quel hôtel.

Un crépi jaunâtre se détachait par pans entiers du mur de briques. Des rideaux mités se balançaient au gré du vent derrière les croisées ouvertes, en dessous desquelles des seringues usagées jonchaient le sol.

Hammond enjamba le chien pelé qui léchait avidement une flaque grasse, gravit les marches menant à la porte. Se retrouva nez à nez avec une femme massive aux courts cheveux gris, engoncée dans une chemise et une salopette en jean.

– Cherchez quelqu'un ?

Avant que Hammond eût pu répondre, surgit un petit homme perdu dans un bermuda et un t-shirt kaki.

– L'hôtel est complet. Désolé.

Hammond haussa un sourcil incrédule.

– Je ne veux pas de chambre, monsieur... Je voulais juste voir la famille de Nabhel Azmîte.

– Je suis Val Burrows, le propriétaire de cet hôtel. Azmîte ? Connais pas. Désolé.

– Et Mme Rawih ? Layla Rawih ?

– Non plus. Et j'aime pas qu'on vienne me chercher des poux dans la tête. D'ailleurs...

Furieux, Hammond se contenta pourtant de répéter :

– Tout ce que je souhaite, c'est voir des personnes qui habitent ici.

16:41

Le mec dans son costume de croque-mort voulait jouer au patron. Mais pas ici, pas avec lui. Déjà que les Yéménites l'avaient emmerdé. S'ils ne pouvaient pas payer les mille cinq cents livres mensuelles que Val leur réclamait, fallait qu'ils le disent dès le départ. Des pauvres, y en avait de plus en plus, alors...

Quand il avait réalisé qu'il n'en tirerait plus rien, il les avait fichus dehors, comme les autres. Ils avaient ainsi vu qui commandait dans le quartier. Et ça allait être la même chose pour le croque-mort.

Val passa sa main derrière son dos, tira le Spyderco à cran d'arrêt de la poche de son short. Éclata de rire lorsque l'autre recula.

– Alors, mon coco, tu te défiles ? T'as peur d'abîmer ton costard ?

D'autant que ce jobard n'allait pas aller loin avec sa super-bagnole : la voiture des frères Walsh venait de surgir au bout de la rue, heurtant l'aile avant gauche de la MG, la bloquant contre les sacs-poubelle qui dégorgeaient leurs immondices sur le trottoir.

Les choses allèrent alors très vite, car le plus jeune des Walsh était un rapide. Grâce à son gabarit de gorille poussé aux hormones, il raisonnait ceux qui voulaient négocier le tarif de protection. Pendant que le cadet venait en renfort et que l'aîné réfléchissait aux stratégies d'action. C'était ce dernier qui, quelques mois auparavant, avait décidé de laisser tomber Glasgow (où le marché était vraiment trop concurrentiel) pour se fixer ici.

Un petit coin calme, il avait dit. *Où tout est encore à faire.*

Val avait vite compris qu'il valait mieux les avoir avec lui que contre lui. Et les faire bosser. Avec les clients qui trouvaient toujours les tarifs de l'hôtel trop élevés, il y avait du turbin. Du coup, ensemble, ils formaient une équipe très efficace.

Il s'adossa à la porte pour profiter du spectacle. Cette fois encore, les trois frères donnaient toute leur mesure. C'était d'autant plus sympa que le croque-mort avait beaucoup plus de répondant qu'il n'en avait donné l'impression au premier abord. Le nez du plus jeune des Walsh pissait le sang sur son sweater aux couleurs de l'équipe du Dundee United et le cadet se tenait le bide en gerbant sur les pétunias de Mme Guera, la voisine guatémaltèque. Malgré ça, l'affaire était en train de tourner à leur avantage. Le croque-mort se relevait péniblement d'entre les poubelles. Et il n'avait pas vu l'aîné qui, lui, avait déjà sorti son flingue.

Forcément, songea Val, *quand on en a moins dans les bras, faut en avoir dans la caboche... ou dans l'armoire à pétoires.*

Le plus vieux des Walsh colla son feu dans l'oreille du croque-mort. Qui s'immobilisa sur-le-champ.

Le gorille en profita pour lui assener un coup de poing dans le creux des reins et le renvoyer dans les épluchures de patates et les couches pleines de merde.

Avant que le croque-mort n'ait le temps de réagir, le cadet se précipita sur lui, lui écrasa la main du talon de sa botte mexicaine, se baissa pour lui piquer sa montre.

Mais un beuglement de l'aîné sonnait déjà la retraite. En deux temps trois mouvements, les Walsh étaient remontés dans leur bagnole et s'étaient cassés.

Val grimaça.

Dommage.

Si les frères avaient refourgué le coucou, ils lui auraient peut-être fait une ristourne.

Il jeta un dernier regard au croque-mort, recroquevillé sur les ordures. Ces enculés connaissaient leur métier : ils l'avaient défoncé en lui abîmant un minimum la gueule. Il ne pourrait guère porter plainte.

Et de toute façon...

Prudent, Val rejoignit sa femme dans le hall, tira le verrou de la porte d'entrée, s'embusqua derrière la fenêtre du rez-de-chaussée.

Quelques minutes plus tard, le corbillard du croque-mort démarrait doucement.

17:05

De la main gauche, Hammond tâtonnait dans la boîte à gants pour trouver des mouchoirs en papier.

Rien.

Il plia les doigts à plusieurs reprises, grimaça. L'autre bâtard ne lui avait a priori rien cassé, mais les jointures étaient profondément écorchées et le dessus de sa main changeait déjà de couleur.

Il suça sa lèvre inférieure. Pour l'instant, c'était le seul moyen pour qu'elle cessât de pisser le sang sur sa chemise blanche. D'autant que quelque chose de chaud et humide lui coulait également à l'arrière du crâne.

Merde.

Sa tête avait dû heurter le bord du trottoir, sous les poubelles.

Il palpa l'arrière de son crâne. Et vit le dessous de la manche de sa veste. Le tissu était déchiré sur tout le coude et imprégné d'un truc gras et jaunâtre qui empestait le rance.

De la mayonnaise.

Il préféra ne pas imaginer tout ce dans quoi il était tombé, ni dans quel état serait son dos ce soir.

Soudain, son portable vibra dans la poche de sa veste.

Au moins, ce truc fonctionne encore.

Il mit l'oreillette en place. Sursauta.

– Martha ! Bon Dieu, ne hurlez pas comme ça !

– Monsieur... il faut que vous veniez le plus vite possible ! Vous avez un rendez-vous ici et...

– Qu'est-ce que vous me chantez ? Je n'ai rien avant la fin de l'après-midi et...

– Il faut que vous veniez ! C'est urgent !

Elle ne hurlait jamais, ne lui raccrochait jamais au nez. C'était donc une double première, que Hammond apprécia à sa juste valeur.

Tout comme il apprécia de devoir se doucher et se changer en coup de vent chez lui. Pour découvrir ensuite que la personne qui piétinait dans son bureau n'était autre que Jenny, en robe d'été si blanche et si fine qu'elle en était presque transparente.

La jeune femme attaqua bille en tête :

– Il y a deux jours que tu ne réponds plus à mes coups de fil, que tu ne me rappelles pas ! Qu'est-ce qui se passe ? Si tu veux que mon père te casse au prochain conseil d'administration, dis-le tout de suite !

Hammond sentit sa colère se teinter de lassitude, voire de fatalisme. Il inspira profondément.

Fabuleuse journée. Digne conclusion d'une fabuleuse semaine.

– Ma chère, je dois en ce moment faire face à un planning des plus exceptionnels.

Avec répulsion, il ajouta :

– Je te promets que nous passerons très bientôt du temps ensemble.

Le ton plat et neutre de son amant sembla désarçonner Jenny.

– Mais...

– T'ai-je jamais fait de promesses que je n'ai pas tenues ?

Dieu merci, non, jamais de promesses. Comme au ski avec les sapins. Le tout est d'entamer la stratégie de contournement bien avant d'avoir le nez dessus.

Jenny soupira.

– Tu le jures ?

– Je le jure. Maintenant, s'il te plaît, rentre chez toi.

– Je... je suis venue en taxi... Ce matin, j'ai un peu abîmé ma voiture...

Hammond préféra ne pas relever. Après ce qui venait de lui arriver, cela n'eût été ni prudent ni charitable. De toute façon, il devait se débarrasser d'elle le plus vite possible.

– Je te ramène.

Elle ne l'écoutait plus, le dévisageait soudain comme si elle le rencontrait pour la première fois.

– Hammond... chéri... ta lèvre...

Il glissa sa main bleuie dans la poche de sa veste, se dirigea vers la porte.

– Le restaurant chinois, à midi. J'ai mordu trop fort dans un pied de porc.

18:16

Le ton de Hammond était si froid, si indifférent.

Pour raconter un tel bobard, en plus.

Alors qu'elle savait depuis belle lurette qu'il y en avait une autre. La prenait-il à ce point pour une conne ? L'indignation envahit Jenny. Et un impérieux besoin la saisit. Faire éclater le vernis dont il ne se départait jamais avec elle, même au lit. Provoquer enfin chez lui autre chose qu'un réflexe policé, fût-ce la colère brutale dont il était, à ce qu'on disait, parfois capable. Alors elle ne bougea pas, se contenta de le regarder, de serrer très fort la bride de son sac à main.

– Coucher avec moi pour faire ce que tu veux de mon père n'a rien de folichon, j'en suis consciente. Mais as-tu pensé que la corvée pouvait être réciproque ?

Elle vit les yeux de Hammond s'agrandir de stupeur.

– Ma chère, je ne vois absolument pas ce dont tu veux parler.

Le silence retomba.

Jenny fit un pas en avant.

Il l'attendait toujours près de la porte, sans broncher. Seules ses pupilles s'étaient dilatées. Au point d'envahir l'iris.

Elle risqua :

– Est-ce que tu as fait semblant avec moi ? Tout du long ? C'est... c'est d'ailleurs un truc que je me suis souvent demandé. Est-ce qu'un homme peut faire semblant ?

Elle vit une boule se former au-dessus de l'angle de la mâchoire de Hammond.

– Tu n'es pas dans ton état normal aujourd'hui, ma chère. Je crois que...

La colère de la jeune femme enfla. Cette façon arrogante qu'il avait de la considérer. Au mieux comme une pute, au pire comme une potiche attardée incapable de voir la réalité en face. Sa voix monta dans les aigus :

– Arrête de me donner du « ma chère » et réponds-moi ! Tu as fait semblant ? Ou bien est-ce que tu ne maîtrises tout bonnement pas ce qui se passe dans ton pantalon ? C'est drôle... pour quelqu'un comme toi...

Hammond l'attrapa par le bras sans douceur aucune, lui chuchota :

– Pour l'instant, ma chère, il n'y a qu'une personne ici qui perde la maîtrise d'elle-même. Et ce n'est pas moi. Méfie-toi. Ce genre de comportement pourrait t'attirer des ennuis. Dans l'intervalle, le mieux est que je te ramène chez toi, et qu'on en reste là.

À sentir les doigts impitoyablement crispés sur sa chair, elle sut que le point de rupture de son futur ex-fiancé n'était pas loin. Elle ignorait ce qui s'était passé pour lui ces derniers temps. Elle savait simplement que la fatigue et la tension avaient été intenses Qu'elle s'en foutait.

Royalement.

Elle allait donc retourner le miroir vers ce faux jeton. Elle allait lui démontrer que, contrairement à lui, elle n'en avait rien à foutre du qu'en-dira-t-on. Que, grâce à ça, elle pouvait, elle aussi, l'avoir à sa merci.

18:29

Sans ménagement, Hammond poussa la jeune femme dans l'habitacle. Puis, les épaules raides, il démarra en trombe. À ce point concentré qu'il resta pantois lorsque, à la sortie du campus, Jenny posa les doigts sur sa braguette.

– Eh ! Qu'est-ce que tu fabriques ?

Elle fit mine de ne rien entendre.

Il voulut lâcher le levier de vitesse. Mais la MG entrait dans le centre de St Andrew, où la circulation était à son maximum.

Il gronda entre ses dents :

– Merde ! Jenny !

Ils se retrouvaient maintenant pris en sandwich entre une berline allemande et un quatre roues motrices japonais. Et Hammond sentit un premier bouton s'ouvrir.

Il agrippa le poignet de la jeune femme.

– Arrête tes conneries ! Ça ne m'amuse pas !

Jenny vit alors le dos de la main de Hammond.

– Dis donc... Y a pas que la lèvre. Tu me caches des choses... mon cher.

Le feu passa au vert. La file de voitures avança.

Hammond appuya nerveusement sur l'accélérateur. Dans le rétroviseur, il venait de se rendre compte que le conducteur du quatre roues motrices qui les suivait n'était autre que le directeur du département d'histoire de l'art de l'université.

À ce moment, Jenny se pencha brusquement, posa sa tête contre le ventre de Hammond. Qui étouffa un cri, tenta de la tirer en arrière tout en maintenant la voiture dans sa trajectoire.

– Nom de Dieu ! Jen ! On va avoir un accident !

Que n'était-il plus petit. Si ses jambes avaient eu seulement quinze centimètres de moins, son siège aurait été trop proche du volant pour que cette folle pût envisager un truc pareil. Il pria pour que le feu passât au rouge.

Décrocher cette sangsue.

Mais déjà, elle le prenait dans sa bouche. Et la signalisation s'acharnait à devenir verte devant eux. Puis le quatre roues motrices les dépassait, émettant un petit salut en forme de klaxon.

Hammond tressaillit, entrevit le panneau qui signalait West Burn Lane, sur sa droite. C'était son salut : par là, il sortirait des grands axes embouteillés.

Et je rejoins l'A917 vers le sud.

Dans un crissement de pneus, la MG s'engouffra entre les voitures qui venaient en sens inverse, rejoignit Abbey Walk. À toute allure.

Hammond entreprit de se concentrer sur le nombre de sonates

pour piano de Beethoven qu'il connaissait par cœur. Il devait y en avoir vingt-six. Jusqu'à la cinquième, c'était sans problème.

Sans problème.

Il serra les dents.

Ne pas louper la rue suivante.

– Jenny, tu vas me le payer. Sois-en assurée.

Sa voix se cassa. Ses mains se crispèrent sur le volant.

Il se mit à passer en revue les différents mouvements de la *Quinzième sonate.* Sans grand succès, car il se sentit bientôt sur le point d'exploser. En dépit du mal de dos qui le tenaillait depuis sa rencontre avec les truands de Dundee.

Devant la voiture, le ruban de l'asphalte filait, inexorablement.

Il avait certes réussi à sortir du centre-ville. Mais il semblait que chaque chemin vicinal qui eût représenté un havre pour un conducteur en détresse fût occupé par un tracteur ou une énorme flaque de boue dans laquelle cette cochonnerie de voiture n'eût pas manqué de s'embourber.

Lorsque, enfin, il put bifurquer sur une route plus étroite, le troisième mouvement de la sonate allait *allegro vivace* dans sa tête sans qu'il contrôlât plus rien. Il freina alors comme il put. Juste à temps. Et le virage suivant envoya la voiture folle dans les buissons.

Hammond sentit la tête de Jenny entre son ventre et le volant. L'espace de quelques secondes, il eut peur pour elle. Mais quand il réalisa que l'à-pic sur l'océan n'était qu'à quelques mètres de la MG, il regretta de ne pas lui avoir écrabouillé ce qui lui tenait lieu de boîte à cerveau.

La perte n'aurait pas été grande.

De la paume de la main, il donna un grand coup dans le tableau de bord. Puis, le souffle court, il leva les yeux vers le ciel.

Les nuages galopaient de nouveau sur l'horizon.

19:13

Jenny le regardait d'un air mi-triomphant mi-effrayé.

J'ai gagné. Je l'ai manipulé. Et il a perdu le contrôle. Il ne vaut pas mieux que moi.

Elle se rendait pourtant compte qu'il en était plus que conscient, que jamais il ne le lui pardonnerait.

Était-ce pour cette raison que l'appréhension qu'elle avait ressentie dans son bureau, à peine quinze minutes auparavant, se transformait dorénavant en peur ? Ou à cause du regard assassin qu'il venait de lui jeter ? Ou de tout ce qu'elle ignorait de lui ?

Mais déjà, il la jetait sur le siège du passager, enclenchait la marche arrière, faisait patiner la voiture dans la glaise, repartait sur les chapeaux de roues.

Projetée contre la portière, la jeune femme tâtonna à la recherche de sa ceinture de sécurité, lança un regard en coin à Hammond. Qui se rajustait d'une main, tout en continuant d'appuyer sur l'accélérateur.

Jenny frissonna. Elle n'aspirait plus qu'à une chose. Sortir de cette bagnole, rentrer chez elle, loin de Hammond, de sa fureur.

Il faut qu'il se calme. Il faut que tu le calmes.

Elle voulut poser la main sur sa manche.

Il la repoussa farouchement, fulmina :

– Maintenant, tu te tiens tranquille, sinon, je te balance à la flotte ! Tu piges ?

Il sourit méchamment.

– Et ne prends pas cet air dégoûté. Si tu te mets en tête de faire régulièrement ce genre de chose, il vaut mieux que tu aies l'air d'aimer ça.

La jeune femme tourna la tête vers le bas-côté, fixa les gouttes qui commençaient à ruisseler à l'extérieur de la vitre. Elle ne se rendit compte qu'il l'avait ramenée chez elle que lorsqu'il freina sur le gravier et se pencha au-dessus de ses genoux pour ouvrir la portière côté passager. Sans un mot. Au loin, derrière le rideau de pluie, elle vit la grande porte de la maison de ses parents.

Ne le laisse pas retourner la situation.

Elle pivota alors vers lui.

Allez. Comme au tennis.

En un magnifique revers, elle abattit la gifle, réalisant dans la seconde suivante qu'elle avait frappé avec la main qui portait le solitaire offert par son père pour son dernier anniversaire.

Puis elle se mit à courir sous le déluge.

Vendredi. Hit and run[1] *(WZ)*

L'écran de la télévision n'était plus que neige grise sur fond brun et cobalt. Debout près du lit, Il achevait d'enrouler les câbles autour de son bras. Dans le mouvement circulaire qu'Il faisait, Il heurta du coude quelque chose.

Il se retourna.

Le sac à main de la fille.

Qu'elle avait posé sur la table de nuit.

Il eut la tentation de regarder à l'intérieur, renonça. Il avait déjà oublié le goût de sa langue, l'odeur de sa peau. Il ne voulait rien savoir d'elle, pas même quel rouge à lèvres elle utilisait. Une seule chose L'avait intéressé, bien plus intime que tout ce qu'il était possible d'imaginer. Et Il repartait avec.

Il balança le réticule à côté de son propre barda, posa les câbles contre le restant du matériel. Revint à la fille.

Telle qu'elle était maintenant, elle ne ferait plus jamais envie à personne. Il se demanda même comment Il avait pu avoir du désir pour elle.

Avant.

---

1. « Frapper et courir », attaque suivie d'une fuite pour rester intouchable, expression couramment utilisée dans certains jeux vidéo.

Il s'approcha du corps, hésita. Avait-Il peur de la toucher ?

Stupide.

Elle ne se réveillerait pas. Ses membres étaient détendus, au point d'être flasques. Bientôt, ils se refroidiraient, puis se rigidifieraient.

Comme un morceau de bois.

Avant cela, Il avait encore trois heures environ. Seulement, étant donné que le phénomène allait commencer par la nuque et la mâchoire et qu'en plus, on n'était jamais certain de ne pas tomber dans un méga-embouteillage, mieux valait ne pas traîner. Sinon, ce qui restait de la fille serait impossible à mettre dans la bonne position.

Soudain, son cœur fit un bond dans sa poitrine. Quelqu'un tapait contre le mur, dans la chambre d'à côté.

– Eh ! Mon p'tit mignon ! T'as fini avec ta brunette ? J'l'entends plus brailler ! Tu veux pas passer par ici que j'm'amuse un peu aussi ? T'es autrement baisable que mes clients de d'habitude !

Il soupira. Il aurait dû se douter qu'un motel comme celui-ci tournait en grande partie grâce aux putes. Il cria :

– Merci, ma belle, mais j'en peux plus.

– Allez ! J'suis pas mal, tu sais... Et j'connais plein d'trucs...

Il roula le corps dans la bâche, le fourra dans l'immense sac de sport qu'Il avait pris avec lui.

– Oh, j'en doute pas. C'est juste moi qui fatigue.

– Dommage. Tu vois, j'pensais pas qu'elle t'épuiserait comme ça, la brunette. Dommage...

Un quart d'heure plus tard, Il était dans les embouteillages. Et Il réfléchissait au bon endroit pour laisser la fille.

Pas évident.

Il alluma la radio, chercha une station qui diffusait du jazz. Le jazz, c'était son truc. Même s'Il détestait Chet Baker. Se shooter au point de sauter par la fenêtre, fallait vraiment être trop con.

Au-dessus de sa tête, les nuages s'amoncelaient. Il sourit à la jolie fille qu'Il voyait dans le rétroviseur, dans la Chevrolet verte.

Elle Lui sourit en retour. Avec ses cheveux bien coiffés et ses perles aux oreilles, elle faisait très bcbg, très « avant le krach ».

Devant Lui, dans la Ford rouge, un homme en costume-cravate essayait de faire tenir tranquilles les enfants installés à l'arrière.

Monsieur et Madame rentrent chez eux, songea-t-Il.

Il savait maintenant où Il allait déposer le corps. Ce serait amusant.

10

Semaine 3. In the shadows[1]

Vendredi, 19:16 (UTC)

HAMMOND redémarra, soulagé en dépit du sang qui perlait sur sa pommette. Et des enquiquinements que le père Denehay n'allait pas manquer de lui faire en conseil d'administration.

Au carrefour, il regarda dans son rétroviseur.

Des remords ?

Ses yeux vinrent se poser sur la route qui retournait à St Andrew.

Pas vraiment.

C'était même le contraire. Le regret de ne pas avoir cédé à la tentation de lui rendre sa gifle, tout en étant fier de ne pas l'avoir fait.

Le contrôle, toujours.

Toujours ? Vraiment ? Tu te fous de qui ?

Il freina dans le chemin qu'il venait de prendre avec Jenny, sauta à terre, laissa ses jambes le porter le plus loin au bord de la falaise, sans se préoccuper de la pluie et du vent.

Ce ne fut que lorsqu'il réalisa que le poids de ses vêtements

---

1. *Dans les ombres*, The Rasmus.

était en train de tripler avec l'eau emmagasinée qu'il monta en voiture, reprit lentement la route. Pour finir par garer la MG dans Murray Park, à proximité de chez lui.

Sous les nuages, le jour déclinait rapidement.

Hammond était frigorifié.

Exténué.

Et son appartement lui parut incroyablement vide et silencieux.

Avec difficulté, il se déshabilla, jeta ses affaires dans la corbeille à linge, s'assit sous la douche, laissa l'eau bouillante lui ruisseler sur le crâne.

Lorsqu'il émergea de la cabine, la vitre qui courait au-dessus du lavabo était totalement opaque. Ce qui lui permettait de ne pas voir la couleur que prenait sans doute son dos.

Il s'enroula les reins dans une serviette, s'effondra sur le canapé du salon, attrapa l'une des télécommandes abandonnées sur la partie supérieure de la table basse. Posa les pieds sur le plateau inférieur.

Son talon froissa quelque chose.

Il se baissa.

Du chocolat.

Une tablette presque entière qu'il avait probablement laissée là un soir de flemme.

Et derrière...

Il tendit la main, ramena une canette de bière, se mit à zapper sur les chaînes du satellite, dévora le chocolat. Puis il prit le dossier qui traînait à côté de la télécommande, l'ouvrit. Le ferma.

Pas le courage.

Il jeta un œil au piano.

Non, trop de sonates aujourd'hui.

Il se mit à songer à Sara. Il y avait peu de temps encore, il était avec elle. Il serra les dents. C'était idiot. Rien ne la ramènerait.

Au demeurant...

Il ferma les yeux, laissa aller sa tête sur le dossier du sofa, tenta de se la représenter.

Un visage rond.

Non, un peu allongé.

Des yeux noirs.

Noirs ou marron ?

Il tressaillit. Le fantôme qui surgissait sous ses paupières n'en était pas un. Il se redressa, partagé entre le remords et l'agacement. Où était-elle donc cette fichue journaliste ?

Il leva les yeux vers l'affichage électronique du lecteur de DVD posé sous la télévision.

Onze heures.

Il aurait dû aller se coucher, mais il n'avait plus sommeil. Dans son cerveau tournaient tous les événements de la semaine, les visages, les noms.

Le jardinier. Willow. Joe. Martha. Rodhum.

Rodhum.

Hammond réfléchit. À ce qu'il avait d'abord pris, naïvement (parce qu'il se frottait à ce genre de situation pour la première fois), pour l'attitude rude mais normale d'un représentant de la loi. À ce qui ressemblait en fait à certaines des réactions suscitées par son succès.

Jalousie, colère, rancœur.

Certes, il y avait longtemps qu'il avait appris l'indifférence et l'égoïsme. Pourtant.

Il se prit la tête entre les mains. L'angoisse était toujours là.

Tenace.

Angoisse de celui qui, trop marqué par les fêlures de ses origines, restait persuadé d'être un usurpateur. Angoisse décuplée face à l'hostilité de Rodhum, et assortie d'autant de violence difficilement maîtrisée que d'un terrible sentiment d'impuissance. Or c'était celui-ci qui, le ramenant au passé, lui dictait ses émotions, ses réactions. Le rendait fou. Au point qu'il n'avait plus qu'une envie, fuir. Alors il fit ce qu'il faisait souvent en ce cas, faute de sport, de sexe ou de piano : il attrapa l'ordinateur portable, l'ouvrit sur la table basse, lança l'accès wimax.

La page du serveur de l'école apparut. Puis le formulaire qui couplait la recherche des moteurs classiques à celle qui fouillait les multiples bases de données auxquelles l'université était abonnée.

Pendant une demi-heure, Hammond chercha au hasard. Jusqu'à ce que, en contrepartie de l'apaisement, vînt la migraine. Et le ras-le-bol. C'était assez. Après tout, n'avait-il pas déchiffré quelque chose sur le cadavre de Sara ? Il pouvait toujours essayer ça. Il n'aurait aucune difficulté à se remémorer ce qu'il avait vu.

Aucune, malheureusement.

Il y avait tout d'abord ce qui ressemblait à un « 2 », puis une sorte de carré, et enfin, la lettre « O ».

À moins qu'il ne s'agisse d'un zéro. Ou tout bêtement d'un rond.

Au point où il en était.

Il fourragea dans ses cheveux, entra successivement quelques combinaisons dans le moteur de recherche : « 2□O », « 2O□ », ou « Two squares O ».

« 2□O », « 2O□ », ou « Deux carrés O ».

Et alors ?

Les réponses ne se firent pas attendre :

« Water (H_2O). »

La formule moléculaire de l'eau... Trop évident.

« Nitrous oxide (N_2O)[1]. »

Un gaz à effet de serre. Bof.

« Decompose an integer into sums of two squares[2]. »

De l'algèbre. Évidemment.

Il bâilla.

Tout cela ne l'éclairait pas. Quel rapport avec des meurtres ? Peut-être était-il trop primaire. Pour lui, un chiffre était un chiffre et une lettre, une lettre. Traductions et symboles censés représenter un organisme, un phénomène ou un système tangible au regard de l'univers. La métaphysique, ce n'était vraiment pas son truc. En plus, il avait froid.

1. Protoxyde d'azote.
2. Décompose un nombre entier en sommes de deux carrés.

Il enfila un t-shirt et un caleçon, s'assit de nouveau. Posa ses coudes sur ses genoux, son front entre ses mains. Comment pouvait-il être certain que l'assassin avait laissé un quelconque message ? N'était-ce pas plutôt le hasard d'un coup de couteau ou de rasoir ?

Dans ce cas, à quoi bon ?

Il regarda l'horloge.

Une heure du matin. Encore cinq minutes et je vais me coucher.

Il entra une dernière combinaison :

« Twenty squares[1]. »

Sans grand espoir.

De fait, la première ligne de solutions le laissa perplexe :

« Twenty squares game. »

Jeu des vingt carrés.

Qu'est-ce que c'était que ce truc ?

Il cliqua au hasard, sur la septième ligne. Et se retrouva sur la page d'accueil de ce qui ressemblait à un jeu vidéo en ligne.

Un mix de Survival horror *et de* Dungeons and dragons.

Il haussa les sourcils. Il n'avait pas touché à ce genre de trucs depuis...

Des années.

À l'époque où il glandouillait brillamment au MIT devant ces jeux, lorsque le sport, les filles et le piano lui laissaient une minute.

À l'époque où.

« Alone in the dark », « Eternal darkness », « Resident evil », « Planescape »...

Dire qu'aujourd'hui, la sortie de la énième console de jeux le laissait de marbre. Il vieillissait.

En une seconde, il balaya la résolution qu'il venait de prendre. Il allait s'amuser un peu. Cela lui changerait les idées.

Il double-cliqua sur le lien.

---

1. « Vingt carrés. »

Samedi. New beginner[1] (WZ)

Du gris soutenu, l'écran d'accueil passa à l'indigo. Dans la seconde, se dessina une pyramide translucide, dont la base, quadrillée comme un damier, se brisa en lignes horizontales et verticales qui glissèrent les unes par-dessus les autres. Jusqu'à former un labyrinthe en trois dimensions, totalement inséré dans le tétraèdre.

Une lumière rougeoyante se mit à clignoter au centre de l'édifice.

Deux portes opposées apparurent en clignotant.

Hammond soupira. Ne s'agissait-il que de cela ?

Pénétrer une pyramide, en emporter le cœur et ressortir ?

C'était bien moins drôle qu'il ne l'avait escompté.

Mais le labyrinthe se mit à bouger, au fur et à mesure qu'apparaissait, sous la base de l'édifice, ce qui évoquait une large flaque de sang. Comme si l'enchevêtrement des murs écrasait d'invisibles victimes.

Et les premiers cris sortirent du haut-parleur de l'ordinateur.

Bon sang.

Hammond se sentit dépassé. Était-ce l'un de ces jeux vidéo interdits à la vente ? Pour ce qui concernait l'école, il se contentait de faire régulièrement vérifier les disques durs des ordinateurs en libre service. Quant à ce qui se passait sur le web... ce n'était plus ni de son ressort, ni de son âge.

Pourtant...

Alors que sa main droite s'emparait de la bière, Hammond retrouvait, avec la gauche, la dextérité de ses vingt ans.

Presque machinalement, son pouce droit décapsula la canette. Et son majeur gauche se mit à balader le pointeur. À toute vitesse.

Ne pas ciller, ne pas penser. Juste suivre...

---

1. « Débutant », terme couramment utilisé dans certains jeux vidéo.

Gagner le cœur de la pyramide, emporter le truc clignotant, ressortir de l'autre côté.

Et voilà !

Mais brusquement, l'écran devint noir. Et un texte s'afficha.

Hammond reposa la bière vide. Fronça les sourcils.

Viens, Numéro Quatre, laisse au-dehors les tempêtes et les turpitudes, les échecs et les désillusions...

L'universitaire fit la moue.

Évidemment.

De la prose fumeuse.

Ça, ça n'avait pas changé.

... Car tu entres ici dans le monde des possibles, ceux d'hier, ceux d'aujourd'hui, ceux de demain. Veux-tu jouer avec moi ? Trouveras-tu le moyen d'ouvrir la bonne porte ? Ou te fourvoieras-tu dans les dédales de la souffrance et de la terreur ? Les règles de ce jeu sont simples. Suis-moi...

Hammond se frotta l'arête du nez. Il avait oublié à quel point les concepteurs de ces jeux se prenaient le chou avec des phrases alambiquées.

Qui suis-je ? Dois-je vraiment te le dire ? Ne le sais-tu point ? Je suis ta face cachée, celle du petit enfant qui s'est autrefois fabriqué un monde idéal, celui de ses poupées.

Te souviens-tu comme tu les créais, les faisais vivre, avant de les détruire ? Te souviens-tu comme c'était bon de reproduire tes égarements, tes souffrances et tes peurs et, cette fois, de les surmonter à travers tant d'amis ou d'ennemis imaginaires ? Te souviens-tu comme c'était bon de te venger et de détenir, enfin, le pouvoir ?

Aujourd'hui, je te propose mille fois mieux.

Mais si tu veux avoir un échantillon de ce que vient de réaliser avant toi le dernier joueur, regarde et écoute...

Hammond s'étira.

Quel charabia.

La suite allait-elle être plus drôle ?

Regarde les traits qui se reflètent dans ton écran... Ils sont ceux du pion qui a eu l'insigne honneur de sortir du jeu grâce à nous. Et maintenant, écoute la prière aux dieux de la nuit, et ne manque pas une miette de ce qui va suivre.

Il se pencha.

Un visage apparaissait. Celui d'une jeune fille au visage couvert de taches brunes. Elle souriait, n'avait guère l'air virtuel. Ce qui ne signifiait sans doute pas grand-chose.

Puis le haut-parleur résonna de nouveau, d'un texte récité cette fois, sans doute par un synthétiseur :

Les nobles sont engourdis par le sommeil, les verrous ont été abaissés, les barres mises en place ;
Les gens étaient bruyants, ils sont devenus silencieux ;
Les dieux et les déesses sont rentrés se coucher dans les cieux :
Ils ne rendent plus de jugements, ne tranchent plus de cas.
La nuit a mis son voile[1].

Hammond écarquilla les yeux.

Un chronogramme s'imprima en haut de l'écran : « 2009 av. J.-C. »

Et, tandis que les personnages virtuels se profilaient, le timbre de la voix électronique s'adoucit en un simple commentaire :

Dans les cieux, les dieux sont couchés, ils ont rendu leur jugement. Et si le voile de la nuit se soulève, ce n'est que pour laisser entr'apercevoir l'achèvement d'un destin. Celui de Danna, hier

1. Prière aux dieux de la nuit (IIe millénaire av. J.-C.)

servante de la princesse et langue la plus redoutée du harem, aujourd'hui en train de suivre la reine mère dans la tombe. Avec vingt-sept autres femmes, quatre-vingt-neuf hommes, six soldats et cinq chars à bœufs.

Danna est ta créature, ta création, Numéro Quatre. Et elle claque des dents. Car elle sait qu'elle va devoir avaler d'un trait le contenu de la coupe qu'elle tient entre ses mains. Sinon, elle souffrira, puis entrera dans l'Irkalla, l'enfer des Sumériens, et deviendra un gedim, *spectre s'abreuvant de poussière.*

Pourtant, Danna espère encore. Elle se dit qu'après tout, elle descend des Guti. De ceux qui, finalement vaincus par les Sumériens, se sont cachés dans les plus subalternes interstices de l'échelle sociale. Aussi notre servante cherche-t-elle un trou de souris.

Oh, Numéro Quatre, regarde-la... Malheureuse Danna. Elle se rend compte qu'il n'y a pas de souris en cet endroit, donc pas de trous. Puis elle voit sa jeune voisine porter en tremblant le calice à sa bouche, s'effondrer soudain, griffer le sol de ses doigts. Alors elle réalise qu'on lui a menti. Et ne bronche pas lorsque le coutelas lui entaille le cou. Elle est simplement surprise de sentir un chaud liquide lui couler sur la poitrine.

Cet épisode est presque terminé, Numéro Quatre. « Et les cadavres furent été placés sur le flanc droit, légèrement fléchis, leur tête fut tournée vers l'ouest. Les vases contenant les provisions du voyage furent disposés à proximité. Les chants funèbres s'éteignirent. »

Pourtant, là-bas, au fond du temple, un homme se redresse. Il se nomme Nabheel. Hier, à cause de Danna, sa bien-aimée Saara a été livrée aux barbares Amorrites. Aujourd'hui, à cause de lui, la servante a été désignée pour le sacrifice et son sang a été répandu sur le sol. Il est satisfait.

Je suis satisfait, tu es satisfait, Numéro Quatre. Présent, passé. Passé, présent...

La voix off ne s'arrêtait pas, mais déjà, Hammond se frottait les yeux. « ... jeune femme aux taches brunes, Danna et... » Si le commentaire était crispant, l'animation en revanche était diablement bien fichue. Cela dit, il devait reconnaître qu'il n'était plus dans le coup depuis longtemps. Ces dernières années, il n'avait jamais eu la curiosité de regarder ce qui se faisait en la matière, en dehors du monde scientifique. C'était tout juste s'il avait aperçu de temps à autre un étudiant en train d'améliorer son avatar dans *Second Life*.

Ses yeux virent à peine les lignes blanches qui apparaissaient sur l'écran. « ... démiurges capables de donner la mort comme de ramener à la vie... »

Blabla habituel.

Et son esprit se mit à dériver.

Avatar, incarnation, transformation.

Il fit la moue.

Ennuis, enquiquinements, emmerdements...

Cela suffisait pour aujourd'hui. Il avait eu son compte. Sans se donner le temps de réfléchir davantage, il avança la main vers le clavier.

Fermer cette foutue connexion internet.

Mais une sonnerie assourdie le prit de vitesse. Et l'icône de téléphonie se mit à clignoter.

Il jura mais, presque par réflexe, cliqua dessus.

La fenêtre web disparut. Pendant qu'une voix résonnait à ses oreilles.

Il ne vit donc pas l'animation virtuelle disparaître. Pas davantage le film qui se mettait en route.

11

Semaine 3. Boulevard of Broken Dreams[1]

Samedi, 02:41 (UTC)

– DOCTEUR Mac Leod ? C'est Willow. Willow Owen. Vous vous rappelez...

À l'autre bout du fil, la voix de l'universitaire resta impassible. Et la réponse fut lapidaire :

– Pas de risque que j'oublie.

Willow sourit. Qui prétendait que tout valait mieux que l'indifférence ?

Tout ? Vraiment ?

Il était encore temps de ne rien lui dire, de le laisser sortir seul du merdier dans lequel il s'était fourré. Après tout, que savait-elle de lui ?

Oh, et puis basta. Tu l'as appelé, maintenant, vas-y !

Elle grimaça.

– Je voulais vous avertir... Les flics racontent à la presse qu'ils savent qui est l'amant de la jeune femme qui a été décapitée. Le portrait qu'ils en font n'est ni flatteur ni original. Je vous résume. Un type sans scrupules qui aime les belles brunes, et qui profitait du fait que Madame n'était pas du genre à attendre patiemment que son vieux mari revienne de voyage bourré de Viagra...

1. *Boulevard des Rêves brisés*, Green Day.

La jeune femme s'interrompit. Elle s'était attendue à une réaction virulente. Mais non, rien, le silence.

– Docteur Mac Leod ? Vous m'entendez ?

Quelques secondes s'écoulèrent.

– Ce serait difficile de faire autrement...

Nom de Zeus, quel chien, songea-t-elle. *Je devrais le laisser crever dans sa fosse !*

– Mais... pourquoi me racontez-vous tout ça ?

Willow ferma les yeux.

– Vous, votre truc, c'est la biologie. Pour moi, avant de bifurquer vers le journalisme, c'était la zoologie et l'éthologie. J'étais fascinée par les bestioles et leur comportement.

– Je ne vois vraiment pas le rapport...

– Laissez-moi finir. Quand j'étais en maîtrise, j'ai préparé un mémoire sur le comportement des rats... Les détails importent peu. Toujours est-il que, lors de la période d'observation, l'un des mâles du groupe étudié a dévoré la tête d'une femelle après l'avoir... bref. Je l'ai d'abord laissé avec les autres. J'ai noté ses réactions. Ensuite, je l'ai isolé. Je l'ai un peu titillé. Et alors qu'un autre étudiant a fait mine d'approcher une pince pour le saisir, j'ai ouvert la porte de la cage et...

– Vous vous foutez de moi ?

Le ton de Mac Leod était acerbe. Mais Willow ne se laissa pas impressionner :

– Maintenant que vous le dites... Mais bien sûr que je me fous de vous ! Et de votre vie sexuelle et du reste ! En revanche, je n'ai pas bouclé le quart de ce que je dois écrire, et vous risquez de vous retrouver en tôle. Or, depuis que vous avez fait monter l'école en flèche dans les classements, tout le monde ne parle plus que de vous. Comme, en plus, c'est ici que les rejetons royaux les plus tendance viennent faire une partie de leurs études... tout ça devient très people. En conséquence, mon rédacteur en chef ne me laissera pas partir en vacances s'il n'a pas son papier. Alors, franchement, ça m'emmerde ! En plus, il semble qu'un journaliste du *Scotsman* vous ait vu dans un restaurant d'Édimbourg avec Chuck Jarvis. Et il va sortir un article où il raconte que vous devez avoir besoin de sérieux appuis politiques pour frayer avec un nationaliste que vous détestez autant, surtout par les temps qui courent. Il paraît même que le présentateur de *Scotland Today*, sur STV, a reçu Jarvis ce soir.

– Pouviez pas le dire avant ?

Après un silence, Willow entendit brusquement dans le combiné ce qui ressemblait à un générique d'émission télévisée, se figea. Puis comprit, tendit la main vers son propre ordinateur, cria :

– Docteur Mac Leod ? Vous êtes encore là ? Le podcast est déjà en ligne ?

– Une seconde...

La voix de Chuck Jarvis parvint alors à Willow. En stéréo puisqu'elle venait elle aussi de se connecter :

« Non, je vous le confirme : je ne suis pas lié par une quelconque fidélité à un quelconque milieu universitaire, encore moins lorsqu'il s'agit d'une personne dont le curriculum vitae comporte de telles zones d'ombre. »

Willow n'en croyait pas ses oreilles. Après avoir lâché Mac Leod, Jarvis était en train de le lyncher.

Et pour couronner le tout, le journaliste se mit à brosser un portrait tout en noirceur du doyen de l'École des sciences de St Andrew. Avant de s'interrompre, d'appuyer sur son oreillette et de regarder la caméra bien en face :

« On m'annonce tout juste que le docteur Hammond Mac Leod fait l'objet d'un mandat d'arrêt pour le meurtre d'une jeune femme... »

02:59

Hammond savait que Chuck Jarvis avait longtemps été prêt à lui enfoncer un pieu dans le cœur. Pourtant, étant donné ce qu'ils avaient mis en route, il pensait que l'animosité de son collègue et concurrent s'était calmée. Ce n'était apparemment pas le cas.

Après avoir surmonté son envie de donner un coup de poing dans le poste de télévision, il réfléchit à toute allure. Il s'était toujours servi de ses échecs comme d'autant de marchepieds. Sans pitié pour ceux qu'il avait rencontrés.

Mais là.

C'était lui qui allait servir de marchepied.

Il s'agissait donc de se donner des priorités. La première, immédiate, était de se débarrasser de cette fille. Hammond poussa le pointeur de son clavier vers l'icône de téléphonie.

Une interjection le stoppa :

– Non ! Attendez ! Il y a autre chose !

D'une voix blanche, il exhorta :

– Dépêchez-vous ! Figurez-vous que c'est de ma liberté qu'il s'agit !

La voix de la jeune femme se fit hâtive :

– Je viens de regarder mes e-mails. L'un de mes amis, qui bosse au *New York Times* et habite à quelques pâtés de maisons de chez moi, m'a demandé de l'aider à vérifier une info qui court à Brooklyn depuis quelques heures. Un vendeur du Whole Foods Market de la 3e Rue aurait trouvé un corps dans un réfrigérateur, sous des petits pois surgelés. Une femme nue, repliée dans la position d'un fœtus, avec des entailles sur le ventre, comme...

Hammond avala sa salive.

– Vous en êtes certaine ? À Brooklyn ? Mais comment voulez-vous qu'il y ait un rapport avec ce qui se passe ici ? Et puis Sara a été...

– Décapitée, je sais... Mais en dehors de ça, les similitudes sont troublantes, non ? Ne serait-ce qu'avec le jardinier de l'école... Et si l'autopsie de la femme aux petits pois révèle qu'on a également trifouillé son cerveau...

Une colère irraisonnée envahit alors Hammond. Contre la journaliste, contre lui-même, contre le monde entier. Et son ton se fit abrupt :

– Que voulez-vous que je fasse d'une info aussi aléatoire ? Pour l'instant, il faut que je file d'ici. Et au plus tôt...

– Mac Leod ! Si vous quittez St Andrew maintenant, ce sera interprété comme un aveu !

– Bon Dieu ! Je le sais ! Ne me prenez pas pour un idiot ! Mais il est hors de question que je me laisse enfermer...

La voix de Hammond devint presque inaudible :

– ... que je revienne en arrière.

– Attendez ! Ne raccrochez pas ! J'ai quelque chose à vous proposer...

Il l'entendit inspirer profondément, comme si elle prenait son élan.

– C'est vrai que les flics d'ici ont l'air à côté de la plaque. Et je retourne à New York pour les vacances. Si vous voulez, je demande à mes parents de vous héberger. Ils habitent dans les Hamptons et...

Sur le clavier, les jointures de Hammond blanchirent.

Et voilà. Tout ce chemin pour ça.

Il réussit pourtant à retrouver un semblant de calme.

– Non, merci. De toute façon, je ne passerais jamais les contrôles de l'aéroport.

– Mais il n'y a pas que...

– Je vais me débrouiller. Merci quand même.

À cet instant, en écho au clic de fin de communication, un claquement à peine audible se fit entendre sous le bow-window de la chambre.

Hammond tressaillit, bondit vers sa penderie, enfila jean, chaussures et veste. Fourra portefeuille et passeport dans sa poche.

Trente secondes plus tard, il se glissait dans l'étroite ouverture du vasistas de la salle de bains.

Au-dehors, le vent avait de nouveau balayé les nuages. Les étoiles miroitaient au-dessus de la mer.

03:04

Barney attendait que le deuxième véhicule l'eût rejoint pour s'approcher de la porte de l'immense maison dans laquelle Mac Leod avait son appartement. À en juger par la façade rigoureusement symétrique aux larges ouvertures et aux motifs décoratifs plutôt gothique flamand, cette baraque devait dater de l'époque élisabéthaine. Pourtant, elle avait l'air en bien meilleur état que la résidence dans laquelle Trevor et lui avaient emménagé et qui, jusqu'à présent, lui semblait si allurée. Mais ce n'était guère le moment de faire ce genre de comparaisons. Ils allaient alpaguer ce type et on n'en parlerait plus jusqu'au procès. Dont l'issue ne faisait pas de doute.

Barney repensa aux traits énergiques et aux yeux intelligents de l'universitaire.

Physique, talent, volonté. Orthodoxie.

Il avala la boule d'acrimonie qui lui bloquait la gorge, comme autant de complexes indélébiles, d'efforts vains, d'espoirs avortés.

Cette putain d'orthodoxie.

Fallait-il en revenir toujours à ça ?

Les mots s'imprimèrent dans son cerveau.

« Qu'est-ce que tu veux que je dise à une tafiole ? »

Il se redressa sur le siège de la voiture. C'était la phrase que son père avait prononcée en découvrant son orientation sexuelle. Avant le silence définitif du rejet.

Il ouvrit violemment la portière.

Qu'est-ce que t'en as à foutre ?

Et d'une, le vieux était mort depuis. Et de deux, il ne l'avait jamais ouverte que pour pérorer sur le nettoyage de son uniforme d'agent de la circulation, sur les PV qu'il avait dressés. Sur la loi qu'il pensait représenter.

Loi, justice, ordre, autorité. Respect. Y a pas mieux, fiston.

Il avait sans doute pensé qu'il donnerait ainsi à sa progéniture l'envie de se rendre utile. Or le pire de tout était que, en dépit de la résistance qu'il y avait mise, Barney avait suivi.

Le jeune policier grimaça.

Utile.

En coffrant Mac Leod, il allait se rendre utile. Et se faire plaisir par la même occasion. Une fois n'était pas coutume.

Après tout.

Un chercheur ambitieux devenait directeur d'une grande école. Il pétait un câble à force de boulot et surtout parce que sa maîtresse le faisait chanter. Les meurtres successifs d'un étudiant et d'un jardinier lui donnaient des idées. D'autant qu'il avait assisté à l'autopsie de ce dernier : il savait donc, d'une part, que le corps portait des coupures au ventre et au cou et, d'autre part, qu'il y avait eu mini-carottage du cerveau. En conséquence, et parce qu'il n'avait guère de scrupules, l'universitaire se débarrassait de sa maîtresse en escomptant faire porter le chapeau au petit crétin qui avait vraisemblablement dégommé l'étudiant et le jardinier. Et comme il n'avait pas l'instrument qui lui permettrait d'aller trouer la cervelle de la morte, il croyait tromper son monde en coupant la tête avec, a priori, un couteau à gigot électrique. Restait à dégotter le couteau. Restait à dégotter le petit crétin. Les jeunes d'aujourd'hui avaient parfois de drôles d'amusements. Le désenchantement, disaient certains. Mais au fond, qui s'en préoccupait ? Ce qui importait, c'était que tout ça tenait la route. Car ce que Mac Leod ne savait pas, c'était que la trace que portait l'étudiant sur la gorge avait révélé d'infimes résidus de corde. Contrairement à celle du jardinier, dont le corps avait trop longtemps séjourné dans l'eau. Ce que Mac Leod ignorait également, c'était que le mari de la miss aux cuisses agiles était au courant de leur liaison et que, tant que ça lui permettait de vaquer tranquillement à ses affaires, il n'y trouvait rien à redire. En revanche, dès qu'il s'était agi de trouver le meurtrier de sa femme, il n'avait pas hésité une seconde. Mac Leod allait donc finir ses jours en cellule. Il pourrait toujours demander à s'y faire faire des costumes sur mesure.

Sur mesure.

Barney cracha son cure-dent. Sur mesure, l'explication qu'il venait de concocter l'était également. C'était l'essentiel.

En conséquence, pendant que Donald et Ron se faufilaient sous le bow-window enchâssé dans une armature de fer forgé, il se mit à appuyer sans discontinuer sur la sonnette située sous la caméra et l'interphone. Willy était censé contourner la maison pour guetter devant la porte de service. Il y avait de la lumière dans l'appartement. Et la patrouille qui avait été postée là jusqu'à récemment avait certifié que l'universitaire était chez lui.

Barney renifla. Cria dans l'interphone :

– Mac Leod ! C'est la police ! Ne faites pas d'histoires. Ça vaudra mieux pour tout le monde. Et n'oubliez pas que...

Le coup de feu qui éclata dans son dos ne lui laissa pas le loisir de terminer sa phrase. En revanche, il se retourna juste à temps pour voir Donald mettre à nouveau en joue la silhouette qui venait de tomber sur le sol. Hurla :

– Merde, Potlaswki, t'es malade ! Vivant, il nous le faut vivant !

Mais la silhouette se redressa, s'adossa au mur quelques secondes. Se mit à courir.

Un instant plus tard, l'homme se coulait dans une longue bagnole sombre, démarrait en trombe.

Avant même qu'il n'ait eu réussi à rejoindre sa propre voiture, Barney comprit qu'ils l'avaient perdu.

Pour cette fois.

Samedi, 06:26 (UTC)

Le soleil perçait derrière les volets. Pourtant, cela ne changeait pas grand-chose à l'affaire. Car Willow n'avait pratiquement pas fermé l'œil de la nuit. Elle se tourna sur le ventre, se remit sur le dos, puis en chien de fusil, les genoux au niveau du ventre.

Toute cette histoire était stupide. Six mois auparavant, elle avait pris la décision de débarrasser sa vie de tout ce qui était : 1. par trop inavouable et/ou politiquement incorrect ; 2. illégal ; 3. nocif. Et voilà que, d'un coup, elle s'enfonçait dans une bassine de 1 + 2 + 3.

Oh, après tout...

Elle jeta ses pieds hors du lit, se gratta la nuque. Où diable avait-elle fourré le dernier, la roue de secours en cas de réelle urgence ? C'était le moment, non ?

Elle ouvrit la sacoche qui contenait ses paperasses, sortit un dossier au hasard.

Non, pas celui-ci.

Un deuxième.

Encore chou blanc.

Un troisième, alors ?

Oui !

Elle décolla soigneusement le mince tube blanc scotché entre deux coupures de presse. Elle n'était pas l'une de ces refuzniks réfractaires à la technologie. Mais, Dieu merci, sa conversion en la matière était encore loin d'être intégrale. Dissimuler un joint entre deux fichiers informatiques eût été autrement difficile.

Les chevilles croisées sur l'oreiller, Willow tira une longue bouffée, ferma les yeux.

Pourquoi avoir aidé ce type ?

Il ne lui était rien. Et depuis le début, il exhalait les emmerdements avec un grand E. Pourtant, il la fascinait.

Alors ? Pourquoi ?

Parce qu'il était physiquement à son goût et que, en sa présence, elle sentait bien davantage que l'impératif du désir ? Parce qu'il ne lui manquait indubitablement aucun neurone et qu'elle avait toujours trouvé ça des plus craquants ? Parce qu'il était loin d'être inoffensif, avait même été un poil agressif avec elle et que ça la changeait du dernier consensus mou qui avait partagé son lit et son réfrigérateur ? Parce que tout un pan de sa vie restait obscur et que c'était bigrement excitant ? Ou bien parce qu'il était dans le caca jusqu'au cou ?

Et que j'en ai ras le bol de cette vie saine, bien-pensante. Et chiante.

La jeune femme souffla la fumée par les narines.

Pourquoi les choses interdites sont-elles souvent si délicieuses ? Et inversement ?

Elle avait goûté au dévouement sans limite aux nobles causes, en avait été écœurée. Ainsi que du grunge. Elle avait alors envisagé de basculer dans une existence inutile, dont quelques-uns de ses amis lui vantaient les mérites. Elle avait hésité entre deux options. La première, positiviste et standardisée, consistait à faire la fête de façon ininterrompue. La seconde, métaphysiquement pessimiste, à plonger dans une existence esthétique et neurasthénique. Malheureusement, les stilettos lui cassaient les chevilles. Et la pipe à opium et le turban lui cassaient le moral. Dans tous les cas, c'était plus que moyen pour le jogging, surtout en période de crise. En désespoir de cause, elle avait donc plongé dans le LOHAS.

LOHAS. Lifestyle of health and sustainability.

Style de vie sain et durable, pro-santé, pro-environnement, pro-justice sociale. Pour ne pas être de ceux qui participeraient à l'implosion de la planète, pour mourir grillé quand même, mais en toute bonne conscience. Du chocolat bio, équitable et local, des vêtements vintage, des déchets recyclés, des panneaux solaires sur le balcon, des noix de lavage, les transports en commun, la chasse d'eau tirée une fois par jour seulement (les toilettes sèches dans une métropole, fallait quand même pas pousser), la lumière éteinte au moment de faire l'amour. Dans sa course à la béatitude postmoderne, Willow était allée jusqu'à envisager de recycler les préservatifs. À défaut, elle avait fini par recycler l'usager usagé en le remettant sur le marché des célibataires, eux aussi vintage.

Elle tira une nouvelle bouffée, soupira. La chaleur des braises atteignait son index. C'était la fin, du dernier de tous les derniers, de celui qui lui avait fait comprendre que point trop n'en fallait.

Et Mac Leod était son antidote à elle, son quatre-quatre polluant, mais plutôt sexy, son hamburger dégoulinant de graisse saturée sur du steak aux hormones, mais si appétissant.

La jeune femme se levait pour écraser le mégot dans le pot du ficus à côté de la fenêtre, lorsque son portable se mit à vibrer sur le bureau. Elle jeta un œil suspicieux au numéro qui s'affichait.

Local... et inconnu au bataillon...

– Oui ?

Le silence. Et le vrombissement d'une voiture qui passait.

Elle insista :

– Qui parle ?

– Willow ?

Elle retint sa respiration.

– Vous allez bien ? D'où m'appelez-vous ?

Il eut un rire sans joie.

– D'une cabine. Sans doute la dernière qui reste dans toute l'Écosse. Avec le portable, je serais repéré tout de suite.

– Et... ça va ?

– Oh, il y a longtemps que je n'ai pas passé une nuit si... intéressante. Heureusement, ma voiture était dans la rue. Donc, j'ai pu filer avec. Et j'ai dormi dedans. Loin, sur les falaises.

Willow se demanda s'il se rendait compte à quel point le découragement perçait dans sa voix. Elle eut soudain envie de lui dire...

Lui dire quoi, idiote ? Qu'est-ce que tu peux faire ?

Mais il continua :

– Écoutez... j'ai réfléchi... et je me demande si vous n'aviez pas raison. Si... si je veux être innocenté, il faut que je mette la main à la pâte. Et si l'info sur la fille dans le congélateur est bonne, votre idée de New York...

La jeune femme lui coupa la parole :

– J'ai vérifié : elle est bonne ! Et ma proposition tient toujours. Vous pouvez embarquer sur un cargo à Southampton. Je connais quelqu'un qui vous fera passer sans problème. Ce sera plus long et moins confortable que l'avion, mais... Tout à l'heure, je me suis connectée sur le web. Il y a eu d'autres articles dans la presse. Sur vous, sur le fait qu'on ne sait pas grand-chose de votre passé...

– Oh...

Willow se mordit la lèvre.

À nouveau, ce silence.

– Hammond ? Vous êtes toujours là ?

– Oui. Je... je réfléchissais.

– Est-ce qu'il y a un endroit où vous pourriez vous cacher en attendant que je vous dégotte un passage sur un paquebot ?

Elle l'entendit soupirer.

– Oui. Le laboratoire marin, en face des East Sands. J'ai une clé. Il y a des réduits partout, des douches, une kitchenette, etc. Un local est fermé jusqu'en automne, en attente de réfection. Et à l'heure qu'il est, tout le monde est parti en congé... ou presque.

– Ça paraît bien, non ?

– Extra. Je n'avais justement pas eu le temps de réserver les miennes, de vacances...

– Euh... pouvez-vous me rappeler demain ?

– OK.

– Hammond ?

– Oui ?

– Non, rien...

12

Semaine 4. Other side of the world[1]

Lundi, 08:02 (UTC)

TOUT D'ABORD, la fureur ne l'avait pas lâché, le taraudant de questions auxquelles il ne pouvait répondre, mais qu'il ne pouvait s'empêcher de se poser, encore et encore. Il y avait si longtemps. Un passé si reculé pouvait-il vraiment ressusciter les ombres ? Détruire ce qu'il s'était donné tant de mal pour construire ? Jusqu'où devrait-il expier ? Et jusqu'à quand ?

Pourtant, après s'être morfondu deux jours entiers dans le laboratoire marin, Hammond avait enfin réussi à s'apaiser. Après tout. Il n'avait guère perdu que son appartement, l'accès à son compte en banque, sa réputation, son vieux jogging pourri, son ordinateur, sa dignité, sa maîtresse. Et vraisemblablement son job.

Il en était là, à se convaincre de la relativité de toute chose, lorsque Willow vint lui rendre visite.

Il en oublia de lui poser des questions sur ses expériences avec les rats, cilla lorsqu'elle le questionna sur cette balafre sur son front, haussa les épaules en expliquant que c'était la trace d'une balle de flic. Fut enchanté quand elle eut l'air de s'inquiéter. Puis il se demanda à nouveau pourquoi ce qu'il ressentait ne ressem-

1. *De l'autre côté du monde*, K.T. Tunstall.

blait que de loin à l'aveuglement hormonal qui le saisissait habituellement. Pourquoi, face à une femme qui correspondait si peu à ses canons habituels, il éprouvait autant de curiosité que de désir, voire davantage. Pourquoi il avait l'impression d'être porté vers ce qu'il avait toujours refusé. Alors que ce n'était vraiment pas le moment.

D'autres impératifs l'obligèrent rapidement à cesser de se morfondre.

Se planquer dans le coffre de la voiture louée par Willow, pour passer un barrage sur la route qui filait vers le sud de l'Angleterre.

Faire semblant de rien lorsque, dans l'extravagante brume orangée d'un début de soirée, les quais du port de Southampton apparurent. Avec, en point de mire, l'*OCL Bremen,* un navire cargo allemand de plus de trente-sept mille tonnes qui naviguait sous pavillon du Liberia.

Lui dire au revoir, à elle, sans laisser voir à quel point c'était difficile, sans savoir vraiment pourquoi c'était difficile.

Se raidir. Et serrer les dents en se calant derrière des caisses de pièces de moteur.

Ne pas laisser prise au désespoir.

Jeudi, 21:17 (UTC−2)

Pour la millième fois, Baako s'interrogea. Avait-il eu raison de suivre Kobena ? Pourraient-ils vraiment débarquer en Amérique ?

Le jeune Ghanéen savait que, plus que jamais, les États-Unis surveillaient leurs frontières, et que cela incluait les ports. Mais il savait aussi que, l'année précédente, Kobena avait passé du temps avec des officiers de l'Africom, le commandement américain en Afrique. Peut-être son ami avait-il appris des choses que lui-même ignorait.

Baako avait déjà risqué sa vie sur un zodiac trafiqué en mer Égée, puis dans des convois ferroviaires qui remontaient vers le nord de l'Europe. Et il venait de passer trois mois à Hambourg, à décharger des camions de sacs de ciment pour payer le droit de se glisser dans les cales de l'*OCL Bremen*, à la suite de Kobena.

À Southampton, il avait refusé de descendre du navire : il avait payé pour l'Amérique, il irait en Amérique, quitte à se faire refouler et à tout recommencer. Kobena lui avait tellement farci le crâne avec le pays de Barack Obama et de Martin Luther King qu'il avait fini par croire qu'il avait droit au paradis, lui aussi. Un paradis relatif sans doute, à vendre des pacotilles à la sauvette dans Brooklyn Avenue. Mais après tout, Baako signifiait « premier » en ashanti.

Pourtant, l'Amérique ne devait pas être l'objectif de tout le monde. À commencer par le bonhomme qui somnolait de l'autre côté des caisses, contre la double paroi de la salle des moteurs. Un Blanc, qui avait manifestement très envie d'aller aux États-Unis à fond de cale.

Autant que de se tirer une balle dans le pied, avait songé Baako.

Il y avait trois jours qu'ils avaient quitté Southampton et, en dépit de la netteté quasi clinique de la cale, les clandestins étaient tous aussi sales les uns que les autres, aussi éreintés. Néanmoins, les cernes gris et la barbe se voyaient davantage sur l'homme blanc, surtout sur celui-ci, qui était couleur ciment.

Normal.

Si un Blanc se retrouvait ici, c'était qu'il avait vraiment fait un sale truc. Ça lui portait sur l'estomac.

22:58

Hammond sursauta, éveillé d'une migraineuse somnolence par le *rataklik* récurrent qui venait de la salle des machines, de l'autre côté de la paroi où il s'adossait. Il reprit ainsi pied dans une réalité qui était presque pire que ses cauchemars. La semi-obscurité permanente. L'odeur écœurante, mélange de relents de graisse rance et d'urine. L'atmosphère étouffante.

Puis il replongea dans ce demi-sommeil qui ne lui apportait ni repos ni oubli.

Jusqu'au claquement suivant.

Il écarquilla les yeux, s'essuya le front.

Ce bruit.

D'où venait-il ? De la salle des machines probablement.

Il reposa la tête contre la caisse, se laissa aller de nouveau. Et soudain, sentit le courant d'air, vit le bras au-dessus de sa tête. Ce qu'il tenait.

Alors, il plongea.

Le morceau de bois vint heurter la paroi métallique.

Hammond se glissa à toute allure entre les deux caisses, agrippa la cheville du grimpeur anonyme. Qui tomba aux pieds de celui qu'il avait tenté d'estourbir.

Hammond attrapa au vol l'extrémité du morceau de bois, en écrasa les testicules de l'homme. Lui colla la semelle de sa chaussure sous la gorge.

– Tu veux quoi ?

L'autre émit un incompréhensible gargouillis.

Hammond relâcha à peine la pression de son pied.

– Crache.

– Ta montre... je voulais...

– Tu recommences et tu es mort. OK ?

L'homme acquiesça de la tête. Puis :

– OK... OK...

Qu'est-ce qu'ils avaient tous à vouloir sa montre ? Et surtout, qu'est-ce qu'ils avaient tous à vouloir aller en Amérique ?

Hammond haussa les épaules, se retourna. À l'autre extrémité de la cale, deux clandestins se disputaient les restes d'un bidon d'eau. Ici comme ailleurs, c'était chacun pour soi. Il soupira, leva les yeux vers la voûte étoilée, au-delà de la grille qui fermait leur prison.

Une demi-heure plus tard, il se hissait sur le pont, se glissait sous la bâche d'un canot de sauvetage. De là, il voyait le ciel, sentait le vent et les embruns sur son visage. D'ici quelques heures, il y aurait peut-être même de la rosée dans les plis de la bâche. Il s'allongea contre la courbe du canot, ferma les yeux.

Autour du cargo, la masse liquide était incroyablement étale.

Un océan de fin du monde.

Il devait changer le cours de ses idées. Sinon, il allait devenir cinglé avant même d'avoir mis le pied sur le sol des États-Unis. À moins qu'il ne se jetât à l'eau. Alors la meilleure chose à faire était de penser à...

Willow.

Après la mort, la vie.

Ne pas songer à ce qu'elle avait dit, ni au lendemain. Juste à la chair de ses bras, à ses seins entrevus sous la robe de soirée, à sa bouche. Petite, ronde et en forme de fleur.

C'est idiot.

Il rejeta la tête en arrière, posa l'extrémité de ses doigts sur ses paupières.

Où était-elle en ce moment ? Que faisait-elle ?

PARTIE 2

13

Semaine 5. Freewheel[1]

Mercredi, 04:26 (UTC−5)

NEW YORK.

Enfin.

Bientôt, le cargo prendrait la direction du terminal portuaire de Newark-Elizabeth, au nord de Staten Island, où s'effectuait le transit des marchandises. Mais ce ne serait pas pour eux, car ils valaient bien moins que le fret. Aussi le passeur allemand les fit-il descendre le long d'une échelle de corde jusqu'au bateau américain.

Là, il y eut un peu de raffut : le pêcheur qui arrondissait sa paie en introduisant de la viande illicite aux États-Unis réclamait davantage.

Deux des Africains protestèrent.

Le passeur sortit son arme.

L'un des hommes souleva alors la semelle de l'une de ses chaussures, tendit les billets.

Hammond était vidé. Anéanti. Il le regarda faire sans la moindre émotion. Se glissa à la suite des autres dans la cabine qui prolongeait la timonerie. Là, à travers l'unique hublot, il vit le

1. *Roue libre,* Duke Special.

soleil émerger, le profil de la ville se dessiner, fondu dans une ligne d'or liquide. Puis le *Fishing* s'approcha des quais du terminal de Red Hook. Et l'horizon ne fut plus qu'un prosaïque enchevêtrement de béton et d'acier.

Comme ses compagnons de voyage, Hammond sauta sur le quai. Mais, contrairement à eux, il ne tergiversa pas, fila entre deux containers. Pendant que, réduits au silence par l'appréhension, les autres clandestins écoutaient le lointain hululement des sirènes, contemplaient le rougeoiement du levant sur les sacs de café et de cacao en attente de fumigation.

Une fois au sud du terminal, Hammond agrippa le grillage qui le séparait de la rue encore sombre, leva les yeux. Derrière cette bâtisse de briques rouges, il y avait Red Hook, Brooklyn.

Et New York.

Il hésita. Le père de Willow était censé l'attendre à l'angle d'Union Street et de Columbia. Il ferma les yeux, crispa ses doigts sur la clôture. Fallait-il faire table rase et repartir ? Mais vers où, vers quoi ?

Vers qui ?

Lentement, il escalada ce qui le séparait d'une certaine liberté. Et, après s'être réceptionné sur le sol tiède, remonta la rue qui s'éveillait.

06:34

Ce n'était pas une heure pour un chrétien. Bien sûr, avec Laureen, il vivait à la campagne, ou dans un endroit qui, dans l'imaginaire de Jack, y ressemblait. Mais jamais il ne se levait si tôt. Qu'est-ce qu'un artiste comme lui aurait eu à faire des impératifs d'une société pourrie par le mythe du travail ?

Rural, oui. Paysan, non.

Il jeta un regard dans le rétroviseur. En plus, il n'aimait guère Red Hook, ou tout au moins ce qui en restait, depuis le déplacement de la majeure partie du port et la création de la voie express. Et contrairement aux habitants du coin, Jack espérait qu'avec l'embarcadère qui était censé accueillir toujours plus de navires de croisière, la rénovation s'accélérerait.

Mais pour l'instant.

L'idée de poireauter ici, de si bonne heure, avec un objectif dont il sentait bien le côté plus ou moins inavouable, ne le remplissait pas d'aise. Ce copain de Willow qu'il devait récupérer. Encore une histoire qui ne sentait pas bon. Pourtant, Laureen et lui avaient été tellement soulagés, ces derniers temps, de voir leur petite chérie prendre de bonnes résolutions. Quelle mouche l'avait donc piquée ?

Ses doigts se rapprochèrent du contact.

Si je démarrais, je lui dirais que je ne l'ai pas trouvé. Ou qu'il a été écrasé par un container. Ou enlevé par une prostituée colombienne.

Perdu dans ses pensées, Jack sourit benoîtement à l'homme barbu qui se profilait devant la vitre baissée, côté passager.

En voilà un qui a l'air fatigué. Il a dû se faire jeter par bobonne et dormir sur le palier.

Mais l'homme se pencha à l'intérieur.

– Monsieur Owen ?

– Oui ?

Jack lui jeta un œil surpris.

– Oh ! C'est vous ?

Un peu embarrassé, il ouvrit la portière.

L'homme esquissa un sourire.

– Merci. C'est très gentil à vous...

Il eut une brève hésitation.

– Je suis le docteur Mac Leod.

Le vieil homme acquiesça :

– Un universitaire, hein ? Moi, c'est Jack. Je suis le père de Willow... et je n'ai jamais fichu les pieds à l'université.

07:37

Le pick-up se mit en route. Plongea dans les embouteillages du début de journée.

Hammond regarda son voisin. L'accueil ne présageait rien de bon. Pourtant, avec sa longue silhouette frêle et ses cheveux blancs ébouriffés, le père de Willow avait une bonne tête. Et aussi une bonne nature de bavard, peu embarrassée par le tohu-bohu ambiant.

– Vous savez... on habite les Hamptons, mais on n'est pas de ceux qui n'y viennent que le week-end. Pour ma part, j'y ai grandi et j'y ai rencontré Laureen... Elle était tellement adorable...

Sans se presser, il glissa le véhicule dans le flux qui congestionnait l'accès à la voie rapide Brooklyn-Queens.

– Bon, contre elle, il y avait le fait qu'elle était la petite-fille de George Thompson. Lui-même descendant de quelques indécrottables révolutionnaires. Et le vieux ne loupait pas une occasion de le rappeler. Je me souviens, une fois, il m'a surpris en train de peloter Laureen dans le paddock, derrière chez lui... Quel foin il a fait ! Il voulait ressusciter l'un de ses glorieux aïeuls afin de me pourfendre ! Pourtant, le vieux George n'avait rien à m'envier ! Il avait quand même épuisé quatre femmes... et le père de Laureen était le premier fils de la dernière. Mais en voyant les atouts de Laureen à l'époque, vous auriez fait comme moi, vous auriez craqué. Elle n'était pas une brindille sans viande comme ma Willow. Bon, cela dit, si vous êtes là c'est que vous aimez ça...

Hammond voulut protester.

Jack ne lui en laissa pas le temps :

– Ma pauvre gamine tient de moi. Laureen, elle, en avait là où il fallait. En plus, elle adorait déjà cuisiner et elle faisait des pâtisseries à se damner.

Il se pinça le ventre en riant.

– Regardez ça ! Pourtant, je fais attention et je cours tous les matins... mais trente-cinq ans de Laureen... Elle a transformé le café de mon père en salon de thé, et les bourgeois des Hamptons ont commencé à débarquer. Parce que chez nous, il y a longtemps que toute la carte est bio. Bio, bon marché... et musicale. Je ne sais pas si Willow vous a dit... Voyez-vous, je joue de la guitare et je vends mes disques dans le salon de thé. Les gens adorent ça. J'ai construit un petit studio d'enregistrement juste derrière la cuisine, avec une baie vitrée. Les clients sont à table et ils me voient. Parfois, je branche un haut-parleur sur la salle. Le souci, c'est la digestion... Laureen dit que mon blues perturbe les flux gastriques... et elle a le chic pour obtenir ce qu'elle veut. Tout comme sa fille. D'ailleurs...

Devant une série d'entrepôts miteux, le vieil homme déboîta pour attraper la sortie vers l'autoroute de Long Island, jeta un coup d'œil à son passager.

– Entre nous... elle et vous... ?

Hammond esquissa une grimace.

– Oh, nous sommes juste des... connaissances. Vrai. Je vous le jure. Rien d'autre.

Jack éclata de rire.

– Eh ! Je ne vais pas sortir mon fusil de père vengeur, vous savez ! C'était histoire de meubler la conversation ! D'ailleurs, Willow est majeure depuis belle lurette. Et je n'ose compter les... Enfin, bref. Elle est de son temps, quoi...

Hammond se cala contre le dossier de son siège et scruta Jack, prêt à relancer la machine au moindre signe de défaillance. Après tout, s'il lui venait l'envie de pousser plus loin un certain type d'exploration (c'était juste une hypothèse de travail), un mode d'emploi serait le bienvenu. Dans l'intervalle, cela lui faisait oublier son estomac qui criait famine.

Et le reste.

À ses côtés, les yeux fixés sur l'autoroute, Jack poursuivait :

– Déjà quand elle était petite, elle n'en faisait qu'à sa tête. Et elle se chicanait avec tous les gamins du voisinage... Ah, les gosses... Vous en avez ?

– Non.

– Ça viendra. Pas de souci. Ou plutôt...

Le vieil homme rit.

– ... ça viendra et les soucis avec ! Je disais donc... ma Willow... et son foutu caractère. Tenez, un exemple... À force de manger bio, de respirer bio, quand la mode est vraiment arrivée, elle en avait tellement marre qu'elle s'est mise à essayer toutes les cochonneries de la terre. Une fois, elle m'a même dit : « Papa, je veux connaître tout ça. De toute façon, je goûte encore au moins deux trucs bio par jour. Le premier se roule. Le second appartient à Greg. » Greg, c'était son petit copain du moment, à l'université. Je me souviens de lui parce qu'il était de Babylone. Tenez, on ne passe pas loin. Quelle idée d'avoir baptisé un patelin comme ça par ici... Un vrai païen en plus, ce Greg. Mais pour en revenir à Willow... Ce jour-là, je ne me suis pas tordu de rire. Et en y repensant, ça me rappelle cette chanson... Oh, ce n'est pas de votre génération...

Il se mit à fredonner doucement :

– « *I haven't fucked much with the past, but I've fucked plenty with the future. Over the skin of silk are scars*[1]... » Ah, c'en était une aussi la Patti Smith !

Hammond se frotta le front du bout de ses doigts.

C'était vrai. Il y en avait aussi des comme ça dans le camp des filles. Ce qui avait un côté effrayant puisque lui-même, pendant longtemps, et de façon pathétiquement binaire, n'avait vu que deux catégories dans le genre féminin : celle des baisables et celle des non baisables.

À ce moment, un nouveau panneau entra dans son champ de vision.

1. « Je n'ai pas beaucoup baisé avec le passé, mais j'ai baisé tant et plus avec l'avenir. Sur la peau de soie, les cicatrices... », *Babelogue*.

Il se retourna brusquement dessus. Le pick-up venait de laisser Brentwood derrière lui. Le soleil montait lentement dans le ciel. Et Jack était reparti.

De plus belle.

– Pendant sa première année de fac, j'étais drôlement content que Willow ait autant envie de rentrer à la maison à la fin de la semaine. Et elle ne tardait pas. Dès que ses cours étaient terminés, elle prenait le train du soir à Pennsylvania Station et hop ! J'allais la chercher à la gare et, s'il faisait bon, on grillait des hot-dogs végétariens dans le jardin. Ou on filait sur Fire Island pour faire courir Littlebig... le chien. Mais il y a vite eu les premiers examens. Alors, elle restait dans son appartement. Avec sa mère, on lui avait dégotté ça. Dans Dumbo, pas grand, très bruyant, mais sympa à l'époque. Willow s'y est tellement plu qu'elle y est restée. Le jour où elle est partie bosser à Londres, elle l'a d'ailleurs acheté avec l'héritage du grand-père. Elle disait qu'elle avait besoin d'un coin à elle quand elle revenait d'Angleterre. Malgré tout, elle est plutôt du genre lunatique et solitaire. Et à la maison, avec sa mère dans les pattes... Cela dit, elle revient de moins en moins, surtout depuis octobre dernier.

Hammond haussa un sourcil.

Sauf quand elle s'amuse avec un futur repris de justice...

Il se morigéna. Si seulement il pouvait cesser de penser à la merde dans laquelle il était. Et ne pas laisser ressurgir sa mauvaise foi. Il réalisa alors combien il était reconnaissant à Jack d'avoir parlé sans arrêt. Et de continuer sur sa lancée :

– Que voulez-vous... c'est dans l'ordre des choses. J'aimerais juste qu'elle fasse des petits, maintenant... Même si les temps sont durs, ce n'est pas une raison...

Hammond cilla, mais n'eut pas le temps de détourner la conversation, car le pick-up quittait la voie express, dépassait des maisons au fronton blanc, quelques restaurants. Un panneau.

Bellport.

Ils bifurquèrent sur la gauche. Et soudain, d'une façon presque oppressante, les arbres semblèrent se presser autour de la route.

Le pick-up ralentit devant une école fermée, puis devant une église. D'un petit geste circulaire de la main, Jack désigna les alentours à son passager :

– Nous entrons dans Brookhaven. Il n'y a pas grand-chose ici. Pour faire du shopping, faut aller à Bellport. Et encore...

Hammond secoua distraitement la tête en regardant autour de lui. Sous le soleil du matin, le paysage reflétait tous les verts et les ors d'un été précoce. Ici, un cheval noir s'ébrouait dans un paddock. Là, un chien s'ébattait sur une allée. Mais pour la plupart, les patios étaient vides, les portails tirés, les volets clos.

Jack salua deux hommes aux cheveux blancs qui, en short et chaussures de course, étaient assis sur le bord de la route.

Hammond leur décocha un regard circonspect. Puis il songea qu'il était à plusieurs milliers de kilomètres de l'Écosse. Et avec sa barbe de douze jours, le risque était minime.

10:29

En saluant les joggeurs, Jack se félicita qu'ils se fussent effondrés sur le bas-côté. En temps ordinaire, il se serait moqué de leur paresse, aurait discuté des stock-options défuntes, des pancartes que, lors des dernières élections locales, les démocrates avaient volées aux républicains. Ou inversement. Mais cette fois, il valait mieux s'abstenir.

Le vieux monsieur n'avait rien à reprocher à son passager. Ce dernier était suffisamment dépenaillé pour ne pas donner de complexes à un musicien sur le retour. Il n'arborait pas de bagues ou de chaînes comme certains (qui devaient penser que si, en dépit de la crise, Ben Laden s'en prenait aux épiceries des Hamptons, ils auraient de quoi lui racheter des donuts et du Pepsi). Et il l'écoutait sans broncher depuis New York, ce qui n'était pas négligeable lorsqu'on était marié avec une Laureen aussi prompte à la réplique assassine que bonne cuisinière.

Mais il y avait quand même un petit truc qui turlupinait Jack. Pourquoi diable ce type avait-il voulu arriver à New York par les quais grillagés de Red Hook ? Évidemment, l'affabilité des contrôleurs de Kennedy Airport laissait parfois à désirer. Surtout si vous étiez brun et hâlé. Néanmoins, les gens qui venaient d'Europe préféraient en général quelques heures de siège dans un avion, à une dizaine de jours entre deux caisses. Dans un cargo puant de surcroît.

Au téléphone, comme d'habitude, Willow avait éludé les questions de son père. Et comme d'habitude, il n'avait pas insisté. D'une part, il l'adorait. D'autre part, elle était devenue une emmerdeuse patentée avec, en sus, un cerveau trop bien huilé pour lui.

En voyant arriver le croisement, Jack fit contre mauvaise fortune bon cœur. S'il devait finir en prison pour recyclage de malfaiteur, au moins sa fille ne lui ferait pas la tête.

– En 1655, les immigrants ont suivi un sentier indien pour aller chercher du foin dans les prairies. Et ils ont construit cette route. À l'époque, Brookhaven était cerné de terres vierges. Ce n'est plus vraiment le cas, surtout depuis que les succubes de l'immobilier ont fait leur apparition... Oh, tenez, ici, c'est l'église épiscopalienne St James. Elle date de 1869, mais le clocher est récent. Celui d'origine a été dégommé par un cyclone en 1961. Les intempéries, c'est notre plaie... bien plus que la Bourse... À mon avis, dans vingt ans, on devra coller nos maisons sur des pneus... Ah, voilà, on arrive.

Jack avait tenté de ne pas y penser pendant le voyage. Cependant, en cette seconde, il priait pour que Laureen fût absente.

Zut. Raté.

Il freina sur le gravier.

10:51

La construction de pierres grises était ombrée par trois grands hêtres dont les troncs semblaient vissés dans le mur de rocaille qui entourait le jardin attenant. Une petite femme ronde coiffée d'un chapeau de paille s'activait, penchée sur les géraniums carminés qui bordaient l'allée.

Hammond plissa les yeux sous le soleil. Derrière lui, le moteur du pick-up venait de se taire, relayé par les oiseaux. Tout était si paisible. Hors du temps.

Comme la maison de Sara. Avec les rosiers. La mer en contrebas. Et...

De nouveau projeté dans une sinistre évocation, Hammond entendit à peine le bavardage de Jack qui le précédait vers la porte :

– La maison date de la guerre civile. Un Français l'a achetée après les hostilités. Mais, en 1920, la partie gauche a brûlé... et la femme du petit-fils du Froggy avec. L'homme a tout vendu à Tomas Winter... mon père. Il venait de Salzbourg, en Autriche. Il n'en parlait pas, mais là-bas, il avait une famille. Je n'en ai jamais su davantage. Il a changé son nom en arrivant ici et il a transformé une partie de cette baraque en café. Il l'a baptisée *Johannes' house*... et il a épousé une fille du coin...

– Jack, je t'ai déjà demandé de ne pas raconter ta vie à n'importe qui !

La petite femme avait ôté son chapeau de paille, libérant un chapelet de boucles brunes. Droite comme un I, elle détaillait sans sourire le visiteur.

Heureux de devoir porter une attention soutenue à autre chose qu'à l'image macabre qui obscurcissait son esprit, Hammond ne lui adressa cependant qu'un bref signe de tête. Il pressentait que trop d'amabilité de sa part n'entraînerait que mépris en retour.

De fait, elle le toisa.

– Monsieur. Je suis Laureen Owen. Mais je ne pense pas que nous soyons amenés à nous rencontrer de nouveau. Je ne veux rien avoir à faire dans cette histoire. C'est donc mon mari que vous verrez. Tout ce que je vous demanderai, c'est de ne rien voler dans le voisinage et de vous abstenir de tuer qui que ce soit pendant que vous êtes chez nous.

De façon presque militaire, elle tourna les talons, entra dans la maison, claqua la porte derrière elle.

Hammond haussa les sourcils, jeta un regard au père de Willow.

Manifestement mortifié, celui-ci soupira :

– Bon... ben... elle l'a dit, hein. Je m'en doutais un peu, à vrai dire. J'avais demandé à Willow d'arrondir les angles avec sa mère, mais cette chipie s'est défilée. Notez... je ne lui en veux pas... Je fais la même chose. Pourtant, il y a des jours, j'aimerais bien ne pas être seul sur la ligne de front...

Il haussa les épaules, précéda son visiteur jusqu'à la seconde entrée de la maison, sous l'enseigne de fer forgé de Johannes' house.

– Allez, venez. Je vais vous montrer votre nouveau home. Et ne vous en faites pas, vous ne la verrez guère. Elle a toujours des milliards d'occupations... Dieu merci.

Hammond fut saisi par la froidure qui se dégageait des murs de pierre, derrière les étagères pleines de CD de blues et de piles de Wedgwood. Il n'eut pourtant pas le temps de frissonner.

Rapidement, ils longèrent la bulle de verre qui cerclait le studio d'enregistrement, contournèrent les tables arrangées autour de la cheminée centrale, traversèrent la cuisine jusqu'au vantail arrière qui donnait sur une cour. Et un second bâtiment.

– Ce sont les dépendances de la maison. Il y a des années que je veux en faire une sorte d'éco-Bed and Breakfast. Bon... les matériaux écologiques restent chers pour nous, surtout avec le studio et tout le reste, surtout en ce moment... Je n'ai donc pas terminé. Mais c'est déjà confortable. Quand je n'en peux plus de... du salon de thé... je m'isole ici avec le prétexte de la création musicale.

Hammond baissa la tête pour passer sous le linteau, cligna des yeux.

La première pièce comportait à la fois l'équipement d'une cuisine et d'une buanderie. La seconde, avec son plafond traversé de poutres monumentales, laissait deviner une ancienne grange. Au milieu, un grand lit recouvert d'une courtepointe grenat faisait face à deux fenêtres et à une paire de commodes de chêne tout éraflées. Dans l'un des angles, une paroi blanche dissimulait une baignoire à l'ancienne et un lavabo surmonté d'un miroir aux moulures d'or passé. De l'autre côté, un vieux canapé de cuir châtaigne faisait face à la porte vitrée qui donnait sur l'arrière de la maison.

Hammond resta bouche bée.

– Et vous disiez que vous n'aviez pas fini ? Qu'est-ce qui peut bien rester à faire ?

– À l'intérieur, pas grand-chose. Mais je veux encore installer un système de recyclage de l'eau, poser des panneaux solaires sur le toit et, aux fenêtres, des vitres avec ce fameux revêtement d'oxyde de vanadium qui reflète les rayons infrarouges. Comme isolant, y a pas mieux. En plus, je crois qu'au fond, je n'ai pas si envie que ça d'avoir des étrangers ici. Si ça avait été le cas, je n'aurais pas pu accéder à la demande de Willow... Or je déteste dire non à ma fille... Même si je dois avouer qu'au début, je me méfiais de vous.

Hammond se retourna vers le vieil homme.

– Et maintenant ?

Jack le regarda droit dans les yeux.

– Si vous aviez fait semblant d'apprécier ma femme, j'aurais conservé le doute que j'avais encore vous concernant. Mais étant donné la façon dont...

Il s'interrompit, fit la moue.

– Bref... je ne vais pas vous embêter davantage. Videz le réfrigérateur, changez-vous si vous voulez. Ici, la cafetière, là, des chaussures et des vêtements... vieux, mais propres. Et ils devraient être à peu près à votre taille. Demain... on verra.

Sans un mot de plus, il s'éclipsa.

Un instant désorienté, Hammond jeta sa veste sur le lit, s'approcha des fenêtres. L'arrière des dépendances, orienté sud-est, donnait sur la baie. Il n'y avait pas âme qui vive. Sa gorge se serra.

Plus que jamais, il se sentit hors du monde.

Apatride. Proscrit.

Hors-la-loi.

14

Semaine 5. What you do to me[1]

Mercredi, 11:51 (UTC–5)

EN FIN DE COMPTE, c'était une journée d'été du temps d'avant. De celles qui n'étaient plus censées exister ailleurs que dans les souvenirs. Au-dessus de la tête de Hammond, le ciel semblait plus limpide que jamais, débarrassé de l'humide lourdeur des orages. Devant lui, l'herbe dorée s'ébouriffait sous le vent. Une rangée de cerisiers courait dans l'herbe, le long du sentier qui menait à la grève. À quinze mètres du bord à peine, de petits voiliers étaient amarrés à un ponton de bois. Au loin, on voyait les contours de ce qui devait être Fire Island.

Hammond marcha vers l'océan. Réalisa que, pour la première fois depuis bien longtemps, il goûtait le contact des éléments sur son corps. L'air de la mer dans ses cheveux, la chaleur du soleil sur sa peau. Comment avait-il pu laisser ses ambitions l'enfermer ainsi ? Comment avait-il pu attendre d'être hors-la-loi pour retrouver tout cela ?

Du bout de sa chaussure, il expédia un caillou dans l'eau translucide. Le ressac mordait la frange d'algues qui dessinait les limites du reflux. La marée était haute.

Un bruit de moteur le sortit du miséricordieux engourdisse-

1. *Ce que tu me fais*, Minor Majority.

ment qui le gagnait. Il leva les yeux. Des hors-bords venaient d'entrer dans son champ de vision. Deux minces silhouettes de skieurs étaient accrochées comme des pantins rigides à l'extrémité de leur câble.

Il entendit qu'on le hélait, pivota.

Sur l'un des voiliers, une silhouette féminine lui faisait signe de la main.

12:13

Katia tournait la tête pour que son visage s'offrît au soleil lorsque, sur la plage, elle le vit.

Ses jambes étaient longues dans le jean, ses cheveux courts ébouriffés par le vent. Les mains dans les poches, il la regardait.

De là où elle était, elle ne voyait pas son visage, guère que la forme de sa mâchoire, la largeur de son cou. Mais elle était persuadée de ne jamais l'avoir rencontré dans le coin. Elle reconnaissait les hommes de loin, surtout ceux de cette partie des Hamptons. Elle agita la main vers le rivage.

À ses côtés, Lesley se mit à rire.

– Tu le fais fuir !

Effectivement, il tournait les talons.

Elle fit la moue, le regarda remonter le sentier entre les cerisiers, entrer dans la maison. Ainsi, il était là.

C'était bon à savoir.

Jeudi, 05:57 (UTC–5)

Ce fut le soleil qui, se faufilant entre les rideaux, le tira de son sommeil. Il se dressa vivement, consulta sa montre.

Six heures du matin. En locale. Bon Dieu.

Il avait dormi plus de dix-sept heures d'affilée. Il jeta ses vêtements sur le sol, enjamba le rebord de la baignoire, fit couler la douche. À fond. Longtemps.

Chasser les idées noires. L'accumulation des regrets.

Enfin, il émergea d'un nuage de vapeur, se sécha, enfila au hasard une vieille chemise et un jean trouvés dans la commode. Fourra ce dont il avait besoin dans un sac de toile. Un journal pioché dans une corbeille, le pain de mie et le bacon découverts dans le réfrigérateur, un thermos empli du café de la veille. Puis il claqua la porte derrière lui. Il était mort de faim, mais avait aussi plus de dix jours d'immobilité à compenser.

Devant lui, le brouillard qui noyait les contours de Fire Island se levait. Et au fur et à mesure que le soleil montait sur l'horizon, les eaux de l'Atlantique s'éclaircissaient sous le vent naissant.

Hammond hésita.

Vers l'est ou vers l'ouest ?

À cet instant, lancés dans une course contre la houle, deux monocoques émergèrent de la brume.

Il décida de prendre la même direction qu'eux, de tester le sort.

Il longea les jardins jusqu'à une petite crique, où il s'assit au bord de l'eau. Mordit dans un sandwich pain-bacon.

Le meilleur du monde.

Il ouvrit le journal, respira l'air marin. Le bruit du ressac l'envahissait. Ses nerfs se détendaient.

Mais subitement, une bourrasque de vent rabattit les pages. Le titre de l'article se mit à danser devant ses yeux :

« Socio-psychology of murder ».

Il fronça les sourcils. C'était le genre de choses qu'il dédaignait totalement en temps ordinaire.

Pourtant, ici...

Des bribes de phrases lui sautèrent à la figure. Alors même qu'il refusait de s'avouer qu'il était fasciné. Hypnotisé.

« Quatre-vingt-dix pour cent des meurtriers dans les couches les plus pauvres des milieux populaires... », « Des violences psychologiques ou physiques... », « Une déstructuration familiale complète »...

Le morceau de pain qu'il était en train d'avaler se colla à son œsophage. Il toussa.

Pourquoi se sentait-il concerné par cette description ?

Tu le sais bien, crétin.

Il attrapa le thermos de café. Se leva d'un bond.

Derrière lui, une voix protesta :

– Vous partez sans m'en offrir ?

Sidéré, il se retourna.

09:06

Il y avait dix bonnes minutes que Katia l'observait depuis le haut de la sente. Elle avait noté le front haut, les muscles des bras sous la chemise. Elle aurait voulu voir ses yeux. Mais il était trop loin.

Elle s'avança. Il ne devait pas lui filer une fois encore entre les pattes. Elle ouvrit un bouton supplémentaire à son chemisier, l'interpella.

Il eut l'air si surpris qu'elle éclata de rire sans retenue. Elle savait que sa gaieté s'égrenait agréablement dans l'oreille des hommes.

– Oh, je ne voulais pas vous faire peur...

– Je ne vous ai pas entendue descendre.

Il n'avait pas l'air spécialement aimable, comme si elle le dérangeait.

Il ramassa le journal, jeta le sac de toile sur son épaule.

Zut, il se sauve.

– Je suis désolée...

Katia planta ses yeux dans les siens. Tendit sa cheville, légèrement tournée. La cuisse ouverte.

– Ce sont mes espadrilles... elles sont trop silencieuses.

Il jeta un œil distrait au mollet fuselé, fit mine de contourner la jeune femme.

– Je vous laisse la place.

Elle posa la main sur son bras. Son chemisier laissait voir bien plus que la naissance de ses seins, elle en était certaine.

– Oh non ! Je ne veux pas vous chasser. Voyez-vous, je viens souvent nager par ici. Mais c'est agréable d'avoir un peu de compagnie...

– Je suis certain que vous n'en manquez pas. Excusez-moi, je ne peux pas rester.

Il rejoignit si vite le haut de la sente qu'elle en resta stupéfaite. Et lorsqu'il disparut, elle jura.

09:17

Son cœur battait bien plus vite que l'effort minime de la marche ne l'exigeait.

Cette fille...

Ses cheveux lâches dans un foulard bigarré, la lumière brute sur la naissance de ses seins... Quelque temps auparavant, Hammond n'aurait sans doute pas donné sa part au chat.

Mais là.

Il regarda sa montre.

Seulement.

Il fallait qu'il fasse quelque chose.

N'importe quoi. Mais agir.

Ou il allait devenir cinglé.

Un goéland passa au-dessus de sa tête. Hammond leva les yeux, reprit le chemin le long des jardins.

Bientôt, il entendit les murmures et le cliquetis d'une vaisselle que l'on débarrassait. Et les rires.

Des fantômes.

La nervosité le gagna.

Il se rapprocha de l'océan, fut saisi par l'odeur du varech, entre dessèchement et pourrissement, décomposition et putréfaction. Là où végétal et animal se rejoignent.

Non. Pitié.

Enfin, à son grand soulagement, se profila la masse sombre de la maison des Owen. Et le pick-up de Jack qui démarrait, avec deux silhouettes à l'avant.

Hammond poussa la porte, se dirigea vers la cuisine. Peut-être y avait-il des alcools quelque part.

Du cognac ou autre chose de plus fort.

Il fit un pas. Se figea. Il n'avait ouvert aucun volet avant de partir, il en était certain. Pas davantage, il n'avait branché la bouilloire. Qui gargouillait à présent. Son cœur s'accéléra. Si Jack et Laureen étaient sortis...

Alors, qui ?

Il s'avança silencieusement, retint son souffle.

Elle avait les yeux fixés sur la première page du *New York Times*. À travers la fenêtre, la lumière du matin donnait des reflets auburn à ses cheveux, faisait ressortir la blancheur de sa peau sous son chemisier bleu.

Elle releva la tête.

– Bonjour... Vous avez l'air en forme. C'était comment ce voyage ?

Il s'éclaircit la gorge.

– Euh... Long... Vous aussi vous avez l'air en forme. Il y a longtemps que vous êtes là ?

Il se maudit de n'avoir pas trouvé autre chose. Elle paraissait tellement à l'aise.

Lui aussi l'était d'habitude.

D'habitude.

Il réalisa alors que ce qui le désarçonnait chez elle tenait en un paradoxe. D'un côté, il avait presque l'impression d'être face à un double féminin, tant il anticipait parfois ses réactions. De l'autre, elle lui était au contraire totalement étrangère.

Il s'adossa gauchement au mur.

Elle replia le journal.

– Je suis arrivée il y a quelques minutes. J'ai juste fait un saut à l'appartement pour laisser mes affaires... et une amie m'a déposée. Elle travaille à New York. Mais en ce moment, l'ambiance est détestable. Elle revient à Bellport dès qu'elle peut.

– Je viens de voir filer la voiture de vos parents. Vous les avez vus ?

– J'ai tout le temps ! Je suis en vacances, maintenant...

Il avait cru la voir rosir. C'était sans doute le soleil.

– Bon, commença-t-il, je vous ferais bien les honneurs de la maison, mais vous la connaissez mieux que moi. Vous voulez boire quelque chose ?

– J'ai fait bouillir de l'eau...

Elle fit mine de se lever.

Il s'avança.

– Non. Dites-moi. J'ai trouvé le café, mais pour le reste...

Willow pointa son index sur le buffet.

– Le thé est là-dedans, en bas, à côté des céréales et du sucre... et devant les alcools.

Elle rit, fronça le nez.

– Avec papa, il y en a toujours. Comme si, in utero, il avait souffert de la Prohibition !

Hammond sortit une boîte de fer-blanc et un sucrier, regarda derrière l'espace vacant, siffla.

– Eh bien... Rien de jeune. Il a du goût votre père.

Il posa les tasses et le thé sur la table, plongea une petite cuillère dans le pot de sucre. Se força à regarder ailleurs que dans l'encolure du chemisier bleu. Tressaillit lorsqu'elle posa ses doigts sur son poignet.

– Eh, stop ! Vous voulez me faire doubler de volume ?

– Pardon... je...

Hammond reposa la cuillère dans le sucre, lentement.

Tu n'as plus quinze ans. Et elle n'est pas ton genre. Elle a les genoux osseux et un fichu caractère. Si tu veux la baiser, il faut que tu puisses te tirer ensuite. Ce n'est pas le cas. Contente-toi du cognac.

Mais il s'assit sur la chaise à côté d'elle, respira son parfum. Tenta d'avaler la boule qui lui montait dans la gorge. Il aurait donné n'importe quoi pour connaître le goût de sa langue. Ou simplement pour qu'elle...

Il se mordit la joue. La regarda souffler sur son thé. Doucement.

– Je vous aurais bien téléphoné, disait-elle. Mais je devais récupérer des trucs ici et...

Il se détendit. Elle se justifiait. Finalement, peut-être était-elle mal à l'aise elle aussi.

Dire quelque chose ou la laisser sortir seule de son bourbier ?

Il opta pour la seconde solution. Mesquine mais agréable vengeance. Cependant, elle passa à autre chose :

– Je voulais vous dire... J'ai eu confirmation du cadavre de Brooklyn par mon copain journaliste. Il vient de sortir l'histoire dans la presse mais, a priori, personne n'a encore fait le lien avec l'Écosse... de façon officielle au moins. Pour l'instant, c'est juste « La fille morte sous les petits pois surgelés ».

Hammond scruta les nœuds dans le bois de la table. Pendant quelques minutes, il avait presque oublié.

Il reposa sa tasse.

De l'Earl Grey.

Il avait horreur de ça.

– Et ?

Les yeux de Willow naviguèrent vers les étagères posées sur le mur, revinrent se poser sur Hammond.

– C'était une étudiante étrangère... Kurde d'Azerbaïdjan, de mémoire. Elle a été mutilée et tuée d'une façon presque identique à ceux de St Andrew. Des entailles sur le ventre, une sorte de prélèvement dans le cerveau, sans ouverture de la boîte crânienne. Pas de tête coupée, donc... mais une trace sur la gorge... et d'autres sur les poignets, les chevilles. Et, sur le torse, du gel qu'on utilise pour poser des électrodes. J'ai aussi récupéré les articles parus dans la presse juste après votre départ.

Il murmura :

– C'était donc ça...

– Pardon ?

– J'avais vu quelque chose sur Sara, sur... Mais je n'avais pas réalisé qu'il s'agissait de traces d'électrodes...

Il s'interrompit.

– Et... il y a d'autres détails ?

Sans le lâcher du regard, elle fit glisser son index sur le rebord doré de sa tasse.

– Il y a aussi une analyse de sperme qui est en cours parce que, cette fois, avant d'y passer, la fille a eu des rapports sexuels. Pourtant, comme il n'y a pas eu de violences, les flics se demandent si c'est bien le même assassin. En plus...

Cette façon qu'elle avait de se concentrer sur ce qu'elle disait. Et sur lui. En semblant perdre toute conscience du reste, y compris d'elle-même.

Hammond plongea à nouveau la cuillère dans la poudre blanche. Très sucré, l'Earl Grey passait mieux.

– En plus ?

Willow fixait maintenant les doigts qui remuaient le thé dans la tasse.

– Le type qui a fait ça était probablement gaucher, comme celui qui a œuvré à St Andrew.

10:13

Mac Leod lâcha la cuillère. Plongea sa main gauche sous la table.

Willow leva les yeux vers lui. Le sang avait reflué de son visage.

Deux rides profondes s'étaient creusées entre ses sourcils. Sous la table, sa jambe tressautait spasmodiquement.

Elle se mit à tripatouiller le carré de papier de son sachet de thé.

Coupable ?

La jeune femme était certaine que non. Alors ?

Vulnérable ?

La réponse lui paraissait évidente. Mais l'était-elle vraiment ? Et pourquoi ? N'était-ce dû qu'à ce qui s'était passé en Écosse ? Ou sa présence à elle y était-elle également pour quelque chose ?

Des sentiments paradoxaux envahirent Willow. De l'allégresse, tout d'abord : qu'elle combattait car elle en avait un peu honte. De la peur ensuite : qu'elle eût déjà suscité ce genre de réaction était une chose, qu'elle eût senti une quelconque réciprocité en était une autre. Pourtant, elle ne devait pas le laisser se couper d'elle comme il était en train de le faire, car alors elle ne saurait jamais.

Et je veux savoir.

Elle esquissa un sourire.

– C'est idiot.

– Qu'est-ce qui est idiot ?

– Ce que vous venez de faire. C'est vrai que je ne m'en étais pas aperçue auparavant... mais on ne va pas vous soupçonner simplement parce que vous êtes gaucher. Après tout, Mac Enroe l'est également, et tout un tas d'autres gens.

Il lui jeta un regard incertain.

– Mais Mac Enroe n'a pas embauché l'une des victimes et couché avec une autre, vous le savez bien. Vous auriez vu votre tête il y a trente secondes...

Willow haussa les épaules.

– Ben oui, ça m'a fait un peu froid dans le dos, c'est vrai. Pourtant, matériellement, vous ne pouviez pas être ici et à St Andrew en même temps. Je parle du meurtre de la fille aux petits pois. Au moment où elle a vraisemblablement été tuée, vous étiez à cette sauterie bizarre pendant laquelle vous ne m'avez même pas adressé la parole... Faire un aller-retour St Andrew-New York entre deux cirages de pompes vous aurait demandé une technologie qu'on est encore loin d'avoir. Ou alors vous avez un jumeau... ou vous employez une bande d'assassins des deux côtés de l'Atlantique.

Elle se mordit la lèvre. Mais il était trop tard.

Crétine. T'as pas pu t'empêcher de lui dire, hein, que ce soir-là, il s'était conduit comme un trou-du-...

Willow recula sa chaise. Derrière la fenêtre, dans la cour, l'un des petits-fils de Littlebig jappait en se roulant dans un torchon qu'il avait dû voler dans la cuisine de Laureen.

Le ton de Mac Leod se fit hésitant :

– Je n'ai ni jumeau ni bande d'assassins à ma solde. Par ailleurs, si je ne vous ai pas parlé ce soir-là, c'est que... je... je n'ai pas osé...

La jeune femme écarquilla les yeux.

– Pardon ?

Mac Leod contempla le fond de sa tasse. Comme si sa vie dépendait de ce qu'il lirait dans la montagne de sucre qui avait absorbé le thé.

– Je n'ai pas osé. Après ce qui s'était passé... et...

Il releva les paupières.

Leurs regards se rencontrèrent.

Willow sentit sa gorge se nouer.

Changer de sujet. Vite.

– Est-ce que vous avez une idée de ce qui a pu arriver à ces gens ?

– Oh, à fond de cale, j'ai eu le temps de balayer un tas d'hypothèses. Tout d'abord concernant Sara. De deux choses l'une. Ou bien son meurtre n'a rien à voir avec les autres... mais alors, je ne comprends pas le pourquoi des entailles sur le ventre, ni de la position du corps. Ou bien il fait partie de la même série et, pour une raison quelconque, le tueur a été obligé d'emmener la tête avec lui pour faire ce qu'il fait d'habitude sur place. Je n'ai pas la moindre idée du temps qu'il faut pour soit trancher une tête, soit aller chercher...

Il frissonna.

– Bref... Maintenant, les raisons de tout ça... Dans la série des bizarres, et en sus des trucs politiques habituels, j'ai pensé aux fanatiques. Voyez-vous, en dépit de notre... de notre relation, je ne connaissais pas vraiment Sara... pas du tout, même. Elle m'avait bien dit qu'elle venait de Géorgie, mais qu'elle n'était pas née là-bas, parce qu'elle avait fui son pays avec une partie de sa famille. Ça s'arrêtait là. En dehors de son mari libanais qu'elle évoquait de temps à autre, sans doute plus pour me faire marcher qu'autre chose, elle ne parlait pas de son passé avec moi...

Il eut une grimace gênée. Et Willow ne put se retenir :

– En fait, vous ne parliez pas beaucoup.

Il se racla la gorge.

– Non, pas tellement... Elle avait vécu des choses pas très drôles. Et elle avait plus ou moins senti, je crois, que...

Willow avala sa salive. Baissa la voix :

– ... que c'était pareil pour vous ?

Il détourna les yeux.

– Bref. Tout ça pour vous dire que les seules hypothèses que je peux émettre n'ont guère de rapport avec Sara. Davantage avec ce que ce cinglé lui a fait, avec ce que j'ai vu de son corps... Et donc avec le parallèle que je peux effectuer entre elle, le jardinier de l'école, et les autres. La manière dont on les a traités évoque pour moi une sorte de sacrifice religieux... Là où ça cloche, c'est dans le prélèvement du cerveau. S'il n'y avait pas eu d'autopsie, personne ne s'en serait rendu compte. En l'occurrence, cela ressemble plus à une biopsie qu'à autre chose. Je me suis souvenu avoir lu quelque chose sur les cathares, en France. Il paraît qu'on leur coupait les lèvres, les yeux, les oreilles, avant de les mettre sur le bûcher des hérétiques. Tout cela restait très voyant, si vous voyez ce que je veux dire. Tout était dans un symbolisme flagrant...

– Et ce prélèvement de matière cérébrale n'a rien de flagrant...

C'est même invisible pour le commun des mortels... sauf pour un médecin.

– Vous croyez qu'un médecin ferait un truc pareil ?

– Comment voulez-vous que je le sache ?

– Je me disais qu'avec toute cette expérience que vous avez avec les rats...

Willow lança à Mac Leod un regard assassin. Les coins de sa bouche remontaient. Et il se mordait la lèvre inférieure en jouant avec sa cuillère.

Comment peut-il plaisanter en parlant de...

Pourtant, elle retint un sourire, inclina la tête.

– Si je peux vous donner un conseil, tenez-vous à carreau pendant que l'enquête avance, à la fois en Écosse et à New York. Parce que, si vous n'êtes pas mauvais pour l'ironie, pour les déductions, je vous trouve un peu léger. Et encore davantage pour l'analyse des comportements humains.

Il reprit son sérieux.

– Sans doute parce que je n'ai jamais travaillé avec de vrais désaxés. Quant aux déductions, je fonctionnerais plutôt comme ces casseroles à vapeur où on fourre tous les ingrédients sans ordre particulier.

– Une cocotte-minute...

– Exact. À un moment, sans que je sache exactement pourquoi, le truc se décante et l'idée fuse.

– Et vous fonctionnez comme ça dans tous les domaines ? C'est pour ça que, en plus de la trace de balle sur le front, vous aviez la lèvre abîmée et le dessus de la main noir lorsque je suis venue vous voir au labo, à St Andrew ?

10:39

La garce.

Hammond se laissa aller contre le dossier de la chaise, mit quelques secondes à retrouver l'usage de la parole.

– Vous en avez encore beaucoup des comme ça ?

– Ça fait partie de mon métier.

– Flic ou journaliste, même combat ?

Il sentit sa voix devenir rêche. À deux reprises, en quelques minutes, elle l'avait amené sur le fil du rasoir. Était-ce sa façon à elle de formuler une fin de non-recevoir ? De mettre un terme à cet espoir idiot qui, sans qu'il acceptât de le reconnaître, avait vu le jour ces derniers temps ? Il l'observa en silence.

Sans ciller, la jeune femme soutint son regard et, tranquillement, porta sa tasse à ses lèvres. Sa main ne tremblait pas. Mais les jointures, crispées sur l'anse, blanchissaient.

Hammond détourna les yeux. Se serait-il trompé ? Peut-être voulait-elle juste... ? Il décida de temporiser.

– Je suis allé voir l'endroit où avait habité le jardinier. C'était dans l'un des quartiers les plus glauques de Dundee... et je me suis fait jeter. Un moment, j'ai pensé qu'il y avait eu une magouille immobilière derrière tout ça. Un promoteur qui aurait voulu récupérer le coin à tout prix pour en faire quelque chose de chic et qui aurait expulsé les habitants avec des méthodes... disons... particulières... Mais à Dundee... Et le marché étant ce qu'il est ces derniers mois...

Willow parut se détendre.

– Franchement, entre expulser et tuer, il y a un fossé. De plus, en ce qui concerne la jeune femme que vous connaissiez et la fille aux petits pois... La première vivait dans un endroit luxueux et la seconde sur le campus de sa fac...

Hammond se leva, porta les tasses dans l'évier.

– Oui... c'est peu plausible... Au fait, quelle fac, pour cette étudiante ?

– Columbia. Et... j'aurais bien pris encore une tasse de thé, mais si vous me fichez dehors...

– Oh, pardon !

Confus, il se retourna. Avoua en riant :

– Je déteste tant l'Earl Grey que j'ai du mal à comprendre qu'on puisse avoir envie d'en boire plus d'une tasse !

Willow recula sa chaise.

– Pas grave, il faut que j'y aille de toute façon. Mais avant... Tenez, je vous ai apporté quelque chose...

Elle venait de tirer de sous la table une mince sacoche noire. Et en sortait un petit ordinateur portable.

– Vous en aurez besoin. Il date un peu. Vous n'aurez pas de logiciel de téléphonie comme chez vous. Et pour l'internet, vous devrez vous brancher sur la ligne de mes parents. Ici, il n'y a pas d'ADSL, rien qu'un réseau téléphonique classique. Vous allez un peu ramer mais la connexion est à mon nom, avec mon adresse de Brooklyn. Donc, pas de risque que vous soyez repéré. Cela dit, faites quand même attention, surtout si vous envoyez des mails en Écosse. Sinon, vous ne serez pas le seul à avoir des ennuis... Maintenant, je...

Il la vit se redresser. Ne put retenir la phrase, ni en contrôler le ton :

– Vous partez vraiment ?

Elle esquissa une grimace.

– J'ai entendu la voiture de mes parents...

Il lui tourna le dos, fit couler l'eau dans la première tasse.

– Merci pour le portable. J'espère que je pourrai bientôt vous le rendre...

Mais elle avait déjà traversé la cour, vers le salon de thé des Owen.

Ce ne fut qu'alors que Hammond se rappela le jeu qu'il avait trouvé sur le web.

J'aurais dû lui en parler.

Ce serait pour une autre fois.

Une autre fois.

Jeudi. 10:42 (UTC)

– Oui, j'appelle dès que je suis arrivé ! Oh, Trevor... De nos jours, les aéroports sont tellement surveillés que ce sont sans doute les endroits les moins dangereux du monde. Oui, j'ai mon sac transparent avec tous les cent millilitres. Non, si je n'ai pas assez pour là-bas, j'en achèterai sur place. Trevor, bordel, je me fous de la marque de la mousse à raser. Non, non, c'est un type de la police new-yorkaise qui vient me chercher. De toute façon... Oui... Moi aussi, tu le sais bien, moi aussi...

Avec soulagement, Barney ferma son portable. Trevor était un garçon charmant, très brun, très élégant, très bon cuisinier. Très anxieux.

Et très anxiogène.

Il tendit son passeport et la référence de son billet à la fille derrière le guichet, posa sa valise sur le tapis roulant.

– Non, côté couloir, s'il vous plaît, en queue d'appareil. Et si vous pouvez vérifier que je ne suis pas au milieu d'une famille nombreuse, ça m'arrangerait. OK, merci.

Il ajusta la sacoche sur son épaule, glissa un cure-dent entre ses lèvres. Évoqua Maggy que, la veille, il avait laissée endormie entre ses draps froissés. Il allait falloir qu'il se décide. D'un côté, la sécurité du foyer avec Trevor. De l'autre, ce qu'il fallait bien considérer comme un adultère. Entre les deux (et en dépit du piquant de la chose), d'infernales simagrées.

Et s'il n'y avait eu que ça.

L'enquête sur les corps au cerveau ponctionné n'avançait pas comme elle aurait dû. Barney avait bien prospecté du côté des proches des victimes. Mais ces derniers ne connaissaient pas grand monde en Écosse. Il avait ensuite rencontré le chercheur auprès duquel l'étudiant assassiné avait été stagiaire. Mais le bonhomme lui avait tellement pris la tête avec ses travaux que Barney s'était esquivé, après lui avoir demandé de lui envoyer un topo par e-mail. Ça n'avait guère été plus loin. Le lendemain, la criminelle de New York l'avait contacté : à Brooklyn, on avait trouvé le cadavre d'une fille dans un congélateur. A priori, le mode opératoire avait été le même que celui des meurtres de St Andrew. Et, cerise sur le gâteau, des clandestins appréhendés à proximité des quais de Red Hook avaient donné leur passeur. Une fois alpagué, le type avait décrit tous ceux qui avaient fait partie de la dernière cargaison. Parmi eux, un Anglo-Saxon blanc qui ressemblait fortement à Mac Leod.

Barney s'effondra sur un siège de la salle d'embarquement. New York lui permettrait peut-être d'y voir un peu plus clair.

15

Semaine 5. Chain kill[1]

Dimanche, 21:38 (UTC–5)

LE SOIR était le moment idéal pour courir. Les gens étaient rentrés chez eux. La journée s'alanguissait. Hammond avait alors cette impression d'entre-deux-mondes, d'entre-deux-temps, où il ne se sentait pas davantage étranger que quiconque.

Mais, il n'avait pas couru cinq kilomètres que le vent se mit à souffler de plus belle, drossant l'océan bien au-delà de l'habituelle limite des marées, au point de noyer le sentier côtier. Il rebroussa hâtivement chemin jusqu'à la maison des Owen, claqua la porte derrière lui, souleva un rideau. Les tourbillons tassaient du sable devant les fenêtres des dépendances. La mer écumait sous le ciel rougeoyant. Les voiliers avaient été solidement amarrés. Il n'y avait plus âme qui vive sur cette partie de la côte.

Hammond frissonna. Depuis que Willow était repartie, l'endroit lui paraissait confiné, glacial.

Et désespérément vide.

Heureusement, il avait le portable. Il s'assit sur le lit, lança la connexion internet. Pour apathique qu'elle fût, cette dernière lui

1. « Meurtres à la chaîne », expression couramment utilisée dans certains jeux vidéo.

avait permis de ne pas perdre le lien avec Willow. Et il venait de décider qu'elle allait lui permettre également de prendre un risque : demander à Martha d'effectuer les recherches qu'il ne pouvait faire, à moins d'y consacrer des semaines.

Des semaines. Non. Il va se passer quelque chose avant. Ce n'est pas possible autrement.

Le voyant rouge devint vert. La liaison était enfin établie.

Hammond ouvrit la boîte aux lettres qu'il s'était créée deux jours auparavant.

Rien. Évidemment.

En tentant de réfléchir le moins possible, il envoya un e-mail à son assistante. Puis surfa lentement sur les sites de l'université de St Andrew, consulta quelques quotidiens en ligne, finit par se résigner.

Rien.

Il soupira. Comment s'appelait ce truc déjà ? Ah oui, le « Jeu des vingt carrés »... Au point où il en était.

Il entra le nom dans le moteur de recherche.

Et voilà.

Le jeu était toujours là. Il apparaissait même dorénavant dans les dix premiers résultats. Il devait attirer du monde, finalement. Ou alors son webmaster bombardait les sites spécialisés dans les jeux de textes qui contenaient un lien vers celui-ci. Et les moteurs de recherche lui définissaient ensuite une position plus avantageuse. Mais quel intérêt ?

Et quelle importance de toute façon ?

Hammond positionna le curseur sur le lien. Appuya.

Le fond d'écran outremer fut pris d'assaut par une sinistre vague couleur cendre.

Surpris, l'universitaire fronça les sourcils. La page d'accueil avait-elle changé ? Était-ce l'un de ces univers persistants dans lesquels la partie continuait d'évoluer alors que le joueur avait quitté la session ?

Après une brève hésitation, il poussa son doigt sur le pointeur.

Peu de temps après, il avait franchi le labyrinthe. Et le plateau de jeu apparaissait, avec le commentaire du webmaster :

Pour notre partie, Numéro Cinq, j'ai sélectionné les « pions » par lesquels nous laisserons notre empreinte.

Pour l'instant, c'est mon tour. Mais le tien viendra, rassure-toi.

Son tour ? Le mien ?

Hammond balaya du regard les positions des pions sur le plateau. Vit les pièces se retourner. Le 3 et le 2 s'afficher.

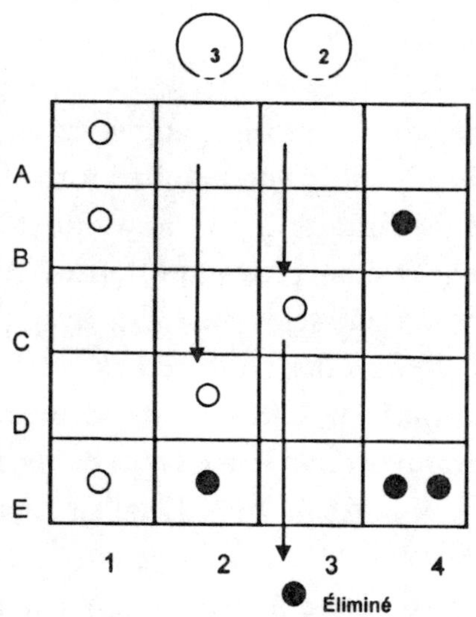

Une nouvelle ligne de texte s'imprima :

Voilà, le pion noir en C 3 doit être éliminé. Veux-tu voir qui se cache derrière ? Regarde attentivement ton écran et clique sur ce visage...

Hammond se frotta la nuque, regarda sa montre. Trois heures du matin.

Déjà.

Il n'avait plus guère envie de jouer. Il s'approcha de l'une des fenêtres qui donnait sur la plage. Le vent avait ramené une escadrille de nuages noirs qui occultait complètement la lune. Malgré cela, il faisait chaud dans la pièce. Et humide. Il avait l'impression de se mouvoir dans un pot de colle.

Il revint se coucher à côté de l'ordinateur qui ronronnait, battit des paupières.

Sa tête bascula sur le côté.

Lundi, 08:15 (UTC)

Si dans la majorité des entreprises anglo-saxonnes, la première pause café du matin n'était qu'une courte formalité, il n'en était pas de même à l'université de St Andrew. Était-ce parce que la dépense intellectuelle y était plus importante ? À cause des étudiants royaux qui y avaient séjourné ? Ou du golf qui réunissait les trois quarts des effectifs dès l'aurore ?

Nul ne le savait vraiment. Néanmoins, depuis que le docteur Mac Leod s'était évanoui dans le paysage, ce moment particulier tournait à la course à la trash info. Il fallait bien admettre que c'était la première fois que l'un des dirigeants de l'institution était recherché pour meurtre. Ce qui faisait que « l'affaire Mac Leod » prenait, dans la majorité des conversations, la place des matchs et autres feuilletons du samedi soir.

En dépit de cela, Martha désespérait. Elle ne verrait sans doute plus son cher patron (hormis peut-être dans la rubrique des faits divers). Elle allait perdre son poste. Elle ne pouvait plus approcher du distributeur de boissons sans avoir à répondre un sempiternel « Je ne sais pas où il est ». Et elle avait l'impression d'entendre systématiquement en retour : « De toute façon, ma poulette, ce n'est pas vers toi qu'il viendrait le cas échéant. »

Puis il y eut ce matin-là. Depuis son arrivée à l'école, opposant logique désabusée et espoir opiniâtre, les hémisphères gauche et droit du cerveau de Martha s'étaient chamaillés pour savoir si, oui ou non, ils allaient lui permettre d'ouvrir sa boîte mail personnelle. Depuis un quart d'heure, ils avaient laissé tomber le sujet, se concentrant sur la problématique « entamer ou non un troisième scone ». Depuis cinq minutes, ils se focalisaient sur l'extraction d'entre deux dents d'un morceau de raisin sec. Aussi ne réagirent-ils pas lorsque les doigts de la jeune femme s'égarèrent de nouveau sur la souris. Et que ses yeux découvrirent le message.

Dès cette seconde, Martha recommença à travailler pour son futur ex-patron. Tout ce qu'elle pouvait réunir sur les victimes, afin qu'il pût leur trouver un point commun, voire plusieurs, et envisager de comprendre.

Dès cette seconde, elle redevint une collègue supportable.

Lundi. 12:19 (UTC–5)

Sur l'écran, à une dizaine de centimètres de Hammond endormi, le texte clignotait :

> Clique sur le visage, Numéro Cinq. Clique sur le visage...

Mais, perdu dans son rêve, Hammond ne voyait rien. Jusqu'à ce que la sueur le recouvrît, qu'un haut-le-corps le soulevât.

Haletant, il passa alors une main sur son front, se redressa, leva les yeux vers la fenêtre. Au-dehors, le jour était sombre. Les nuages couraient devant le soleil, ne laissant filtrer qu'une pâle lumière jaunâtre. Le vent continuait de siffler sur le toit. Et, quelque part de l'autre côté de la maison, un volet battait.

Il retroussa sa manche sur sa montre.

Bon sang.

Il se pencha vers le portable posé à côté de lui, appuya machinalement son index sur le pointeur, se leva du lit. Et alors que, dans la pièce adjacente, il mettait la machine à café en route, s'afficha un visage. Puis une légende :

Elle marche, dans la rue, comme tout un chacun. Et pourtant, si l'on en croit le fil qui court dans le dédale du temps, cette femme a été, elle est et elle sera. Bien davantage que la majorité d'entre nous. Car elle détient la clé de ce qui fut. Et ses mots, ceux du passé, vont au-delà de notre compréhension.

Avec moi, Numéro Cinq, tu vas avoir le privilège de découvrir ce qui a fait sens aux temps glorieux, ce qui a été à l'origine de ce que nous sommes.

Je vais donc accomplir son futur. Le jeu accomplira son passé. Et un destin entier va se tracer.

Maintenant, laisse-moi le temps de la préparation. Ensuite seulement, tu pourras revenir te régaler...

Lundi, 17:20 (UTC)

À toute allure, Martha pénétra dans son bureau, alluma son ordinateur et, les mains tremblantes, s'assit. L'hyperactivité la guettait. Et il y avait de quoi. Elle venait de passer la journée à jongler entre internet et le téléphone, à galoper à droite et à gauche : l'agence des frontières et de l'immigration du Home Office, l'hôtel de ville, le bar à vins à côté du poste de police, l'appartement de la petite amie de l'étudiant syrien. Pour en savoir un maximum sur les victimes du fou qui était en train d'envoyer le docteur Mac Leod en enfer, la jeune femme avait forcé sa nature, bien davantage qu'elle ne l'avait jamais fait. Son seul souci ? Par une allusion de son patron, elle avait deviné qu'il devait son éloignement à la journaliste du *Guardian*. Cette pimbêche à l'allure de garçon manqué et aux os saillants.

Pas de quoi être jalouse. Vraiment.

Martha pinça les lèvres, ouvrit son e-mail, commença à dactylographier les notes qu'elle avait prises sur son calepin :

Bonjour Dr Mac Leod,

Ci-après ce que j'ai pu trouver sur les gens en question :

– Nabhel Azmîte. Jardinier. Nationalité : yéménite. Avant de venir en Écosse, il semble qu'il ait toujours vécu au Yémen. Ses parents étaient yéménites et lui-même était veuf d'une Yéménite avec laquelle il avait eu quatre enfants. Il laisse douze petits-enfants. Entre l'âge de douze ans et le moment où il est venu en Grande-Bretagne, il a, semble-t-il, travaillé pour le Centre français d'archéologie de Sanaa. C'est sans doute pour ça qu'il parlait toute une tripotée de langues, dont le yéménite, bien sûr, mais aussi d'autres langues arabes ainsi que le français et le sumérien, langue disparue, sans parenté connue. D'après ce que je sais, le sumérien a été la langue du peuple du même nom... peuple qui, venu d'un lointain Orient, aurait envahi la Mésopotamie il y a des millénaires. La langue aurait été plus ou moins abandonnée à l'époque de l'empire d'Akkad (en Mésopotamie), de –2340 avant J.-C. à environ –2220 avant J.-C., lorsque Sargon l'Ancien (un Akkadien, c'est-à-dire d'un peuple venu de terres plus septentrionales, sans doute les anciens Liban et Syrie) a réuni les cités-États de Sumer en un seul et même royaume. Le sumérien semble avoir été la première langue écrite connue. Mais il est tombé dans l'oubli jusqu'au XIXe siècle, contrairement aux autres langues parlées dans la région, comme l'hébreu, l'akkadien, le babylonien, l'assyrien. Je me disais bien que je n'avais jamais vu de traduction de Barbara Cartland dans cette langue.

– Hakan Qorhmah. Étudiant en chimie, Nationalité : syrienne. Avant de venir en Écosse, il a vécu en Syrie et, très peu de temps, semble-t-il, aux États-Unis. Son père était syrien et sa mère ukrainienne. Ils étaient tous deux médecins, passionnés d'histoire antique et collectionneurs d'ouvrages rares, au point de s'être bêtement ruinés pour ça. Je tiens ces éléments de sa petite amie. Lui était au moins quadrilingue : en sus de l'anglais, de l'ukrainien et du syrien, il parlait l'amorrite. L'amorrite est une langue ouest-sémitique (a priori proche de l'hébreu et des langues cananéennes), parlée par le peuple éponyme, venu d'on ne sait où exactement (les rives de la Méditerranée peut-être), entre la fin du troisième millénaire et la première moitié du deuxième millénaire avant J.-C., essentiellement entre la haute Mésopotamie et la Syrie du Nord.

– Sara Aklaid. Sans profession. Nationalité : géorgienne. En fait, elle a habité en Abkhazie (au bord de la mer Noire, sur la frontière russe) jusqu'en 1991, à l'époque où le président Zviad Gamsakhourdia (un nationaliste) a voulu abolir le statut d'autonomie. Elle était la fille du directeur de l'Institut de la langue abkhaze à Soukhoumi. Le monsieur en question, d'origine anatolienne, semble avoir été très respecté dans son pays. Mais il est mort lorsque les Géorgiens ont brûlé l'institut. Puis son épouse qui, elle, était géorgienne, a dû se réfugier à Tbilissi avec ses deux filles. Il semble que ce soit là-bas que Sara, l'aînée, ait rencontré son mari. Et elle l'a suivi en Grande-Bretagne. Vous le saviez sans doute, mais elle parlait le géorgien et le hourrite. Le hourrite est une langue disparue, connue seulement par la traduction récente de quelques textes hourrites-hittites. Il y a décidément des pères qui sont prêts à tout pour que leur fille se fasse remarquer en société.

Pour l'instant, si je peux me permettre, le point commun de tous ces gens est qu'ils parlaient ou comprenaient plus ou moins des langues très anciennes, voire disparues... Est-ce courant ? Je n'en ai pas la moindre idée. Si vous voulez, je peux consulter un prof du département concerné. Je crois savoir qui appeler parce que, lors de la dernière soirée donnée par l'école, j'ai entendu Walker discuter avec un certain Platten, un linguiste qui disait qu'il y a de moins en moins de langues. Depuis le XVIe siècle, leur nombre serait passé de près de 14 000 à 6 900. Et 95 % des langues restantes ne seraient parlées que par 6 % de la population mondiale. Or, pour survivre socialement et économiquement, ces 6 % de population (que les linguistes semblent appeler des « locuteurs d'exception ») vont a priori être obligés d'adopter les langues dominantes et d'abandonner les leurs. Au point que, d'ici à 2100, de 50 % à 90 % des langues parlées aujourd'hui se seront sans doute volatilisées.

Vous allez peut-être me dire que vous n'en avez rien à faire de ces chiffres... Mais (si je peux me permettre) tout cela m'amène à me poser une question : si ces fameux locuteurs d'exception sont si rares, comment se fait-il que les trois personnes citées ci-dessus semblent précisément en être ? Je me disais que je pourrais contacter Walker afin de tenter d'en savoir plus sur le linguiste avec lequel il discutait l'autre soir. Peut-être ce monsieur pourrait-il apporter quelques éléments de réponse. Comme il a l'air d'être basé à St Andrew, je ne crois pas que ce soit très compliqué de le trouver.

En revanche, pour ce qui est de l'étudiante trouvée morte à Brooklyn, cela risque d'être une autre histoire. Mais je vais essayer. S'il s'avère qu'elle parlait aussi une langue rare... En tout cas, je vous tiens au courant le plus vite possible.

Lundi. 12:32 (UTC–5)

Sa tasse de café dans la main, Hammond revint vers l'ordinateur, vit clignoter le voyant de sa boîte aux lettres, bascula directement sur la liste des messages, parcourut en diagonale l'interminable prose de Martha. Se frotta les paupières. Des phrases sur l'écran, il ne percevait qu'une bouillie de caractères minuscules et dépourvus de signification, jusqu'à ce qu'il aperçût le nom de Walker. Et bondît en lisant ce que Martha se proposait de faire. Était-elle soudainement devenue cinglée ? Si ce connard apprenait où il se trouvait... Autant glisser tout de suite sa tête dans un nœud coulant.

Il était sur le point d'envoyer une ligne cinglante à son assistante lorsque ses yeux remontèrent machinalement dans le texte, accrochèrent quelques mots :

« Sara Aklaid » ... « la fille du directeur de l'Institut de la langue abkhaze à Soukhoumi »...

Le directeur de l'Institut de la langue abkhaze.

Sara lui avait-elle parlé de lui ? Sans doute, mais il n'en avait pas le souvenir.

De toute façon, à quoi bon revenir là-dessus ? Dorénavant, une seule chose comptait : savoir que c'était vraisemblablement auprès de son père que Sara avait appris ces termes aux consonances étranges qui lui échappaient parfois. Un père qui, pourtant, était mort depuis des années.

Hammond soupira, avala une gorgée de café. Il ne voyait toujours pas où cela le menait.

Hormis quelque part entre l'Europe centrale et l'Asie peut-être.

Puisque, d'après Willow, la « fille aux petits pois » était kurde.

Et donc ?

Il fronça les sourcils. Géorgie, Abkhazie, Kurdistan... C'était comme le « *Tinker, tailor, soldier, sailor*[1] » de la comptine. La ressemblance n'existait que pour les enfants. Ou les ignorants, dont il faisait partie.

Mais à cet instant, d'énormes caractères s'inscrivirent sur la fenêtre du jeu. Il haussa les épaules et fit jouer le pointeur. Après tout, du temps à perdre, il en avait plus que de raison.

Ah, te revoilà, Numéro Cinq ! Je savais que tu reviendrais. Veux-tu revoir ton pion ?

Le visage d'une très vieille femme apparut alors sur l'écran.

Fasciné, Hammond détailla les innombrables rides qui s'encadraient d'un grand foulard noir, les lèvres minces, les yeux brillants. Puis il vit la canne blanche pendue au bout du bras. Prit conscience de la mélopée qui s'élevait dans la pièce :

Où est le roi Alulu, qui régna trois mille six cents ans ?
Où est le roi Entena, qui monta jusqu'aux cieux ?
Où est Gilgamesh, le chef, qui rechercha la vie éternelle ?
Où est Enkidu, qui manifesta sa force dans le pays ?
Où sont les grands rois, qui, de jadis jusqu'à aujourd'hui, n'ont plus été engendrés, n'ont plus été enfantés ?
Une vie sans éclat vaut-elle plus que la mort[2] *?*

---

1. « Étameur, tailleur, soldat, marin » (avec répétition des mêmes sons dans une suite de mots, utilisée dans de nombreuses chansons enfantines).
2. Ballade des héros du temps jadis (XVIIe siècle av. J.-C.)

Hammond frémit.

Le visage plissé disparut, remplacé par une silhouette drapée, assise en tailleur sur le sol. Toujours sous la même inscription :

« 2009 av. J.-C. »

Et l'animation se mit en route, portée par le lancinant refrain :

Où sont les héros du temps jadis ? Ont-ils seulement existé ? Ou ne sont-ce que de ridicules histoires, portées par le désir qu'ont les hommes de se forger de glorieux ancêtres, de prestigieux modèles ?

Voici précisément ce à quoi rêve Nefelii l'Akkadienne, alors que les étoiles montent dans le ciel. Contemple-la, Numéro Cinq. Elle est ta créature, ta création. D'ailleurs, regarde son vieux visage redevenir ardent, ses yeux se mettre de nouveau à briller lorsqu'elle plonge dans ses souvenirs. Oubliées la douleur et la fatigue des ans. Oubliés les chagrins. De nouveau, elle est la favorite d'Ibbi-Sîn, l'empereur d'Ur. Bien avant d'être défigurée par les barbares kassites, bien avant de devoir quitter la couche du roi.

Mais entends, Numéro Cinq, ce lilissu[1] *qui résonne au lointain. Et vois Nefelii qui sursaute. Sans attendre, elle redevient la musicienne la plus demandée du harem, celle qui, pour avoir tant perdu, sait consoler mieux que quiconque. Sans tergiverser, elle redevient la vieille femme à l'esprit affûté, celle qui, sans jamais médire, n'en peut pas moins prédire.*

Aussi, suis son regard, Numéro Cinq. Il est droit, mais aigu. Sans faillir, il se pose sur les femmes qui se disputent la préférence de l'empereur. Il enveloppe Ibbi-Sîn qui lisse sa barbe tressée et sa moustache. Il effleure les victuailles qui s'entassent sur la table. Et il s'enflamme. L'empereur ne songe-t-il plus qu'à cela ? Akâlu, *manger,* teĥu, *forniquer. Honte !* Bâltu *! Honte ! « Et lorsque le roi négligea l'administration des affaires et du trésor, lorsqu'il se moqua des sols infertiles, la famine se répandit autour d'Ur, et derrière les Amorrites, les Élamites traversèrent le Tigre. »*

1. Tambourin en général destiné aux prêtres.

Pourtant, qu'est-ce que la révolte d'une musicienne, Numéro Cinq ? Et qui s'en préoccupe ? Au reste, vois Ibbi-Sîn qui engloutit son vin de Karkemish, se gratte les testicules. Vois Nefelii qui secoue la tête, tente de chasser le rêve sombre qui plane au-dessus de sa tête. À propos de ces royaumes qui s'élèvent si haut qu'ils pensent ne jamais disparaître.

Étoiles mourantes, étoiles filantes. Présent, passé. Passé...

Présent, passé...

Hammond se frotta les yeux, but une nouvelle gorgée de café.

Une bonne douche...

Voilà ce dont il avait besoin. Du reste, l'écran était redevenu complètement noir. L'ordinateur devait être trop obsolète pour ce genre de jeu.

Et...

Il sursauta.

Un texte s'inscrivait. Lumineux, cette fois :

Allons, Numéro Cinq, il n'est plus l'heure de tergiverser. Avance ! Aperçois-tu cette margelle ? C'est celle d'un puits, au fond duquel t'attend le futur à l'origine du passé. T'y pencheras-tu ? Tu hésites ? Me serais-je trompé sur ton compte ? S'il te plaît, ne me déçois pas...

Ce n'est pas si difficile, tu vois. Les pierres sont à peine moussues. Et les mains des précédents joueurs ont nettoyé la fange déposée par le temps et séché la peine.

Regarde...

L'ombre au fond du puits disparut, remplacée par l'image d'une vieille femme, identique à celle qui figurait sur la photographie initiale. Si ce n'était l'expression. De terreur pure.

Hammond demeura perplexe. Avait-il fait une fausse manœuvre ? Était-il revenu en arrière ? Pourtant, cette fois, le visage s'aviva. Il ne s'agissait plus d'une animation, mais d'une mauvaise vidéo, hachée de par la lenteur de la connexion internet.

Le plan s'élargit.

Nom de Dieu.

Une lumière jaunâtre, une petite fenêtre haute sur un mur carrelé. La femme, allongée, les bras en croix, sur une table. Une ligne sombre en travers du cou, un casque sur la tête, le haut du corps bardé de pastilles blanches. Des câbles entre ces derniers et trois boîtes rectangulaires, elles-mêmes reliées à ce qui ressemblait à un ordinateur portable.

Hammond se figea.

Une silhouette sombre entrait dans le champ de la caméra, enclenchait quelques interrupteurs, faisait pivoter un large bouton rond.

Une kyrielle de sons sortit alors du haut-parleur de l'ordinateur. Couacs, couinements, clapotis, craquements.

Et ce ruissellement intermittent...

Il avança la main vers le clavier.

Arrêter ça.

Quelle qu'en fût l'origine.

Mais immédiatement, il réalisa que les bruits venaient du corps de la vieille femme, s'amplifiaient via ce à quoi ils étaient reliés.

Il plissa alors les yeux, détailla ce qu'il voyait.

Tout ce matériel.

Des convertisseurs Doppler fixés sur la peau.

Le bruit du flux et du reflux du sang dans les artères et les veines.

Un casque, muni d'électrodes, censées permettre d'évaluer l'état physiologique et psychologique du porteur. Mais ici, reliées à l'ordinateur et à de probables logiciels d'émulation de synthétiseur numérique.

Ce long et déchirant gémissement, transcription sonore des ondes cérébrales.

Un microphone, posé sur le larynx.

Ces bruits de déglutition. Ces halètements.

Un moniteur électrocardiographique.

La note sourde et rythmée du cœur

Hammond posa une main sur sa bouche, comme pour empêcher sa propre respiration de se joindre à la cacophonie. Son esprit refusait d'accepter la signification de ce qu'il voyait et entendait. Il ne réussissait pas pour autant à s'en extraire.

Des années auparavant, à Boston, il avait assisté à une performance artistico-médicale qui évoquait ce qu'il avait à présent sous les yeux. Mais la personne alors reliée aux machines était jeune, en bonne santé. Et surtout consentante.

Il se pencha vers l'écran qui devenait flou, eut juste le temps d'apercevoir la main qui approchait du visage ridé et tétanisé par la peur. D'entendre un mot :

Bâltu.

Hammond sursauta.

L'image se coupa.

La cacophonie s'éteignit aussi rapidement qu'elle était venue.

L'écran devint noir.

Et la page d'accueil du site apparut.

Hammond jura. Tenta d'entrer à nouveau dans le site. Plus aucun lien ne semblait fonctionner.

D'un bond, il fut sur ses pieds, se mit à faire les cent pas.

C'était truqué.

Avec des acteurs.

Il n'y avait pas d'autre explication. Qui aurait eu l'idée de mettre ainsi en scène des mises à mort ? Dramatique dessein qui, selon lui, ne pouvait s'abaisser à la voyeuse et emphatique vulgarité d'une vidéo d'opérette.

Il s'approcha de la fenêtre.

Et les signes trouvés sur les corps ?

Ces fameux « 2□O ».

Quelle signification ?

Deux carrés zéro ?

Ou vingt carrés ?

... quelques pions...

... et quelques meurtres.

Il secoua la tête.

Il avait probablement mal vu.

Mal entendu.

Ou alors, c'était...

... *une coïncidence.*

Il souleva le rideau.

Le vent hurlait sur le toit. Les vagues se brisaient en mille écumes luisantes. Dans un jour qui s'obscurcissait de plus en plus.

16

Semaine 5. Hardcore gamer[1]

Lundi, 13:25 (UTC−5)

QU'AVAIT-IL PENSÉ en s'envolant pour New York, trois jours plus tôt ? Qu'il pourrait souffler ? C'était compter sans tous les psychopathes et les psychorigides qui s'ingéniaient à lui pourrir la vie.

Dans la rue, devant la fenêtre du poste de police, flottait un large drapeau vermillon qui, en filtrant le soleil, donnait l'impression que les bureaux nageaient dans le sang. Barney leva la tête. Qu'est-ce qui leur prenait ?

Il haussa les épaules, se baissa vers le rapport d'autopsie que John, l'inspecteur à la tête des détectives de Brooklyn Sud, venait de poser devant lui. Fit glisser les photographies les unes sur les autres.

Et rebelote.

Heureusement qu'il avait échappé au découpage du corps.

Lacérations sur le ventre, traces de gel à électrodes, trous dans le cerveau, sans ouverture préalable de la calotte crânienne.

Cette fois, il n'y avait pas eu rapport sexuel avant le décès. Contrairement à la fille retrouvée dans le congélateur du super-

1. « Joueur passionné », expression couramment utilisée dans certains jeux vidéo.

marché, mais comme pour la bourgeoise sans tête du producteur libanais de vidéos. Et la victime était une femme de quatre-vingt-douze ans. Elle avait été retrouvée dans une poubelle de Red Hook par un promoteur immobilier en déroute.

En vidant la tasse ébréchée que lui avait donnée John, Barney grimaça. Était-ce la fumigation qui délestait une si divine boisson de tous ses arômes ? Le café qu'ils faisaient ici était encore plus dégueulasse qu'en Écosse. Et ce n'était pas peu dire. Parce que là-bas au moins, ça vous donnait une excuse pour y verser une lichette du bon vieux whisky du père Glenn. Ici, entre le double litre de coca à vous décaper un estomac d'éléphant et leur foutu jus d'orange bio, sans sucre et sans conservateur, point de juste milieu.

Barney sortit un cure-dent de sa poche, retourna les photos contre le bureau. Un ventre de quatre-vingt-douze ans découpé au couteau, un café infâme. Un Trevor qui était encore infoutu de s'y retrouver dans les fuseaux horaires et qui l'appelait au beau milieu de la nuit, une Maggy qui attendait qu'il fût de l'autre côté de l'Atlantique pour lui fixer un ultimatum.

Parce que, tu comprends, mon amour, j'ai besoin de toi.

Et lui, qui avait choisi ce moment pour arrêter de fumer, ne savait plus où donner de la tête. Et du reste.

Il mordit violement le cure-dent, se retourna machinalement vers l'écran de l'ordinateur, parcourut du regard la liste de ses e-mails. Plein de trucs inutiles, comme d'habitude. Dire que Trevor avait voulu lui offrir un Blackberry pour Noël. Si c'était pour être assailli jusque dans les toilettes de rappels à l'ordre pour des rapports en retard. C'était un truc de stars pleines aux as, pas de vrais gens.

Soudain, il fronça les sourcils.

Et ça ?

Il cliqua vivement. Mais, désappointé, fit la moue. La note du chercheur de St Andrew sur ses activités de recherche.

À propos de trucs inutiles...

Barney était sur le point de détruire le message, lorsque ses yeux s'arrêtèrent sur la deuxième ligne.

Bordel de merde. Putain de bordel de merde.

Il imprima le texte. Se raisonna.

Pas de hâte. Vérifier quelques trucs auparavant. Ne pas se rendre ridicule auprès des Yankees.

Le front soucieux, il glissa le mail dans sa poche de pantalon, s'essuya le front sur sa manche, fit la moue en sentant son aisselle, s'empara de la tasse. Se dirigea vers la kitchenette au fond du couloir. Il allait maintenant participer à la déperdition en eau de la planète en rinçant son ustensile. Pour ce genre de bouillon, il aurait mieux fait de s'abstenir.

En chemin, John l'interpella :

– Eh, mister Scottish. Tu fais quelque chose, demain soir ?

Barney se retourna en souriant.

Sympa, ce John, mais entre son café et son humour...

– Je prends une douche. C'est la fournaise, ici.

– Oui, mais c'est excellent. Ça fait fondre les graisses superflues. Non, sérieusement, avec ma copine, on va à l'Avalon. C'est une boîte sur la 20e Rue, dans une ancienne église. C'est assez drôle. Ça te dit ?

16:58

Le dos calé contre le dossier du canapé, les pieds sur une chaise, Hammond leva le nez vers la fenêtre. Derrière les nuages, le soleil devait baisser, mais il faisait encore chaud et lourd. Dans deux-trois heures, il pourrait chausser les running. Pas avant.

Il jeta le *East Hampton Star* sur le sol, déplia le *New York Times* de la veille. Survola les articles des premières pages. Dix-millième hoquet du Dow Jones et du prix du pétrole, économie en berne, famines et conflits en Afrique, inondations en Asie du Sud-Est, incendies en Europe, forages en Antarctique, prospérité des oligarchies. Curieusement, depuis quelques heures, il se sentait moins hors du monde. S'habituait-il ? Était-ce le mini-mail de Willow, qui lui écrivait qu'elle enquêtait pour lui ?

Il tournait la page qui ouvrait sur la rubrique des sports, lorsque son œil fut attiré par un titre :

« *BROOKLYN MURDER : A BODY IN THE GARBAGE*[1] ».

Il s'immobilisa.

« Les policiers de la ville de New York enquêtent afin de savoir si le meurtre récent d'une vieille femme dans Red Hook est lié à... »

Il n'en croyait pas ses yeux.

« L'assaillant a prélevé un minuscule morceau de cerveau. »

Il bondit vers le portable, lança la connexion internet.

17 heures à New York. 22 heures en Écosse.

Même si Martha n'était plus en ligne, elle trouverait sa demande de renseignement le lendemain. Elle irait toujours plus vite que lui.

Avec le haut débit...

Mais, juste au moment où il expédiait l'e-mail, un bip retentit. Ce n'était pas...

Si !

C'était elle.

Willow.

Bonjour Hammond,

Je me suis fait passer pour une étudiante auprès de la copine de chambre de la « fille aux petits pois », Dana Sharvanchay. Et j'ai eu de la chance, car elle est non seulement bavarde mais aussi d'une naïveté confondante. Elle a été jusqu'à me confier le classeur de papiers perso de sa défunte amie... J'espère pour elle qu'elle va redresser la barre, sinon, hormis dans les quelques reality-shows qui surnagent encore, elle n'a guère d'avenir professionnel. Bref, j'ai enfin vos renseignements :

---

1. « Meurtre de Brooklyn : un corps dans une poubelle ».

– Notre miss aux petits pois venait de Bakou. Pour mémoire, c'est la capitale de l'Azerbaïdjan, une sorte de mini-Dubaï de la Caspienne étant donné les bassins d'hydrocarbures qui s'y trouvent (je triche, je viens de regarder dans les archives du *Guardian*...).

– Dans son pays, le père de la miss faisait partie de l'opposition. En 2000, après les élections présidentielles, il a été arrêté pour avoir participé aux dénonciations de fraudes électorales massives. Il s'est échappé, s'est réfugié aux USA. Manque de bol pour lui, l'année suivante, Bush a rencontré le président Ilham Aliev (c'était lors des négociations de paix entre l'Arménie et l'Azerbaïdjan : les deux pays sont en guerre depuis 1988 et il y a eu un cessez-le-feu officiel en 1994, mais les escarmouches ne se sont jamais arrêtées). Est alors arrivé ce qui devait arriver (pétrole oblige) : le papa est devenu persona non grata. Il a fichu le camp et, d'après la copine de chambre, même sa fille ignorait où il se trouvait.

– Sa mère était originaire de je ne sais plus quelle ethnie bizarroïde de là-bas. Je n'ai pas bien compris le nom et n'ai pas fait répéter à la copine, sinon, elle se serait montrée méfiante. Si besoin, j'y retourne, parce que c'est peut-être d'elle que la fille tenait ce qui suit.

– En effet, notre miss parlait le kurmandji, un dialecte du Kurdistan. Et apparemment, elle possédait les rudiments d'une langue que certains dénomment le guti. Selon ce que j'ai trouvé ensuite, c'est une langue probablement indo-européenne, reliée au kurde ancien. Je ne sais pas si cela vous dit quelque chose, ni si cela va vous servir à quelque chose.

En revanche, je suis contente de voir que votre connexion web fonctionne toujours... et que vous en profitez pour faire impitoyablement travailler les bonnes femmes à votre solde. Cela ne m'étonne guère de vous.

Je ne peux pas venir pour l'instant et, de votre côté, si je peux me permettre, il vaudrait mieux que vous restiez dans l'ombre. J'espère que mes parents ne vous cassent pas trop les pieds...

« ... les bonnes femmes à votre solde. »

Étant donné le caractère dont celle-ci semblait être dotée, elle ne devait pas être souvent à la solde de qui que ce fût.

Hammond soupira.

Tu es masochiste, mon vieux.

Lundi. 22:06 (UTC)

Martha ouvrit sa boîte aux lettres électronique, parcourut le message du docteur Mac Leod. S'étonna. Aucune mention de la longue note qu'elle avait mis tant d'heures à rédiger.

C'était bien la peine...

Puis elle se morigéna. N'agissait-il pas toujours ainsi ? Et de toute manière, qu'est-ce qui était important ? Qu'il accusât réception de ce qu'elle lui envoyait ? Ou qu'il continuât d'avoir besoin d'elle ?

Elle se retourna doucement vers le lit sur lequel son mari ronflait. Ce cher Benji avait vraisemblablement tenté de décrypter le *Sun*. Mais, achevé par les seins de Britney Spears en page trois, il s'était endormi sous le journal.

La jeune femme bondit vers la cuisine. Si elle voulait accomplir son destin de Mata Hari des temps modernes, il allait lui falloir des munitions : ce ne serait pas de la tarte de dégotter ce que voulait le docteur Mac Leod. Elle s'empara donc d'une plaque de chocolat et de quatre canettes de coca, les posa à côté des culottes en attente de rangement sur sa commode. Se cala devant sa vieille bécane.

Trois heures plus tard, alors que la nuit baignait toujours les volets en plastique du pavillon, elle cliquait sur l'icône « envoi ». Se glissait tout habillée sous le drap, s'endormait illico face aux proéminences de Britney.

Sur l'écran, le texte clignota un instant :

Docteur Mac Leod, voici ce que j'ai trouvé :

Si j'en crois les informations que j'ai réunies cette nuit, Mme Nefeli Xantopoulos a plutôt été une clocharde ces dernières années. Pourtant, un article lui a été consacré dans le

Brooklyn Daily Eagle. En effet, il y a quelques années, les dockers avaient pris l'habitude de la prévenir lorsqu'une cargaison d'instruments de musique transitait par Red Hook, car elle venait leur jouer un morceau. Il est aussi écrit que cette dame est née au sud d'Héraklion, en Crète, à la fin des années 1920. Elle a même été la maîtresse de Gheórghiost Papandhréou, qui a un temps dirigé la Grèce.

Le journal *Eléftheros Týpos* lui a également consacré plusieurs papiers. Elle a l'air d'avoir été une vraie personnalité dans son pays.

Elle parlait dix langues en plus du crétois et de l'akkadien, qui, d'après ce que j'ai trouvé sur le web, fut la langue usuelle des peuples sémites de Mésopotamie à partir du troisième millénaire avant J.-C., pendant la période de ce qu'on appelle les dynasties archaïques, et surtout de l'empire d'Akkad, vers –2200. (J'ai perdu ma sauvegarde de page et je m'endors sur le clavier, vous m'excuserez pour les imprécisions. Si ça vous intéresse, je vous ferai un topo plus tard.) L'akkadien en question est la langue qui a remplacé le sumérien.

Par ailleurs, il semble qu'étant enfant, la dame ait également appris à jouer de plusieurs instruments, dont le piano. Le journal grec dit que le Premier ministre a été séduit par la vivacité de ses doigts autant que par sa beauté. En 1967, lors du coup d'État des colonels, elle a filé aux USA.

J'ai retrouvé sa trace grâce à une copine qui monte des pièces de théâtre sur le thème des immigrants, et qui a rassemblé des tonnes d'informations sur les gens arrivés à New York après guerre. Votre dame grecque s'est mariée en 1968. Elle est devenue veuve dans la foulée. Son mari lui a laissé un enfant et une petite épicerie. Mais elle a été obligée de la vendre. La baraque faisait partie de celles qui ont été détruites lors des premiers raids immobiliers sur Red Hook. La dame n'a probablement pas voulu quitter le quartier. Ma copine prétend que, pour les immigrants, c'est souvent le cas. Quand ils laissent tout derrière eux une première fois, l'endroit qui les accueille ensuite devient leur monde, même si beaucoup rêvent de revenir riches au pays.

J'espère que cela vous convient pour l'instant et que vous allez bien. N'hésitez pas si besoin.

Martha.

P-S. Rien de vraiment nouveau à l'université. Mais sans vous, l'école est drôlement vide. En plus, comme il n'y aura aucune décision de prise avant la rentrée, voire Noël, c'est votre adjoint qui tient la barre. Et on s'ennuie.

Sur la commode, à côté de la pile de culottes, la lune fit briller le papier d'aluminium qui avait emballé la plaque de chocolat.

Lundi, 20:30 (UTC–5)

La connexion internet restait épouvantable. Et Martha devait s'épuiser pour lui. Malgré cela, les doigts de Hammond lui démangeaient.

Adossé à la tête de lit, il se frotta l'arête du nez. Qu'est-ce qui ressortait de cette histoire de dingue ? Hormis ces carrés et ces ronds qui l'avaient emmené sur un jeu dont il ne savait cependant que penser. Et à propos duquel il avait peut-être affabulé.

Il tapota machinalement le rebord du portable. Qu'avait-il de plus dans sa besace ? Des victimes qui, a priori, avaient parlé une langue ancienne. Or il ne connaissait rien à la linguistique, rien de rien. Le mieux était donc de se conduire en véritable néophyte. Il se mit à chercher avec de simples mots-clés :

« Cerveau », « Langues », « Langage », « Langue ancienne ».

Pendant vingt minutes, il visita quelques sites aussi didactiques qu'inutiles. Il allait abandonner et tenter des combinaisons plus complexes, lorsque son pointeur ouvrit une page surmontée de logos d'universités : Columbia, Buenos Aires... St Andrew. Sous le titre « Columbia University, Department of East Asian Languages and Cultures, Kent Hall, Eleventh International Conference on Language : ancient languages and emerging languages, archaeolinguistics and genetics[1] ».

1. « Université de Columbia, département des langues d'Asie de l'Est, Kent Hall, 11e Conférence internationale sur le langage : langues anciennes et langues émergentes, archéolinguistique et génétique. »

Hammond tressaillit. À quelques kilomètres d'ici. Et sa propre université était coorganisatrice.

Bon sang !

Il tenta de se rappeler les noms des linguistes de St Andrew. En vain. Se figea soudain.

Et Joe, à la soirée ? Et ce type qui...

Ce soir-là, il avait tant d'autres choses en tête.

Il se maudit. Il ne retenait que ce à quoi il faisait l'effort de s'intéresser. Et, par nature, il était de ces scientifiques peu attirés par les disciplines qui n'avaient ni molécules ni électrons accrochés aux oreilles. Des disciplines pour lui proches de l'ésotérisme, et dont il se méfiait comme de la peste. En cela, sa vision de la science se rapprochait de celle qu'il avait des femmes : cela ne l'intéressait vraiment qu'à partir du moment où il y avait du concret sur sa paillasse. Quant à l'idée de contacter Joe Ackerman, autant ne pas y songer. Étant donné la situation dans laquelle il se trouvait, mieux valait ne pas compter sur une amitié de ce genre. Il se passa nerveusement la main dans les cheveux.

Une seule solution.

Il manœuvra le pointeur. Poussa un soupir de soulagement.

Le classement des conférenciers par établissement d'origine.

En face de l'université de St Andrew, pas une seule photographie, mais cinq noms : un archéologue, un généticien, un cogniticien, un historien. Et un enseignant-chercheur du département de linguistique de St Andrew, également professeur visitant à l'université de Columbia, sur le campus de Morningside Heights : le Dr Oswald Platten. Spécialité : neurolinguistique.

Oswald.

Il avait déjà entendu ce prénom.

Nom de Dieu ! Le soir où...

À ce moment, le bip de la boîte aux lettres électronique retentit. Un message de Martha.

Oh non. Pas maintenant. Pas le moment.

Hammond déplaça son curseur et, sans lire l'interminable laïus de Martha, posa sa question. Puis il leva les yeux vers la fenêtre où se mourait le soleil. Il avait besoin de faire fonctionner ses jambes pour réfléchir.

Il ouvrit la porte qui donnait sur l'océan, sur les rouleaux qui prenaient une teinte mordorée dans le couchant.

Comme à New York, sans doute.

Et, occultant tout le reste, celle qui n'était jamais loin dans ses pensées ressurgit. Avec une telle envie de l'avoir à ses côtés, de lui faire l'amour, que c'en fut un véritable tourment.

Mardi. 08:31 (UTC)

Onzième café.

Mais toujours l'impression d'avoir une chape de plomb sur la nuque et du pudding dans les oreilles.

Le manque d'habitude. Sans doute.

De fait, la thèse de doctorat de Martha était loin, ses enfants presque adolescents. Et depuis des années, le seul susceptible de la maintenir éveillée était son mari. Or il ne le faisait plus guère qu'en lui ronflant dans l'oreille ou en laissant hurler la télé les soirs de match de foot.

La jeune femme se força donc à fixer le côté gauche de son écran, sa boîte professionnelle et ce qui s'y entassait depuis quatre jours. Et elle vit la réponse du docteur Mac Leod dans sa boîte personnelle, côté droit.

Oh, après tout, c'est mon boss !

Elle cliqua sur la petite enveloppe.

Comme toujours, Martha, vous avez fait du très bon travail.

Cela dit, j'aurais une autre demande à vous faire. Je recherche des informations sur le professeur Oswald Platten. Il est linguiste à St Andrew, mais professeur visitant à Columbia en ce moment. Sur la fiche perso reliée au colloque en cours, il n'y a pratiquement rien. Et de mon côté, ma connexion rame toujours.

J'espère que vous allez bien.

Par avance, merci.

Un très court instant, Martha fut ravie, presque euphorique, comme à chaque fois qu'il lui faisait un compliment. D'autant qu'elle était à peu près certaine que cet Oswald Platten était celui qu'elle avait brièvement entendu discuter avec Walker, lors de cette fameuse réception. Celui dont elle avait déjà parlé au docteur Mac Leod.

Sans qu'elle pût se contrôler, elle sentit alors l'énervement monter en elle, crescendo. Le doyen n'avait pas lu ce qu'elle lui avait envoyé. Ou très partiellement. Ne changerait-il donc jamais ? Habitué qu'il était à ce qu'on lui mâche les informations ? Habitué qu'il restait à jongler avec le travail des autres ?

La vie des autres.

Elle se redressa, renifla. Il était des questions qu'il valait sans doute mieux ne pas se poser.

Et après tout...

Il était en fuite. Il perdait pied avec certaines réalités.

Quant à la vie des autres...

Une heure plus tard, la jeune femme réunissait les données récoltées dans un fichier :

Bonjour Monsieur,

Oswald Platten est effectivement un linguiste réputé qui enseigne et fait de la recherche à l'université de St Andrew.

Depuis quelques années, il travaille sur le problème des langues que l'on pense disparues et qui, en fait, seraient encore parlées par de rares personnes. Pour cela, il collabore avec plein de monde : l'Institut de génétique de St Andrew (que vous appréciez tant...), l'ENS de Lyon, en France, le British Museum et le Muséum d'histoire naturelle de Londres, etc.

Il semble être à la fois moqué et respecté. Certains le considèrent comme fou, d'autres comme nobélisable.

Par contre, il ne s'est jamais positionné sur le sujet de la langue mère originelle qui, paraît-il (avec les théories de Merritt Ruhlen), divise la communauté scientifique depuis pas mal d'années. Il vit un peu dans sa tour d'ivoire. On dit que c'est parce que son sujet de recherche annoncé n'est qu'une sorte de leurre, qu'il a autre chose en tête... et que les crédits de recherche étant ce qu'ils sont aujourd'hui...

Par ailleurs, sur un forum de discussion, en plus de ce que je vous ai dit dans le message où je mentionnais ce Dr Platten (si vous n'en avez pas lu l'intégralité, peut-être pouvez-vous vous y reporter), j'ai aussi trouvé quelques réflexions relatives à son année à Columbia. Même ses nouveaux collègues du département des langues d'Asie (département auquel il a été intégré) ne comprennent pas ce qu'il fait avec eux.

J'espère que cela vous convient.

Prenez garde à vous, SVP. J'aimerais bien conserver mon poste.

Une fraction de seconde, Martha eut envie d'ajouter ce qui venait de lui traverser l'esprit.

Je me suis habituée à vos sales manières.

Mais elle n'osa pas. Et, d'une légère pression sur la souris, elle expédia son travail de détective.

Mardi. 06:18 (UTC−5)

Un plateau était posé sur la table. Jack avait dû passer pendant que Hammond était à l'extérieur. Comme la veille au soir. Le vieil homme ne voulait-il donc plus le voir ?

Tu deviens parano, mon vieux.

Hammond souleva la cloche argentée qui recouvrait l'assiette, fit tomber le papier coincé en dessous. Fronça les sourcils.

« S'il vous plaît, soyez prudent lorsque vous sortez. Ici comme ailleurs, il y a de vieilles pies qui n'ont pas autre chose à faire qu'à bavasser. »

Hammond ôta ses running, haussa les épaules. Que devait-il donc faire ? Moisir ici ?

Comme ce truc brunâtre dans sa sauce.

Encore un cadeau empoisonné de la mère de Willow. Dire que son mari vantait ses mérites de cuisinière à celle-là. La testostérone continuait de troubler le jugement du pauvre homme. Ce qui était remarquable après tant d'années.

Pour juguler sa mauvaise humeur, Hammond sortit le pain et le bacon du réfrigérateur, s'installa devant l'ordinateur, ouvrit le premier des nouveaux messages de son assistante, mordit dans un sandwich. Et maugréa. Martha était bien une femme : elle en faisait des tonnes pour les entrées et les desserts, et oubliait d'étoffer le plat principal. Le piano de la dame grecque, c'était une chose. Mais il aurait été intéressant d'en savoir plus sur la langue akkadienne. Or Martha le laissait en plan là-dessus.

Tout à ses récriminations, il parcourut machinalement le second courrier. Lâcha ce qui restait de son sandwich.

« ... Oswald Platten »... « message où je mentionnais »...

Hammond revint précipitamment dans l'historique de ses e-mails, dévora les lignes du regard. Serra les poings. Il y avait longtemps qu'il ne s'était senti si stupide. Et il n'avait qu'un moyen de se consoler : se dire qu'il était celui qui avait su repérer les qualités de Martha, celui qui avait encore beaucoup à lui apprendre en matière de sélection et de présentation de l'information.

Mais pour cela, encore fallait-il qu'il pût revenir à St Andrew, et donc qu'auparavant il en sût davantage sur ce Platten. Celui-ci était-il un chercheur détraqué qui menait seul des recherches démentielles au sein de cette boîte de Pandore qu'était l'institut de Walker ? Hammond ne pouvait y croire.

On ne récupère pas une langue en la pompant dans le cerveau !

Et Platten savait cela bien mieux que lui.

Ou bien...

Hammond s'arrêta net.

Le jeu ! Il faut que je retourne sur le jeu !

En un clic, il bascula.

Cette fois, l'écran avait pris des teintes noir outremer. Seule une inattendue ombre jaune apparaissait sur un côté. Puis s'effaçait au profit du labyrinthe et du plateau aux vingt carrés, avec ses pions en attente et ses pièces numérotées.

En toute logique, cela allait être à Hammond, alias Numéro Six, de jouer. Brièvement, il se demanda pourquoi il lui était si simple de revenir sous un pseudo différent, alors que la règle l'interdisait. Puis il reprit son sandwich, mit la question de côté. C'était à lui de lancer les pièces. Il observerait attentivement le déroulement de ce qui allait suivre.

Le 1 et le 3 sortirent.

Après un court moment d'hésitation, Hammond élimina un pion blanc.

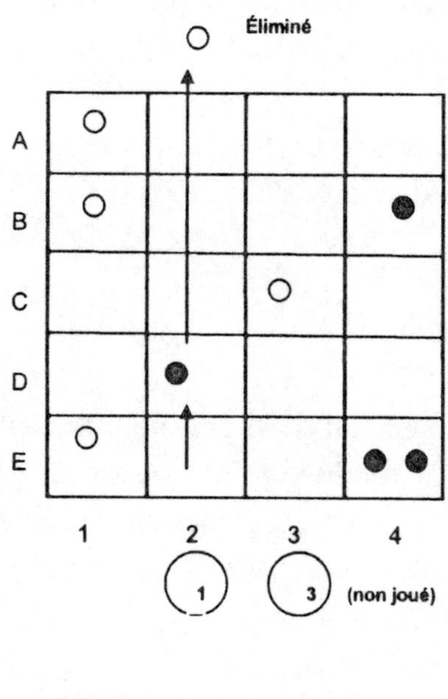

Les yeux rivés sur l'écran, il vit la photographie s'afficher.

Petit et gras, le vieil homme tenait un porte-documents de cuir marron sous le bras. Ses lunettes rondes et ses cheveux gris bien coupés évoquaient l'homme d'affaires à deux doigts de la retraite, et son costume, l'expert-comptable qui avait réussi. Souriant, il se tenait debout devant une boutique de jouets à l'enseigne évocatrice : « *Toys for NY kids* ».

Hammond sentit son estomac se nouer. N'aurait-il pas mieux fait de s'abstenir ? ou au moins de dissimuler l'adresse IP de sa machine ?

À quoi bon ? Ce n'est qu'un jeu.

Cependant, comme précédemment, il fallait attendre :

... le temps d'accomplir le passé, puis le futur.

Une fois de plus, le meneur de jeu prenait un malin plaisir à inventer des délais. Pour le suspens d'un divertissement qui n'avait qu'un objectif.

Flatter le cerveau reptilien de crétins avachis.

Hammond glissa de nouveau les pieds dans ses running. Il pouvait profiter d'encore au moins une heure de tranquillité et de fraîcheur relative.

Au lieu de ruminer dans cette prison.

La porte claqua derrière lui.

Mardi. 11:47 (UTC)

Après avoir expédié son dernier e-mail de la nuit (ou bien était-ce le premier de la matinée ? Elle ne savait plus), Martha avait aligné trois fauteuils et s'y était endormie. Avec une brève et unique pensée.

Je l'adore. Mais il m'épuise.

Et là, elle avait rêvé de lui.

Pourtant, elle avait toujours échoué à diriger ses songes nocturnes, même si ce n'était pas faute d'avoir essayé. Notamment avec l'aide du fameux site *howtodreamofbradpittintenlessons.com*[1]. Or, que son quotidien fût loin d'être drôle, elle avait appris à l'accepter. Que ses nuits fussent d'interminables répétitions de ses jours, elle n'avait pas été capable d'aller contre. Que la gadoue de sa vie ne fût qu'une étape vers la transformation de sa chair en nourriture à vers, en bonne agnostique, elle en avait été persuadée. Le souci là-dedans avait été : puisque l'option « bonheur » avait apparemment été oubliée dans la programmation de son ADN, où diable allait-elle trouver l'aventure vraie, le plaisir non déguisé, voire l'amour transcendantal ? Où ? Si ce n'était dans les rêves ? Pourtant, en dépit de tous ses efforts, cela n'avait jamais fonctionné.

Et voilà que l'abus du cocktail « e-mails nocturnes + chocolat + coca » la propulsait dans un onirisme à la *Indiana Jones* qui la laissait songeuse.

En chancelant, la jeune femme revint vers son bureau. Ouvrit sa boîte personnelle.

Pas de réponse.

Le menton dans la main, elle laissa alors son regard se perdre dans les épines du cactus qui, devant elle, remplaçait la sempiternelle photographie familiale.

Mardi. 13:09 (UTC–5)

Hammond n'en pouvait plus. Il fallait qu'il regardât ce jeu. D'autant que sa messagerie électronique ne signalait rien de nouveau. Martha devait récupérer de sa nuit. Quant à Willow, elle ne donnait plus le moindre signe de vie.

Plus le moindre.

Et il ne pouvait se résoudre à...

Bon Dieu. Ras le bol.

---

1. Commentrêverdebradpittendixleçons.com

Ses doigts écrasèrent le clavier de l'ordinateur.

Le jeu.

C'était crétin, mais sans remise en question. Il n'y avait qu'à lire la prose du webmaster, dont on pouvait seulement se demander à quoi il se shootait. D'ailleurs, un texte apparaissait de nouveau sur le plateau :

Numéro Six... un autre pion disparaît... Mais ce qu'il raconte est éloquent.

La photographie du vieil homme au porte-documents se détacha sur le texte, puis, rapidement, s'effaça. Et la supplique s'éleva, pendant que se dessinait la légende que Hammond attendait, « 2009 av. J.-C. » :

Marduk, toi qui vas être notre vengeur,
Nous te donnons la royauté sur l'ensemble de l'univers,
Préside le conseil, et que ta parole y soit souveraine,
Qu'à tes armes on ne puisse échapper, qu'elles anéantissent tes ennemis !
Seigneur, sauve la vie de qui a confiance en toi,
Mais du dieu qui conçoit le mal, répands sa vie[1] *!*

Les yeux des personnages s'animèrent. Leurs membres et leurs vêtements se colorèrent.

Et derrière eux, le paysage s'illumina sous le soleil écrasant de la Mésopotamie de la fin du XXIe siècle avant J.-C. Alors que la voix off se réduisait à un murmure électronique :

Marduk qui vas être notre vengeur, qu'à tes armes on ne puisse échapper, que ta main soit fatale, qu'en Serdaar, tu trouves ton bras.

---

1. Épopée de la Création (XIIe siècle av. J.-C.)

Voilà, Numéro Six, la devise de ta créature, de ton ouvrage. Regarde-le. Serdaar est né en Élam, dans l'ancien Iran. Serdaar est un soldat du souverain de cet Élam, Kindattu, qui a décidé de conquérir la cité d'Ur... et auquel les barbares amorrites sont venus prêter main-forte. C'est d'ailleurs de cette façon que Serdaar le fantassin est devenu Serdaar le cavalier, et qu'il a appris à monter les étranges créatures que les Amorrites utilisent à la place des onagres.

À leurs côtés, notre Serdaar voit donc aujourd'hui les fantassins des lignes de front se lancer à l'assaut d'Ur..., tandis qu'un char jaillit de derrière la cité assiégée, que ses roues se brisent sur le sol inégal, que ses passagers roulent sur le sol.

Alors, Serdaar pique vers eux. Son cœur s'accélère, s'affole même. Surtout lorsque l'un des deux hommes bande son arc. Au demeurant, entends-tu ce que son esprit hurle, Numéro Six ? Lă ! Lă ! *Non ! Non ! Est-ce le cri d'un homme étranglé par la peur ? Ou celui d'un combattant qui devient bourreau ?*

La réponse se trouve ici, Numéro Six. En cette hache à collet qu'un soldat d'Ur a encore plantée en pleine tête, en cette lame poisseuse vers laquelle Serdaar se jette, en cette faucheuse terrible qui fait éclater la mâchoire de l'impudent archer.

Où vas-tu, Numéro Six ? Ce récit que tu as contribué à écrire n'est qu'un maillon parmi d'autres. Tu ne peux donc l'amputer. Allons, reviens... et regarde notre Serdaar. Lui n'hésite pas à tirer son coutelas, à détacher une tête... avant de reconnaître les insignes impériaux sur les vêtements du défunt, ainsi que sur ceux du survivant.

« Et lorsque Kindattu roi d'Élam s'attabla à son dîner, ce fut face à l'arbre royal, sur lequel était accrochée la tête de Lam-Sîn, fils d'Ibbi-Sîn, et sous lequel était attaché Ibbi-Sîn, dernier empereur d'Ur. »

Hammond regarda l'animation disparaître pendant que la voix off baissait d'un ton :

Dernier empereur d'Ur. Passé, présent. Présent...

Il se leva. Besoin de bouger. Et de toute façon, qu'est-ce que tout cela voulait dire ? Quel rapport entre le vieil homme en costume et ce soldat de l'Antiquité ? D'ailleurs, y avait-il réellement un rapport ?

Il se passa la main sur les yeux. Jamais il n'avait autant douté de lui-même, de sa raison, de ce qu'il ressentait, devait faire. Et pourtant.

Il se rassit devant l'ordinateur. Les mains moites.

Une forme se profilait, gagnait en netteté, en lumière, sous une petite fenêtre qui laissait filtrer un jour jaunâtre.

Ce corps. Sur une table.

En dépit de la chaleur, il frissonna.

Le petit homme de la photographie. Celui qui souriait devant la boutique de jouets.

Bras et jambes en croix, pris dans un fatras de fils, immobile. Silencieux.

Hammond retint sa respiration.

Deux mains gantées surgirent dans le champ de la caméra. Et une voix s'éleva, nasillarde, déformée :

Salut, Numéro Six... Regarde bien. Je vais tout d'abord lui caler les mâchoires en position ouverte. Et je vais ensuite inciser sous la lèvre supérieure.

Le vieil homme poussa un cri perçant :

Lă ! Lă !

Qui s'étouffa presque aussitôt dans la bourre que l'une des mains enfourna au fond de sa bouche.

Mon vieux, plus tu essaies de crier, plus tu t'étouffes. C'est dommage, le plus intéressant est à venir. Et toi, Numéro Six, j'espère que tu n'en loupes pas une miette. Car il s'agit du pion que tu as éliminé, celui dont tu viens de voir le passé. Et voici maintenant son futur, duquel a été tiré le passé en question. Tu ne comprends pas ? Pas grave. Admire un peu ce qui va suivre. Je commence à avoir la technique, tu sais. Là, je décolle la muqueuse nasale de part et d'autre de la cloison… Allons, vieux, cesse de t'agiter comme ça. Ce ne sont que chairs et cartilages après tout. Et là, je mets en place… un écarteur de Dott…

Le cœur au bord des lèvres, Hammond vit une sorte de spéculum s'introduire dans la narine. Le corps du vieil homme tressauta doucement sur la table, du sang coula le long de son visage.

Puis la main glissa quelque chose dans le spéculum.

Par cet écarteur, je vais ouvrir la selle turcique au marteau-ciseau, couper la dure-mère. En général, les chirurgiens ne veulent atteindre que l'hypophyse par ce chemin. Mais ce n'est pas ce qui m'intéresse. En plus, je n'ai pas de microscope optique… encore moins d'endoscope ou de système de chirurgie assistée par ordinateur. Maintenant, je vais donc ôter mon marteau-ciseau et, à la place, me servir d'un objet de ma fabrication…

Un deuxième instrument prit la place du marteau-ciseau.

Hammond essuya ses mains sur son jean, inspira à fond. L'image était floue. Mais était-ce réellement important ? Il était dorénavant à peu près certain qu'il avait participé à la désignation d'une victime. Qu'il n'était qu'une variable aléatoire dans ce jeu stupide, au même titre que le vieil homme avec ses yeux exorbités et sa bouche ouverte sur la bourre qui achevait de l'étouffer.

Pendant ce temps, impitoyable, la voix poursuivait :

Cependant, l'inconvénient de cette façon de faire est qu'on ne voit pas grand-chose… et que cela peut entraîner un tas de complications. D'après ce que j'ai lu, ça va du déficit visuel à la méningite en passant par une plaie de l'artère carotide… jusqu'au décès. Et ça, en s'arrêtant à l'hypophyse. Or mon petit ustensile maison va bien plus loin que ça. Je l'ai calibré pour traverser le thalamus, le... Bon sang, il y a encore un truc qui coince... et un autre. Ça y est... ça coule... Là, désolé, vieux, mais le seul moyen, c'est que je force un peu. Ah... voilà ! Et maintenant, je dégage mon outil miracle. Et il revient avec...

Le long instrument était ressorti de l'intérieur du spéculum. Sur la table, les membres du vieil homme étaient retombés.

... avec ça !

Devant la caméra, la main gantée brandissait triomphalement un tube minuscule. L'image redevenait floue.

Hammond n'attendit pas la suite.

Campus de Morningside Heights. Kent Hall.

Il ouvrit à toute volée la porte qui donnait dans la cour, s'engouffra dans la maison des Owen, attrapa les clés du pick-up accrochées dans la cuisine. Se glissa derrière le volant.

Il ignorait où se trouvaient Jack et Laureen. Il n'en avait cure.

Trois minutes plus tard, le vrombissement de la voiture s'affadissait dans le lointain. Et les mouettes revenaient se disputer les restes d'un poisson mort.

17

Semaine 5. Cheat code[1]

Mardi, 15:47 (UTC–5)

AU-DESSUS du lit, le ventilateur brassait l'air suffocant aussi inutilement qu'une mouche pédalant dans du blanc d'œuf pour en tirer une meringue. Dans l'encadrement de la porte-fenêtre, de l'autre côté de l'East River, Manhattan rougeoyait en une incandescence qui n'était pas près de s'éteindre. Et les habituels bruits de la ville semblaient s'assourdir dans la fournaise.

Willow replia un bras sur son ventre. Que fallait-il faire ? Mettre la climatisation ? Écologiquement trop incorrect. Prendre une autre douche froide ? Enfiler les sous-vêtements qui étaient dans le congélateur ? À quoi bon ? Le soulagement eût été si bref.

Elle ferma les yeux. Elle ne se sentait pas le courage d'aller jusqu'à son ordinateur, de regarder ses mails.

Pourtant...

Peut-être Mac Leod avait-il écrit.

Et alors ?

Elle soupira. Il était trop ouvertement écolo-politico-inconvenant pour qu'elle se laissât appâter si rapidement. D'autant qu'il

---

1. « Code pour tricher », expression couramment utilisée dans certains jeux vidéo.

était désormais flagrant qu'elle devait le tenter au moins autant qu'il la tentait.

15:53

Hammond gara le pick-up en face de l'une des entrées de Morningside Park, remonta à pied la 116e, le long des dépendances administratives. Puis il franchit les grilles de fer forgé qui ouvraient sur le cœur du campus de Columbia. Il ne pouvait plus atermoyer. De toute manière, si Platten n'était pas là, ce serait l'excuse rêvée.

Pour aller voir Willow.

Il fit le tour du premier building de pierres rouge et crème. C'était bien Kent Hall. Cependant, au-delà des hautes colonnades, sous la fenêtre cathédrale, l'entrée principale était gardée par un vigile derrière un bureau. Alors qu'à l'arrière, l'entrée de service ne comportait qu'un contrôle électronique. Un instant désarçonné, il repéra bientôt les deux étudiantes qui s'avançaient d'un pas vif vers le bâtiment, sortaient des cartes de leur poche. Il s'avança, tentant d'ignorer la voiture de la police du campus stationnée en contrebas. Espérant ne pas avoir perdu la main.

– Ça fait longtemps, non ?

La plus petite des filles lui jeta un regard inquisiteur mais ralentit à peine. L'autre, une rouquine aux dents proéminentes, écarquilla les yeux.

Hammond la fixa. Il devait faire vite. Ici, entre les diktats post-11 Septembre et ceux du non-harcèlement, la parano était de rigueur.

La première fille tirait déjà la poignée de la porte. La seconde s'arrêtait, levait de nouveau vers lui son visage étroit.

Il posa une main ferme sur son t-shirt kaki, entre deux omoplates saillantes, et poussa légèrement.

– J'avais un peu peur que tu ne veuilles pas...

Sous l'impulsion, l'étudiante entra également dans le bâtiment. Sourit lorsqu'il se colla à elle alors qu'elle introduisait sa carte dans le lecteur.

– Que je ne veuille pas quoi ?

Tout en cherchant le plan du building des yeux, il esquissa une grimace faussement timide.

– Tu sais bien...

– Ce soir, je ne peux pas... Demain, si tu veux...

Et elle lui glissa un papier dans la main, fila vers l'ascenseur.

Mais à peine songeait-il qu'il commençait à être dépassé par la vitesse de certaines choses qu'une voix aiguë le faisait se retourner :

– Ella ! Platten s'en va ! Si tu veux une place dans ses cours de l'an prochain...

Ladite Ella, tout en longues jambes brunes dans une minirobe rouge, se mit alors à courir le long d'une effarante enfilade de corridors. Au point que Hammond allait perdre de vue la jolie silhouette cerise-café lorsqu'elle s'arrêta enfin devant une petite salle.

Avec difficulté, il se fraya lui aussi un chemin entre les cohortes d'étudiantes qui se pressaient devant la porte. Et, à la voix autant qu'au physique, le repéra immédiatement. Un quinquagénaire aux cheveux grisonnants, à la face rouge et enflammée et qui, a priori, venait de terminer la présentation de ses cours à venir.

Hammond s'assit sur une table au fond de la salle, s'essuya le front de sa manche. En dépit de la chaleur épouvantable et de la prégnante odeur de sueur, il valait mieux attendre un peu.

Que le poulailler se disperse.

Il n'eut pas à mettre trop à l'épreuve sa patience. Car bientôt, vraisemblablement exaspéré, le linguiste fronçait des sourcils buissonneux, se dégageait de ses ouailles.

– Écoutez... tout ce que je viens de dire sera demain sur le site de la faculté. Lisez-le. Si vous ne comprenez rien, ce n'est pas la peine de vous inscrire à mon cours. Sinon, à l'année prochaine... si vous êtes encore là.

Hammond s'avança alors vivement.

– Professeur Platten ?

Le linguiste arbora l'air harassé d'une diva en fin de tournée.

– Ne me dites pas que vous voulez vous inscrire vous aussi ! Encore que, un mâle au milieu de toutes ces femelles, ça me rassurerait ! Mais ce soir, je crois que ça suffit... Si ça ne vous fait rien, on en reparlera plus tard. Vous n'avez qu'à appeler le secrétariat de...

Hammond l'interrompit sans vergogne :

– Non, je ne veux pas m'inscrire... Voyez-vous, je suis biologiste et je collabore avec le Max-Planck. L'un de leurs laboratoires s'intéresse aux ADN fossiles des premiers hommes qui ont parlé et aux phénomènes de naissance et de disparition des langues. Et ils ont entendu dire que...

Tout en refermant sa mallette, Platten ouvrit de grands yeux.

– Ça alors ! Vous travaillez avec Marina Mortensen ?

Hammond le suivit dans le couloir.

Et pan dans le mille.

Il avait misé sur le Max-Planck parce qu'il savait qu'aucun chercheur sain d'esprit ne refuserait une collaboration avec le centre de recherche allemand. Il avait aussi escompté que Platten ne le reconnaîtrait pas. Lui-même n'aurait pas été capable d'identifier qui que ce fût au sein de la fac des langues de St Andrew, encore moins à l'institut de génétique. Quant à la soirée de clôture de la conférence, si Hammond n'avait rien retenu des bribes de la conversation qu'il avait surprise, en revanche il se rappelait le ton des échanges entre Walker, le directeur de l'institut, et le linguiste. Étant donné l'ardeur avec laquelle Platten défendait son beefsteak, il n'avait pas dû voir grand-chose de ce qui l'entourait. Si, malgré tout, il reconnaissait en Hammond le doyen de l'École des sciences et techniques, ce dernier trouverait une explication convaincante. Au point où il en était.

Il continua donc sur sa lancée, puisqu'il avait apparemment fait vibrer une corde sensible :

– Oui... Marina... Vous avez entendu parler d'elle ?

Le linguiste secoua vigoureusement la tête, poussa la porte principale du bâtiment.

– Cette blague ! Bien sûr ! Enfin... de réputation, surtout. Beaucoup tueraient pour travailler avec miss Mortensen...

Hammond se retourna vers lui, se força à rire. Si ce type était impliqué dans les meurtres, il ne manquait pas de culot. Ou bien il était inconscient.

– Oh, j'espère que vous n'en arriverez pas là ! Est-ce que vous auriez deux minutes pour...

– Et comment ! Que diriez-vous de boire quelque chose ? Venez, on va au Blue Java de l'Alfred Lerner Hall.

À la suite de Platten, Hammond dégringola les marches devant les colonnes de la bibliothèque du Mémorial, contourna fontaines et pelouses. Puis leva les yeux vers le ciel. Des nimbo-stratus de plus en plus sombres s'accumulaient au-dessus de New York. La chaleur et l'humidité devenaient de nouveau accablantes. À tel point qu'en s'asseyant devant une table, au fond du Blue Java, il se prit à admirer le stoïcisme de son interlocuteur, qui embrayait sans attendre sur ce qui devait être son sujet de conversation favori :

– Comme vous le savez sans doute, quelques linguistes essaient depuis des lustres de savoir comment le langage s'est élaboré. Certains d'entre eux n'y ont longtemps vu qu'une affaire culturelle, mais pas mal d'autres se sont focalisés sur cette problématique qu'est la descente du larynx dans le pharynx. Dans notre espèce, on voit en effet très bien le larynx, qui nous permet de moduler les sons...

Il toucha sa pomme d'Adam.

– Et c'est vrai que chez les autres espèces, il n'est pas positionné de la même façon, ce qui n'empêche pas les chiens, les grands singes ou les dauphins, par exemple, de posséder une sorte de langage. Eux aussi sont capables de délivrer une information, de communiquer une émotion ou d'établir un contact. Par contre...

Il fit une pause, avala une gorgée de café. Derrière lui, à l'entrée du café, un petit bar à sushis et autres délicatesses asiatiques vibrait sous les assauts d'une horde de joggeurs luisants.

– Par contre, ils ne font pas de sous-entendus ou de métaphores, ils n'argumentent pas, ne sont pas poètes... et la fonction métalinguistique leur est inconnue. Toutes choses que nous faisons...

Hammond tenta de prendre un air intéressé, se mit à jouer avec le collier marron qui entourait le verre en carton : « *The first university dining service in New York City to exclusively serve fair trade and organic certified coffee.* »

Équitable et bio, le café ?

Certainement.

Mais aussi infâme.

Que n'aurait-il donné pour vider une bière à la place, même complètement chimique. Néanmoins, il ne voulait en aucun cas se démarquer de son interlocuteur, encore moins laisser transparaître son ennui. Heureusement, Platten ne se rendait compte de rien.

– Mais pourquoi sommes-nous capables de le faire, et comment ? Voyez-vous, à la base, tous les enfants... ou presque... ont la capacité d'apprendre un langage. Cette capacité est innée, c'est-à-dire qu'elle est une sorte de package de possibilités qui a été hérité d'une longue histoire évolutive. Avec cela, l'enfant va apprendre une langue qui, elle, sera un acquis culturel, c'est-à-dire l'habillage qui vient s'ajouter au précédent package. Or, dans le package inné initial, il y a bien entendu cette fameuse descente du larynx, mais aussi de nouvelles capacités cognitives... Sinon, nous serions tout bonnement des grands singes capables de moduler des sons. Donc, si l'on s'intéresse aux caractéristiques du protolangage des origines, il est difficile de ne pas s'intéresser également à celles d'un cerveau disons... évolutif... qui serait susceptible de permettre la capacité de langage et, par la suite, la création et/ou l'apprentissage d'une langue. Pour cela, il faut avant tout comprendre le « comment » de cet inné. Le « pourquoi » viendra ensuite...

Hammond fronça les sourcils. Il avait grosso modo le problème inverse : le « pourquoi » avant le « comment ». De sa présence ici, de ces meurtres horribles. Mais il ne voyait pas ce que l'ordre des questionnements était susceptible de changer. Et il commençait à se demander s'il ne s'était pas complètement fourvoyé en venant rencontrer ce type. Qui semblait ne jamais devoir se taire.

– Dans ce « comment », je ne vous apprends rien en vous disant qu'à partir du moment où il s'agit de l'inné, on questionne immanquablement le patrimoine génétique, les modifications qu'il a pu subir en amont, et celles qu'il a provoquées en aval, ici avec la descente du larynx et l'évolution des capacités cognitives. On questionne aussi cette supposée simultanéité de changement...

Le linguiste cilla. Ajouta :

– Pourtant, toujours dans le cadre de ce « comment », je suis persuadé qu'il y a davantage qu'un parallèle à faire entre les « sauts linguistiques », c'est-à-dire les créations ou disparitions de langues, et les « sauts génétiques » de Gould[1], ces sortes de changements évolutifs rapides qui alternent avec des périodes de stase... C'est pour ça que j'ai commencé à regarder du côté de FoxP2, ce fameux gène que l'on a découvert récemment...

Il regarda Hammond par en dessous.

– Vous connaissez FoxP2, j'imagine ?

Hammond acquiesça en silence. Il n'en avait que très vaguement entendu parler, mais mieux valait ne pas interrompre son interlocuteur.

1. Stephen Jay Gould, paléontologue et biologiste de l'évolution qui, avec Nils Eldredge, a entre autres développé la théorie des équilibres ponctués par laquelle les changements évolutionnaires se produisent d'une façon relativement rapide par rapport aux longues périodes de stabilité évolutionnaire.

– Ce n'est pas le gène du langage, comme vous le savez. N'empêche qu'il est impliqué dans le développement des aires cérébrales associées au langage. Et, pour employer une métaphore, si l'ensemble des gènes contribuant au langage forme un arbre, alors on peut dire que FoxP2 est une partie du tronc...

Platten s'interrompit, sourit benoîtement aux étudiants qui, à sa droite, passaient avec des plateaux couverts de salades et de pizzas.

Hammond haussa les sourcils. Le bonhomme n'allait quand même pas se mettre à socialiser maintenant. Fallait-il aller lui chercher un autre café ?

– Et ?

Le linguiste soupira.

– On en revient à la corrélation entre l'apparition du langage d'un point de vue cognitif et la descente du larynx dans le pharynx. Est-ce que cela s'est vraiment fait simultanément ? Si oui, comment ? Chez certains sujets récemment observés, on a constaté que le gène FoxP2 avait muté. Et cette mutation a perturbé le développement du cerveau, dans l'apprentissage du langage, la compréhension, la grammaire, la syntaxe... Mais elle a aussi modifié l'anatomie de la base du crâne et des mâchoires, leur fonctionnement, et la morphologie du larynx. D'où des problèmes mécaniques relativement importants et des incapacités en matière de formation des sons. En conséquence, non seulement ce gène est plus que manifestement impliqué dans le contrôle moteur du processus du langage, mais en plus, il ouvre le chemin à l'exploration neurolinguistique, dans une perspective moléculaire bien sûr. Et c'est là que...

Platten regarda soudain Hammond droit dans les yeux.

– C'est là que je postule que d'autres mutations ont été et sont possibles, avant ou pendant cette sorte de saut ou de big-bang génétique qui a dû avoir lieu autrefois... Mais cela d'une façon moins visible que pour les gènes qui, comme FoxP2, ont été à l'origine de la capacité de langage et perturbent cette capacité lorsqu'ils mutent. Si vous le voulez bien, revenons-en à notre fameux échange inné-acquis. Nous ne connaissons pas le pourquoi de ce fameux big-bang qui a déclenché les mutations originelles. Pression naturelle ou culturelle ? Pour ma part, je veux surtout savoir si certains des gènes en question ne se sont pas parfois retrouvés impliqués dans autre chose que le langage.

Hammond leva machinalement l'anneau de papier avec lequel il jouait. Il avait relancé la machine, mais elle devait maintenant aller jusqu'au bout.

– Qu'entendez-vous par là ?

Platten eut un sourire énigmatique.

– Dans la transmission d'une langue...

Hammond ne put s'empêcher de rétorquer :

– Je suis bien placé pour savoir qu'on est revenu de la vision binaire « inné » d'un côté, « acquis » de l'autre, sans relation entre les deux. Cela dit, la langue est quelque chose de fondamentalement culturel et donc d'acquis...

À ce moment, la pluie s'abattit sur les hautes fenêtres du bâtiment. Elle avait progressé depuis le lointain sans que personne la remarquât vraiment. Et lorsqu'elle heurta le verre, ce fut comme si des milliers d'insectes s'y écrasaient en même temps.

Hammond sursauta. À ses côtés, ceux qui étaient attablés au comptoir crièrent. Platten se contenta de rire doucement.

– Allons, mon cher... Ce n'est pas vous qui allez me la faire, celle-là... Dans l'évolution... inné... acquis...

Hammond frémit. Le linguiste osait s'aventurer en terrain plus que mouvant. Bien au-delà de Dean Hamer[1] et de ses gènes à tout faire. Cela signifiait-il qu'il était cinglé au point d'effectuer des carottages dans des cerveaux vivants ? En tout cas, il en oubliait tout le reste.

1. Dean Hamer, généticien qui a notamment étudié le rôle des gènes dans le comportement humain. Il a suggéré l'existence de gènes prédisposant à l'homosexualité et étudié la régulation génétique lors du développement et des changements environnementaux.

– Mais ce qui agit sur le génome pour créer la variabilité, ce sont les mutations, la sélection naturelle ou le hasard de la dérive génétique, et ce qui influe sur cette variabilité génétique...

Platten leva un index triomphant. Et sa voix se fit pressante :

– Je sais, je sais, mon cher ! Beaucoup de choses peuvent entrer en ligne de compte. Les migrations de populations et les mélanges d'ethnies, donc de patrimoines génétiques, certaines pratiques culturelles et les nouvelles technologies comme l'agriculture. En fait, cela signifie aussi qu'il peut y avoir beaucoup d'éléments à recueillir auprès des individus qui, de par leur situation ethnique ou autre, se trouvent au cœur d'un « saut linguistique », c'est-à-dire une période d'apparition ou de disparition de langue... mais aussi auprès de ceux qui sont au cœur d'un « saut génétique », c'est-à-dire qui, d'une façon ou d'une autre, présentent ce que nous appelons des anomalies langagières. Or il y a à St Andrew, là où je travaille en temps ordinaire, un institut génétique avec lequel je collabore. Et dans ce cadre, j'ai eu accès à un spécimen exceptionnel...

Hammond déglutit. De recoupement en recoupement, il le sentait glisser sur une pente dangereuse. Mais l'autre continuait, imperturbable :

– Vous avez peut-être entendu dire que, chez les humains, FoxP2 est fortement exprimé dans le tissu cérébral fœtal, dans le thalamus, entre autres. Mais en fait, il est simplement plus fortement exprimé dans les cerveaux en développement. Ce qui signifie chez les adolescents, mais aussi, selon moi, et c'est là qu'on en revient à l'agriculture...

Le linguiste se saisit brusquement de son verre en carton, l'écrasa. Puis se pencha, chuchota :

– Il semblerait que l'agriculture ait commencé au Moyen-Orient, dans le « Croissant fertile », qui correspond aujourd'hui à l'Iran, l'Irak, Israël, la Palestine et le Liban. Elle se serait ensuite déplacée vers l'Europe de l'Ouest, à la faveur des mouvements de populations, provoquant également des mouvements de patrimoines génétiques. Toujours est-il que l'ancien « Croissant fertile » reste, à mon sens, l'un des endroits du monde les plus riches en histoire complexe et ce, aussi bien sur le plan socioculturel que moléculaire. Or j'ai justement eu la chance, il y a quelques années, d'être mis en contact avec quelqu'un d'extraordinaire et ce...

Platten rit de nouveau.

– Vous ne me croirez pas, grâce à Bush et à ses velléités d'exploitant pétrolier ! Voyez-vous, Bagdad a un musée qui reste exceptionnel en dépit des pillages successifs. Pourtant, avec le gouvernement qui a succédé à Saddam Hussein, de nouveaux responsables ont été nommés pour gérer les fonds archéologiques, et l'ancien conservateur, un archéologue de valeur, s'est réfugié aux États-Unis. Où il enseigne désormais, à Long Island pour être précis...

Le linguiste s'interrompit, toussota.

– Il reste que je suis en contact avec lui depuis pas mal de temps et qu'il a effectué pour moi un recensement tout à fait particulier. Est-ce que... est-ce que vous devinez ?

Dorénavant partagé entre la plus grande circonspection et l'envie de sauter à la gorge de son interlocuteur, Hammond sentit son cœur s'accélérer dans sa poitrine. Il devait faire quelque chose. Mais quoi ? Dans cette histoire, pour l'instant, c'était lui le suspect. Et le fuyard. Il réussit pourtant à conserver un ton neutre :

– Non. Désolé, je ne vois pas.

Platten eut un sourire plein de commisération.

– Des spécimens qui, d'une façon ou d'une autre, se trouvent au milieu d'un saut linguistique puisque, pour la plupart, ils parlent des langues que l'on croyait disparues. Et quelles langues ! Imaginez... la Mésopotamie, le creuset de tant de civilisations extraordinaires, le berceau de l'écriture ! Pour moi, maintenant que nous connaissons à la fois l'existence et la localisation génétique approximative de FoxP2, ces gens peuvent nous aider à retrouver les traces biomoléculaires d'un saut linguistique, mais également nous aider à comprendre pourquoi il y a eu ce phénomène de retardement de disparition d'une langue. Or ces gens...

Hammond tenta de se concentrer sur la pluie qui ruisselait sur les vitres. Il devait rester calme.

– Je ne vois pas bien comment le conservateur d'un musée pourrait vous procurer ce que vous cherchez... Vous me parliez de tissu cérébral. Mais, hormis avec une biopsie...

D'un geste de la main, Platten l'interrompit :

– Attendez, une chose à la fois, s'il vous plaît... Tout d'abord, pour ce qui est du conservateur du musée... Comme toujours, tant de choses dépendent des échanges d'informations et donc de la coopération. Vous savez aussi bien que moi que, pour avancer, il faut coopérer. C'est valable à tous les niveaux. Moi aussi, je coopère avec tout le monde, sans a priori aucun. Tenez...

Il haussa les épaules.

– Même avec la police !

Hammond frémit.

– La police ?

– Oui, bien sûr. Un inspecteur de notre bonne vieille police écossaise. Il est venu ce matin. Je l'avais déjà vu à St Andrew, d'où je viens. Là-bas, l'un de mes stagiaires a été tué d'une façon assez horrible. Le pire de tout est qu'il parlait lui aussi une langue ancienne. Quel gâchis !

Hammond se figea, jeta un coup d'œil discret autour de lui. Se retint de regarder vers le vigile qui stationnait dans le hall de l'immeuble, entre l'entrée de la librairie et celle du café. Un stagiaire ? L'étudiant ukrainien ? Et cet inspecteur ? Le flic blond était-il vraiment à New York ?

Plongé dans son histoire, Platten toucha soudain son front du bout de ses doigts.

– Oh, mais je digresse et j'en oublie l'essentiel. Voyez-vous, mon conservateur a récupéré des logiciels assez fabuleux auprès des sociétés d'exploitation pétrolière qui se sont abattues sur l'Irak. Avec ça, il a tout d'abord pu fouiller les anciennes bases de données de Saddam Hussein. Celles que le régime avait mises sur pied pour localiser les minorités ethniques qui, en Irak ou aux alentours, devaient être « gérées » ou qui, plus simplement, détenaient des informations sur les droits au sol, sur les particularités géophysiques de leur région, etc. Vous voyez ça d'ici... Après Saddam, les sociétés pétrolières ont bien évidemment repris le truc : ça leur économisait parfois de coûteuses recherches. Mon conservateur, lui, avait dans l'idée de croiser ces informations avec celles à visées linguistiques, ethnologiques, médicales, de gestion des flux migratoires, en provenance de partout. Jusqu'à maintenant, c'était extrêmement compliqué d'effectuer ce genre de choses, ça l'est moins. Bref. Je ne rentrerai pas dans les détails. Toujours est-il que ça valait le coup, on savait qu'à la clé il y avait les spécimens dont je viens de vous parler. Bien sûr, à la base, mon conservateur s'était mis en tête de faire un recensement mondial. Mais comment voulez-vous que j'obtienne les crédits pour courir après des gens à l'autre bout de la planète ? Donc, on s'est contentés d'inventorier ceux qui, bien qu'issus de la région Mésopotamie, s'étaient ensuite relocalisés en Écosse ou par ici, dans la région de New York. Cela dit, ça a été un boulot démentiel que de traiter autant d'informations...

Il baissa le ton :

– Surtout que, sur ce plan-là, sans mon assistant informatique, je suis nul et... Bref. D'une façon ou d'une autre, il faudra vérifier que les individus listés sont bien porteurs des caractéristiques qui m'intéressent. Malgré cela, je sens que ça va être épatant !

Songeur, Hammond observait toujours le linguiste.

La mort de son stagiaire avait été une catastrophe pour lui. Il avait perdu un « spécimen », comme il disait, et étant donné la rareté de ces derniers, en dépit de ces logiciels soi-disant miraculeux...

Qui alors ? Le conservateur irakien ?

Mais pourquoi diable ce dernier aurait-il occis les gens qu'il se donnait autant de mal à retrouver ? Même si, évidemment, cela aurait collé avec...

Le jeu. Ce foutu jeu.

Hammond réfléchit à toute allure. Regarda sa montre.

18 h 30.

Platten était vraisemblablement à côté de ses pompes. Cependant, certainement pas au point de...

Non. Je n'y crois pas. Et en attendant d'avoir une conversation avec l'Irakien...

De toute façon, il ne devait pas trop traîner dans le coin. Se terrer dans les Hamptons, c'était une chose. Se balader dans une université downtown New York où Rodhum avait déjà ses entrées, c'en était une autre. Il se leva.

– Épatant... c'est le mot. Que diriez-vous de continuer cette conversation une autre fois ? Est-ce que je peux vous appeler ? Est-ce que je peux également vous demander de tenir votre langue en ce qui me concerne ? Comme vous le savez, le Planck est jaloux de ses prérogatives en matière de collaboration. Et Marina Mortensen encore davantage. Si ma venue s'ébruite, je crains que cela ne nous mette en porte-à-faux.

Platten opina vivement du chef.

– Oh, bien sûr ! Je ne dirai rien. Tenez !

Il lui tendit une carte de visite.

– Appelez-moi quand vous voulez ! J'ai beaucoup de plaisir à discuter avec vous.

Hammond grimaça.

– Moi aussi. Indubitablement.

Puis, l'esprit en ébullition, il se précipita vers la sortie.

Dix minutes plus tard, trempé jusqu'aux os, il s'engouffrait dans le pick-up, mettait le contact.

Un web café.

Il lui fallait un web café. Car, avant de rendre une petite visite au fameux conservateur de musée, il voulait demander à Martha de faire quelques recherches sur son compte.

Pourtant, brusquement, il s'immobilisa.

Willow...

Avec un peu de chance, la jeune femme serait chez elle. Peut-être pourrait-elle... Hammond sourit.

Au fond, pas besoin de web café.

19:15

Il y avait eu une époque où Barney aimait ce genre de boîtes. Merengue, salsa, reggae, hip-hop.

Mais ce soir...

Était-ce la météo ? l'âge de ses artères ? la question de plus en plus impérieuse du choix entre les cuisses de Maggy et les fesses de Trevor ?

Bordel.

Barney avait l'impression que son cerveau se liquéfiait. Et le reste aussi. Il sortit sa chemise de son pantalon, se retourna.

John et sa copine n'étaient plus en vue. Il y avait quelques minutes encore, ils se bécotaient sur la piste du bas, se dandinaient de façon absurde. Barney avait eu envie de les tirer par la manche, de leur dire que ce genre de truc n'était plus de leur âge. Il avait renoncé. Avec la température qui n'arrêtait pas de grimper, le ridicule n'était plus ce qu'il avait été.

Surtout dans ce genre d'endroit.

Il fendit la foule qui s'agglutinait le long du bar, poussa la lourde porte qui ouvrait sur la rue, respira à pleins poumons. Devant lui, le vent soulevait des feuilles de journal, les collait contre les jambes de ceux qui fuyaient vers un abri. Et la pluie crépitait en rafales de plus en plus fortes sur le trottoir défoncé. L'orage était en train de tourner à la tempête.

Barney leva les yeux vers le ciel. Il était vain d'espérer apercevoir la moindre étoile. Et pourtant...

S'il vous plaît, un petit coup de pouce. Il y a tant d'embûches devant moi.

À commencer par cette saleté d'enquête.

Depuis quelques jours, la police de New York était persuadée que le meurtre de Brooklyn était bel et bien l'œuvre de l'enflure qui avait œuvré à St Andrew. Ce qui était censé innocenter Mac Leod.

De toute façon, l'idée initiale, selon laquelle le jeune doyen avait voulu dissimuler le meurtre de sa maîtresse dans la série d'un tueur psychopathe, tenait de moins en moins la route. D'une part, les experts certifiaient que la jeune Géorgienne avait été mutilée sur un mode opératoire similaire à celui des autres victimes. La seule différence étant la décapitation, qui laissait supposer que, sans raison apparente, l'assassin avait emmené toute la boîte au lieu de se contenter de prélever un morceau de guimauve. D'autre part, le timing du premier meurtre de New York ne collait pas du tout avec l'emploi du temps avéré de Mac Leod, qui était alors encore à St Andrew.

Pourtant.

Si ce n'était pas Mac Leod...

Qui ?

John avait bien soulevé quelques hypothèses, où les sciences occultes avaient la part belle. Elles paraissaient plus que fumeuses à Barney, qui restait attiré par une version où, au contraire, les sciences non occultes étaient concernées.

Au moins sur le plan technique.

Car il s'était renseigné auprès du fabricant d'électrodes : ces trucs ne pouvaient servir qu'à la réalisation d'électrocardiogrammes. Or plus personne n'arrivait aux États-Unis avec un matériel à ECG sans autorisation expresse. Selon les douanes, seuls des médecins accrédités étaient entrés dans le pays durant les derniers mois avec ce type de choses. Alors, un médecin ? Là encore, le verdict des experts et des profileurs avait été tranché : (A) le travail avait été dégueulasse, (B) un disciple d'Esculape n'aurait pu s'empêcher de faire du boulot au moins correct de ce côté-là, (A + B) le tueur n'était donc pas un membre du corps médical. Pourtant, il avait eu en sa possession ce type de matos, tout d'abord en Écosse, puis à New York. Et, étant donné les prix de ces engins, soit le quidam avait du fric, soit, à St Andrew comme aux USA, il avait eu à disposition ce dont il avait besoin.

De plus, pour Barney, tout cet échafaudage d'hypothèses venait croiser un certain nombre de faits nouvellement portés à son attention. Comme le vol de matériel que venait de lui raconter ce linguiste bizarre qui naviguait entre l'Écosse et les États-Unis.

Décidément.

Plus le temps passait, plus cette histoire ressemblait à un sac de nœuds. Et plus elle l'éreintait. D'autant qu'en ce moment, ses capacités de raisonnement étaient perverties par le dérèglement de sa boussole personnelle.

Perverties. C'est le terme.

Il se mit à courir vers la bouche de métro qui se détachait devant une vitrine, s'engouffra dans l'obscurité de l'escalier. Au-dessus de ce dernier, entre des manuels de théologie et les atlas de l'évolution revue et corrigée par les créationnistes, un néon rouge clignotait :

« *Jesus is back.* »

19:31

Dès que les premières gouttes étaient tombées sur son balcon, Willow s'était habillée. Elle avait espéré une brise, elle obtenait un orage.

Que demander de plus ?

Elle regarda sa montre. Elle avait encore le temps de faire un saut chez Ashley, une vieille amie de fac qui habitait de l'autre côté des travées des ponts de Brooklyn et de Manhattan, et prêtait volontiers l'oreille aux problèmes des copines. Surtout amoureux.

Willow se glissa entre les portes de l'ascenseur, poussa la porte de l'immeuble. Renonça à ouvrir son parapluie. Le vent était trop violent.

À toute allure, elle dépassa le carrousel de chevaux de bois, vide de tout bambin par ce temps. Puis la boutique de chocolats de Jacques, en songeant qu'il y avait une éternité qu'elle n'y avait mis les pieds.

Elle sera sous les eaux avec le reste de New York avant que tu n'y retournes.

Elle regretta aussitôt sa pensée car, alors qu'elle laissait derrière elle le parc et les ruines rouges des entrepôts, la pluie s'accentua. Noyant les gratte-ciel, de l'autre côté de l'East River.

La jeune femme tira sur le chemisier qui lui collait à la peau, passa sous le pont de Brooklyn, rejoignit Old Fulton Street. Machinalement, elle avait pris le chemin qu'elle préférait, à proximité de l'ancien embarcadère du ferry. Mais tout à coup, il faisait si sombre...

Pas de mariage rococo aujourd'hui. Et personne pour se gaver de glace en rêvant encore à Wall Street.

Elle se remit à courir dans Hicks Street, le long des maisons 1830. Et, une fois devant chez Ashley, appuya avec une rageuse impatience sur la sonnette.

Trois coups.

Rien.

Cinq.

Flûte.

Huit.

Personne.

Willow s'adossa à la porte, inspira à fond.

Chez Tutt, peut-être...

Mais de l'autre côté de la rue, le restaurant libano-égyptien était fermé lui aussi.

Alors la jeune femme ôta ses ballerines, les contempla d'un air dégoûté, reprit le chemin de son appartement. Lorsqu'une sonnerie retentit.

Elle bondit Prise entre le maelström naturel qui la transformait en sirène et le tourbillon psychologique qui menaçait de digérer ses neurones, elle en avait oublié jusqu'à l'existence de la technologie qui faisait la praticité du nouveau millénaire. À défaut d'en faire la sagesse ou la beauté.

Tout en accélérant le pas, elle extirpa son portable de son sac, le colla contre son oreille.

– Willow, tu m'entends ? C'est Gerald. Tu as laissé un message pour moi hier au poste...

– Oh, Gerald ! Je suis dans la rue, sous la pluie, et...

– Oui. Foutu temps, hein. Si seulement ça pouvait ralentir les cinglés. Mais ce n'est pas le cas. On a effectivement trouvé un nouveau cadavre. Cette fois, au nord de Queens, dans une baraque de chantier. C'est un vieil homme. Son torse a été entaillé. On attend l'autopsie pour en savoir plus. Si tu veux...

– Gerald ? Flûte !

La communication avait été coupée. Et, avant que Willow ne pût appuyer sur la touche rappel, un long éclair vrilla le ciel, juste au-dessus de l'East River.

Les nuages noirs s'éclairèrent quelques secondes.

La rue s'illumina. Puis retomba dans l'obscurité.

La jeune femme écarquilla les yeux. Sentit un frisson lui parcourir le dos. Y avait-il vraiment une silhouette là-bas, de l'autre côté ? Immobile ?

Pas de raison de s'affoler. Je suis bien sous la pluie, moi aussi.

Pourtant, Willow se mit à courir sur le trottoir inondé.

Ne pas penser. Surtout pas.

Son cœur cognait contre ses côtes.

Elle atteignit enfin la porte de son immeuble, tapa son code en tremblant, se faufila à l'intérieur. Jura.

Cochonnerie de hall.

Il faisait noir comme dans un four. Quand allaient-ils installer un éclairage automatique ? Vu le prix des appartements...

À tâtons, la jeune femme s'avança pour chercher l'interrupteur. Mais ses pieds mouillés glissèrent sur le carrelage.

Elle sentit son corps basculer vers l'arrière. Et une main lui attraper le biceps.

Elle hurla. Leva le bras qui tenait les ballerines. Se mit à frapper. Aveuglément. Jusqu'à ce que la voix la pétrifiât :

– Doucement !

Le souffle court, elle s'immobilisa.

– Hammond ?

– Désolé si vous attendiez quelqu'un d'autre...

La lumière inonda le hall.

Il éclata de rire.

– Vous êtes aussi trempée que moi !

Effectivement. Ses cheveux se dressaient en épis sombres devant son front. Sa barbe naissante retenait des gouttelettes. Il avait posé l'extrémité de ses doigts au-dessus de son œil. Et il souriait.

Elle se jeta contre lui.

– Oh, mon Dieu, que j'ai eu peur !

Il referma ses bras sur elle. Chuchota :

– De moi ?

– Oh non ! De...

Elle se dégagea, le contempla. Son arcade sourcilière commençait à gonfler. Mais il ne cessait de sourire.

– Vous êtes une petite brute.

– Oh, je suis désolée... Je vous ai pris pour...

– Pour ?

Elle désigna la rue.

– Il y avait un homme là-bas, sous la pluie. Il me regardait...

Mac Leod la fixa.

– Vous êtes certaine ?

Willow se passa une main encore tremblante dans les cheveux.

– Je... je ne sais pas. Je me suis peut-être trompée...

Elle tourna la tête vers l'extérieur. La pluie cessait. Le vent chassait les nuages. La rue luisante reflétait les lumières qui s'allumaient dans les bâtisses.

Elle leva de nouveau les yeux vers lui. Son propre regard était-il aussi peu assuré que celui de Mac Leod ? Ses cils palpitaient-ils de la même façon ?

Elle eut soudain une terrible envie de fuir. Avant de perdre ses capacités de réflexion.

Avant de...

20:28

Hammond la sentait contre lui. Il avait oublié ce pour quoi il était venu. Son alibi.

Quel alibi ?

Il leva la main droite vers le visage de Willow, lui caressa la joue. Entre ombre et lumière.

Si pâle.

Elle ne recula pas.

Il remonta les doigts vers ses cheveux mouillés.

Si noirs.

Il se pencha, posa ses lèvres entrouvertes sur les siennes.

La chaleur de sa bouche. La douceur de sa langue.

L'arrondi de ses seins.

Ses doigts se crispèrent dans les cheveux bouclés. Il la voulait.

Plus qu'aucune autre.

Ses lèvres lâchèrent celles de la jeune femme.

Il embrassa le sommet de sa tête.

– Willow ?

Elle s'était blottie contre lui. Il sentait son souffle contre son cou.

– Attrape-t-on une pneumonie de concert ou envisage-t-on une autre solution ?

Elle rit, posa ses mains contre sa poitrine.

– Je ne vois pas de quoi tu veux parler.

– J'aimerais simplement ne pas finir comme tes chaussures. Qui, entre parenthèses, même détournées de leur fonction première, ont conservé une certaine efficacité...

De l'index, Hammond toucha de nouveau son arcade sourcilière.

Elle leva la tête vers lui et, de nouveau sérieuse, l'examina.

– J'ai l'impression que ça enfle...

Il lui prit la main et, du menton, désigna la porte de l'ascenseur.

– Par là ou par l'escalier ?

20:39

En introduisant la clé dans la serrure, Willow n'avait plus que deux questions en tête : de quand datait l'implant contraceptif qu'elle avait dans le bras ? Et où diable avait-elle rangé ces foutus préservatifs ? D'une part, parce qu'il ne fallait pas compter sur un bonhomme qui venait de passer la dernière quinzaine dans un cargo puis dans une grange des Hamptons pour avoir ce genre de choses en poche. D'autre part, parce que Mac Leod se tenait derrière elle. Contre elle. Ses mains assiégeaient ses hanches, son ventre. Il embrassait le creux sous son oreille, descendait vers l'épaule, revenait vers la nuque. Ses paumes étaient brûlantes, ses lèvres s'embrasaient. Et cela devait être l'une des plus contagieuses maladies qui existât en cet instant.

La jeune femme poussa la porte de son appartement, sentit ses jambes trembler sous elle. Se retourna contre lui.

– Je suis dégoûtante. J'ai couru pieds nus... Je... je vais me doucher, j'en ai pour une minute.

Il lui attrapa la taille.

– On s'en fout.

– Mais...

– On s'en fout...

– Hammond, je...

Elle ferma les yeux. Les battements résonnaient dans sa poitrine. Et contre sa poitrine. Le rythme s'en accélérait. L'écho également.

Les doigts de Mac Leod remontèrent le long du torse de la jeune femme, de son cou, sous sa mâchoire, revinrent sur la chemise détrempée. Entreprirent d'assiéger les boutons. Le premier. Le second...

Le tissu glissa sur le sol.

– Tu me hantes, Willow... Lorsque je te vois, je n'en peux plus de...

Elle posa ses doigts sur les lèvres de Mac Leod.

De Hammond.

– Tais-toi.

Mercredi, 01:04 (UTC–5)

Le claquement réveilla Hammond en sursaut.

Il se tourna vers la fenêtre. Le vent avait rabattu le volet contre les carreaux. Mais il n'avait pas le courage de se lever pour l'accrocher. Et il ne voulait pas réveiller Willow.

Tout à l'heure, elle avait posé la tête contre le creux de son épaule, s'était endormie. Lui avait fixé le plafond sans voir, sans entendre. Si ce n'était le souffle léger de la jeune femme. De la joue, il avait effleuré les cheveux sombres et soyeux. Avait respiré le parfum qui en émanait. Puis il avait également sombré.

Là pourtant, il était bien éveillé. À tel point que ses sens semblaient inhabituellement exacerbés.

Il regarda autour de lui.

Lorsqu'il était entré, il n'avait rien vu de l'appartement, de ce qu'il contenait. Maintenant, c'était comme si, à travers cet endroit, il découvrait une autre Willow. Celle qui avait acheté ce vieux piano, arrangé ce salon, cette chambre. Celle qui y avait ses rituels, y avait fait l'amour avec lui.

Fait l'amour « tout court », crétin. Tu crois être le premier ?

Non.

Mais à partir d'aujourd'hui...

Hammond ne pouvait plus se leurrer. Le gouffre qu'il évitait depuis si longtemps s'était ouvert sous ses pieds. Et ce n'était pas simplement le fait d'une activation de dopamine. Un fugitif instant, il se dit que cela ne lui était jamais arrivé.

Jamais ?

Il eut un sourire amer.

Qu'est-ce qui ne t'est jamais arrivé ? De faire l'amour à une jolie fille, d'aimer le parfum de ses cheveux ? Tu te fous de qui ? Tout ça n'est qu'illusion. Prends tes distances. Tu es un bâtard cynique et ambitieux dans un monde en déperdition. Et un fugitif. Tiens-t'en à ça.

Il ferma les yeux. Un fugitif. Pendant ces quelques heures, il avait oublié. Pourtant, il ne pouvait plus occulter la réalité. D'autant que, par l'embrasure de la porte, dans l'obscurité du salon, l'écran à peine luminescent de l'ordinateur lui faisait signe.

Doucement, il dégagea son épaule, repoussa le drap.

Willow marmonna quelque chose d'indistinct, se retourna vers le mur.

Sans un bruit, Hammond se glissa devant le bureau, ôta du siège le foulard orné d'un piano, de partitions et de planètes, attrapa la souris.

Il devait y avoir un moyen de voir tous les profils des fameux « pions » et ce, sans vraiment entrer dans le jeu, pour être certain de ne rien provoquer. En attendant de localiser l'Irakien et son fameux listing.

Si je ne me plante pas complètement.

Hammond se mordit la lèvre inférieure. Devait-il passer par l'un de ces sites qui dissimuleraient son adresse IP ? Il décida que non. S'il le faisait, cette vieille bécane allait ramer : il n'arriverait plus à rien. En conséquence, il entra directement l'URL du jeu. Et la fenêtre familière lui apparut. Désormais bleu-noir, frangée d'orange.

Il fronça les sourcils devant ce nouvel assortiment de couleurs.

Un hasard ? Certainement pas.

Il n'y avait guère de hasard en matière informatique.

Donc...

Pendant plus d'une heure, Hammond détailla les menus, les liens, les programmations plus ou moins accessibles, prit rapidement conscience que, en plus des compétences indispensables pour ce genre de décorticage, il lui manquait un nombre considérable d'éléments. Jusqu'au moment où il crut entrevoir l'un des fichiers sources qui lui manquait.

Avec des noms !

Mais le temps qu'il sélectionnât la liste de ces derniers, le fichier avait disparu, le plateau aux vingt carrés apparaissait dans la fenêtre, le jeu se mettait en route.

Et le webmaster lançait les pièces, éliminait un pion noir.

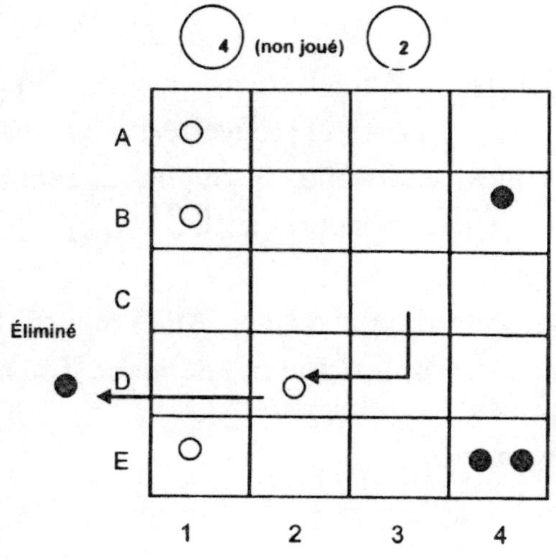

Oh, oh... voici notre Numéro Sept.

Eh bien, cher joueur, si tu as correctement lu les règles qui ont précédé, tu sais que c'est à moi de jouer...

Le 4. Et le 2... Et voilà un autre pion qui disparaît.

Crois-tu que nous approchions de la fin ?

Hammond se prit la tête entre les mains. Sa manœuvre avait échoué. Malgré tout, il se força à lire la suite :

Maintenant, écoute et regarde attentivement ce qui arrive.

Et la voix s'éleva :

Les habitants, comme des poissons pris au piège, voulurent sauver leur vie.

Les mâchoires étaient broyées et les têtes fracturées.

Dans toutes les ruelles et toutes les allées, des corps étaient empilés.

Celui dormant sur le toit y mourait. Celui dormant dans la maison n'était pas enterré.

Le sang du menteur coula sur celui d'honnêtes hommes[1].

Hammond baissa précipitamment le son du haut-parleur, tourna la tête vers la porte entrouverte sur la chambre, vers la silhouette de Willow endormie. Il soupira. Il aurait donné n'importe quoi pour retourner auprès d'elle.

Tout de suite.

Mais il était trop tard pour reculer. Aussi reporta-t-il son attention sur l'écran et sur l'animation qui débutait. Sous cette cochonnerie d'inscription :

« 2009 av. J.-C. »

Deux hommes assis l'un face à l'autre apparurent. Derrière eux,

1. *Malédiction sur Agadé.*

un énorme panache de fumée s'élevait sur fond de ciel bleu azur. Et simultanément, le commentaire reprit. Obsédant :

Comme des poissons pris au piège, ils voulurent sauver leur vie. Comme des pions entre des lignes, ils voulurent s'échapper. Mais du filet ils étaient prisonniers. Au jeu ils étaient subordonnés.

Ainsi, c'est ta créature, ton ouvrage, Numéro Sept. Regarde-le. Shoum est né nomade subaréen, sur les rives de la mer Noire. L'exil des siens a fait de lui un paysan mésopotamien... et un joueur passionné face au plateau quadrillé.

D'ailleurs, il n'est qu'à voir la façon dont il se ronge l'ongle du pouce. Comme il hésite à pousser son pion sur le premier carré. Cela te rappelle-t-il quelque chose, Numéro Sept ? La tergiversation serait-elle une caractéristique plus répandue que l'on ne l'imagine ? Bah, quelle importance, au fond ? Seuls les indifférents ne prennent pas le temps de la réflexion. Et de toute manière, tôt ou tard, la décision prend le dessus, quelle qu'elle soit.

Notre jeune Shoum lance maintenant ses pièces, avance un pion. Puis il lève les yeux, tressaille. Peut-être avait-il oublié ce qui se profile maintenant sur ton écran, Numéro Sept. Peut-être voulait-il oublier. « Et lorsque les remparts d'Ur eurent cédé sous les coups de boutoir des Élamites et des Amorrites, une épaisse fumée noire s'éleva au-dessus du quartier des artisans. Les prisonniers dénudés défilèrent. Les fantassins piétinèrent les cadavres. Les scribes décomptèrent les têtes des ennemis morts. »

Que de spectres en perspective, n'est-ce pas, Numéro Sept ? Tu en frissonnes. Shoum aussi. Pourtant, vois comme il chasse la tristesse d'un haussement d'épaules, comme il revient à ses propres problèmes. Les inondations qui ont changé le cours de l'Euphrate. Les irrigations qui ont favorisé la remontée des eaux saumâtres. Et les rendements agricoles qui chutent, encore et encore, poussant les paysans comme lui à partir.

Loin de l'empire qui s'effondre. Présent, passé. Passé, présent. 2009. –2009...

Hammond tressaillit. La voix off le glaçait soudain jusqu'à la moelle :

Un homme dans un hangar, Shoum, le joueur subaréen. Aujourd'hui, la mémoire de l'un ; hier, l'existence de l'autre. Ici, ton image numérique ; là-bas, le ciel qui s'obscurcit. Et demain...

Un texte rouge recouvrait l'écran :

Alors, Numéro Six ? Car tu n'es pas le Numéro Sept, n'est-ce pas... Tu es même peut-être également le Numéro Cinq... Dis-moi, pourquoi es-tu revenu ? Ne sais-tu pas que je t'ai repéré ? Depuis combien de temps me suis-tu ? As-tu été assez stupide pour croire que je ne m'apercevrais de rien ? Commences-tu à comprendre la complexité de ce jeu, Numéro Six ? Et de la situation dans laquelle tu t'es mis ?

Hammond eut un haut-le-corps.

L'adresse IP.

C'était celle de la jeune femme qui dormait dans la chambre.

Il serra les poings. Il s'était cru très fort, n'avait pas jugé utile de prendre les précautions les plus élémentaires.

Pour aller plus vite sur cette saloperie de jeu de merde.

Et voilà qu'il l'avait mise en danger.

Elle. Willow.

Un long frisson le parcourut.

Irrationalité.

Certainement. Mais ce qu'il découvrait était-il vraiment de l'ordre du rationnel ? D'un clic de souris, il fit disparaître la fenêtre web.

Et le jeu.

Puis il respira profondément, reprit la souris. Relança la connexion internet.

À cet instant, dans la nuit, un premier éclair déchira le ciel. Un second. Et l'ordinateur s'éteignit d'un coup, avec un petit soupir électronique qui n'augurait rien de bon.

Quelques secondes, Hammond resta assis sans bouger devant l'écran vide, à écouter sa propre respiration. Saccadée.

Puis il souleva le téléphone posé à côté de l'ordinateur.

Pas de tonalité.

Là-bas, au-dehors, dans le quartier entre les deux ponts, il n'y avait plus une lumière.

Plus rien.

Seul le ciel noir, de temps à autre, se déchirait d'un nouvel éclair.

18

Semaine 5. Puzzle game[1]

Mercredi, 07:45 (UTC–5)

AU-DESSUS de la porte de l'institut médico-légal, les chiffres rouges de l'horloge murale semblaient le défier. Barney leva les yeux.

Putain.

Il n'était même pas 8 heures du matin. Et il venait de se taper une autopsie.

Sans rien d'autre qu'un thé dans l'estomac. Un thé en sachet par-dessus le marché...

Comme d'habitude, l'abdomen du cadavre avait été salement entaillé, une infime partie de la cervelle prélevée. Et il y avait les traces d'un gel conducteur utilisé pour la pose d'électrodes.

Comme d'habitude.

Parce que c'était devenu une routine.

Celle de l'horreur.

Sauf lors de l'autopsie, qu'il ne réussissait pas à considérer comme une routine, seulement comme une épreuve qui revenait beaucoup trop souvent à son gré.

---

1. « Puzzle, jeu de réflexion », expression couramment utilisée dans certains jeux vidéo.

À la suite d'un John livide, il sortit dans la cour de l'institut, trébucha. Se rattrapa sur le crépi du mur gris.

Bordel.

Il balança violemment le vieux sac-poubelle dans lequel il venait de se prendre les pieds, regarda autour de lui. L'orage était terminé. Mais il faisait encore plus chaud et plus humide, si c'était possible. Et l'eau avait ruisselé à tel point qu'elle avait entraîné un peu partout les détritus en instance de ramassage.

Alors qu'il songeait qu'il allait définitivement faire une croix sur son petit déjeuner, il fut heurté par un homme chauve et râblé qui vitupérait :

– Je m'en fiche ! C'est de mon père qu'il s'agit ! Mon père, vous comprenez ! Serdar Krasmedov ! Il avait la nationalité américaine depuis plus de dix-sept ans. Il parlait anglais couramment. Il payait ses impôts et employait une bonne vingtaine de personnes. Il est hors de question qu'on ne fasse pas au moins autant d'efforts pour lui que pour un autre !

Barney sursauta.

La nationalité américaine. Parler l'anglais.

Il leva les yeux vers la cour envahie d'ordures, vit la limousine derrière la voiture de police, le chauffeur adossé au capot.

Il se retourna, attrapa le petit homme par la manche.

– Monsieur ! S'il vous plaît... Je suis de la police. J'ai vu le dossier de votre père ce matin, mais il me manque des éléments...

08:01

Était-ce un rêve qui se prolongeait ou bien y avait-il réellement un corps entre ses bras ?

Hammond n'ouvrit pas les yeux immédiatement, le temps de laisser la mémoire revenir. La mémoire de ce qui s'était passé la veille, de la douceur du ventre qu'il avait sous les doigts, du parfum des cheveux qui lui chatouillaient le menton. La mémoire de ce jeu à la con, de la panne d'électricité, de la menace qui pesait sur Willow.

Il cligna des paupières. Les rideaux de la fenêtre de la chambre laissaient pénétrer d'éclatants pinceaux de lumière. Et imperturbable, le cadran du radioréveil continuait de clignoter.

08 h 07. Du matin.

Hammond songea qu'il n'aurait peut-être pas dû se recoucher. Cependant, qu'aurait-il pu faire d'autre en pleine nuit ? Avec Willow qui dormait à plat ventre, la tête posée sur le dos de ses mains jointes, les pieds sur le drap tassé au bout du lit.

Il avait remonté un doigt sur le creux de sa colonne vertébrale, avait dégagé les boucles qui cachaient son cou, l'avait embrassée.

Elle s'était étirée, avait pivoté vers lui.

Comme maintenant.

Elle avait effleuré ses lèvres des siennes, glissé une main sur sa nuque. Son genou entre ses cuisses. Et il avait senti son cœur s'emballer.

Comme maintenant.

09:08

Willow avait oublié tout ce qui ressemblait de près ou de loin à une obligation. Seul comptait ce qui venait de se passer. Et le grand machin qui respirait dans son oreille et lui écrasait la moitié du corps. Elle eut cependant une pensée compatissante à l'attention de ses propres os et organes internes.

Pour une fois, tu aurais pu en choisir un petit et malingre, surtout avec cette chaleur.

Elle soupira, dirigea son regard vers la montre qu'il n'avait pas ôtée de son poignet. Au réveil, ça avait un côté pratique, mais durant les envolées sportivo-amoureuses, c'était plutôt râpe-à-tétons.

09:10

Elle souffla légèrement sur le creux du coude de Hammond.

Il ne réagit pas.

Elle tenta la même chose sur sa joue.

Il secoua la tête, comme pour chasser une mouche. Se cala encore davantage contre elle.

Il doit être du genre à dormir pendant les tremblements de terre.

La jeune femme referma les yeux. Il lui tenait épouvantablement chaud et l'empêchait de prendre une respiration complète. Pourtant, il y avait une éternité qu'elle n'avait été aussi bien.

Une éternité...

Elle sentait son esprit prendre la pente de la gamberge post-coït-pas-seulement-hygiénique lorsqu'elle rouvrit brutalement les yeux.

09 h 20. Flûte. Le rendez-vous à Columbia.

Un instant, elle maudit ce qui lui restait de bonté naturelle. Quelle idée d'avoir accepté un boulot pendant les vacances sous prétexte que son patron économiserait un aller-retour Londres-New York. Cela dit, puisqu'il avait tout organisé par e-mails...

Sans plus de ménagements, Willow se dégagea de l'écraseur, fonça dans la cuisine, mit la cafetière en route, fila sous la douche.

Dix minutes plus tard, nouant son foulard favori autour de son cou, elle s'engouffrait dans la bouche de métro.

09:32

Un mouchoir roulé en boule dans la main, le petit chauve remontait dans la limousine. À l'intérieur, derrière les vitres fumées, sa femme sanglotait bruyamment.

Pensif, Barney regardait les ordures éparpillées dans la cour.

En 1991, le vieil homme était venu de cette république soviétique d'Asie centrale qui était en train de devenir le Turkménistan. L'un des régimes les plus autocratiques du monde. Barney ne s'intéressait guère à la politique, surtout internationale, mais lorsqu'un chef d'État faisait figurer son portrait jusque sur les bouteilles de bière, cela méritait un minimum d'attention. Il savait donc que le pays se trouvait en bordure de l'Iran, de l'Afghanistan et de deux autres pays en « stan » dont il avait oublié le nom.

Il rejoignit John qui poireautait, adossé à la voiture de police, décida de ne pas lui poser de questions pour l'instant. Le visage couleur craie de son collègue américain ne laissait rien augurer de bon. Après une fin de soirée a priori mouvementée à l'Avalon, mieux valait attendre le passage de l'Alka-Seltzer. Cela permettait à Barney de réfléchir à ce qu'il venait d'entendre :

« Mon père était un commerçant hors pair, monsieur le policier. Mais il était également très cultivé et parlait au moins quatre langues, dont l'élamite, qui, d'après ce qu'il disait, était utilisée il y a presque cinq mille ans dans la légendaire ville de Suse. Rendez-vous compte ! Une langue parlée il y a cinquante siècles ! »

Barney sortit son calepin de sa poche de chemise. Quelles étaient, déjà, les nationalités des victimes précédentes ? Et qu'avait-on trouvé de particulier les concernant ?

Il n'y avait pas à tortiller : il devait de toute urgence retrouver l'archéologue dont lui avait parlé ce fichu linguiste.

11:03

Hammond tressaillit, tâtonna à côté de lui. Se redressa, la gorge soudain serrée.

– Willow ?

Il regarda sa montre.

Merde. Tu t'es rendormi !

Il s'empêtra dans le drap, se précipita dans la cuisine.

– Willow ?

Bon sang.

Une délicieuse odeur lui monta alors aux narines. Il chercha du regard, vit la cafetière posée sur le plan de travail. Et les petits pains dans la corbeille, à côté de la poêle et des œufs.

Pas de panique, crétin, elle est partie faire une course. Elle est en vacances, après tout. Et il fait jour. Elle ne risque rien.

Rien.

Vraiment ?

Pourtant, en cet instant, Hammond aurait donné n'importe quoi pour l'avoir encore contre lui. Il n'avait pas eu suffisamment d'elle. Et il se demandait s'il aurait un jour suffisamment d'elle.

Un jour.

Il se força à réfléchir calmement. Elle allait bientôt rentrer. Il lui dirait de ne plus sortir, voire de s'enfermer. Ensuite, il découvrirait qui se cachait derrière ces horreurs qui les menaçait.

Il se rua dans la salle de bains. En ressortit peu de temps après, griffonna un mot pour la jeune femme, dévala les escaliers, démarra le pick-up de Jack. S'engagea sur l'autoroute Brooklyn-Queens.

Direction Long Island.

L'archéologue irakien ne devait pas beaucoup bouger de son refuge. Hammond n'avait pas l'intention de le lâcher avant qu'il lui donnât cette fichue liste, avant qu'il lui expliquât en détail qui d'autre, en sus de Platten, s'y intéressait.

Cependant, Hammond n'avait pas anticipé les dégâts que l'orage avait occasionnés. Et il n'était apparemment pas le seul dans ce cas puisque, après moins d'un demi-kilomètre, il se retrouva pris dans l'un de ces embouteillages bénis des fabricants d'antidépresseurs.

Il fit alors les seules choses qui lui restaient à faire. Baisser la vitre, constater l'étendue de la marée de véhicules, appuyer sur le bouton de l'autoradio.

11:34

Y avait-il une horloge, ici ? Dans sa précipitation, Willow avait oublié sa montre sur la table de nuit.

Du regard, elle balaya le Blue Java.

Là-bas.

Dans le fond. Une horloge.

Ce n'est pas possible...

La jeune femme écarquilla les yeux.

Ce machin n'est pas à l'heure !

Elle se leva brusquement, faillit renverser la table, salua à toute allure son interlocutrice. Et, pour éviter le groupe de basketteurs qui entrait, se faufila entre le comptoir du vendeur de rouleaux de printemps et un trio d'étudiants italiens.

Elle venait d'accomplir un exploit. Simultanément, elle avait avalé six cappuccinos et trois pancakes, effectué une liste mentale de ce qu'elle voulait savoir de l'écraseur qui ronflait dans son lit, tenté de retrouver son intransigeante lucidité en décidant qu'il n'était pas fait pour elle, renoncé, et interviewé la présidente de l'Association des anciens de Columbia. Certes, cette dernière, une arrogante brunette aux cheveux courts, prétendait n'avoir jamais été contactée par le *Guardian*. Mais c'était sans importance car, après tout, elle avait réussi à la localiser et à en extirper les informations voulues en un temps record.

Ce ne fut qu'en s'engouffrant dans la station de Broadway-Columbia qu'elle réalisa qu'elle avait oublié son foulard au Blue Java.

11:39

Le curseur du vieux tuner du pick-up de Jack courait sur toutes les stations de la ville. Du gris à l'indigo, au noir au rouge orangé.

Hammond tournait le bouton sans vraiment y prêter attention. Les nouveaux recrutements des Giants, l'inauguration d'une salle Alfred-Schröger au MoMa, la décapitation d'un homme dans un hangar de Queens, la Bourse qui yoyotait jusqu'à la nausée...

Brusquement, il fronça les sourcils.

« ... la décapitation d'un homme... »

Il leva le son :

« Le seul et unique témoin de la scène, le gardien de nuit de la société Twix Import, est encore sous le choc. Monsieur Berry, pouvez-vous nous raconter ce que vous avez vu en début de nuit ?

– Il... il est entré avec un sac jeté sur le dos. Au début, je... je ne l'avais pas vu. Vous comprenez... Les écrans de surveillance toute la nuit, ça vous fusille les yeux. Alors, je faisais une petite pause. Et quand j'ai repéré le type, il posait déjà son sac et le déballait. Le problème, c'est que c'était pas un sac, c'était un gars roulé dans un tapis. Ben, j'ai reluqué tant que j'ai pu, mais l'image était floue. C'est dommage, parce qu'il paraît que le gars dans le tapis avait été...

– Merci, monsieur Berry, merci... Vous avez donc appelé la police, mais le meurtrier s'était évanoui dans la nature. Quant à la victime, son corps porte de multiples balafres... »

Hammond s'arc-bouta sur le frein.

Le pick-up pila, pivota, recula, finit par s'extirper de la file des voitures pour se retrouver sur l'étroite bande d'arrêt d'urgence. Et se mit à foncer sans tenir compte des klaxons et appels divers. Dans la tête de Hammond, résonnait ce qu'avait dit le journaliste.

« En début de nuit. »

Cela signifiait deux choses. Premièrement, ce truc s'était déroulé avant qu'il ne se retrouvât à nouveau sur le jeu. Deuxièmement, les ordinateurs de Willow avaient été manipulés. Sans doute par repérage des adresses IP, puis par installation d'un « vers », qui avait dû ouvrir une sorte de porte dérobée, accaparant les adresses des correspondants de la jeune femme, les dates, heures et endroits de connexion. Transformant la bécane en zombie. Et lui, Hammond Mac Leod, avait plongé comme un enfant dans une partie où tout était joué d'avance.

Il regarda l'horloge du tableau de bord.

11 h 52... Oh, et puis merde ! Au diable l'archéologue irakien.

Il devait retourner à l'appartement. Willow était sans doute de retour. Dans un endroit dont l'autre avait l'adresse.

11:53

Willow introduisit la clé dans le verrou, poussa doucement la porte. Hammond dormait-il encore ? Peut-être était-il sous la douche.

À pas de loup, la jeune femme s'engagea dans le salon, tendit le cou vers la porte de la chambre. Le lit était vide, le drap et les oreillers sur le sol.

Laisse tout traîner. Dix points en moins.

Elle vit la tasse sur l'évier.

Pas même fichu de laver sa vaisselle. Vingt points en moins.

Si elle voulait lui laisser une chance, peut-être valait-il mieux qu'elle attendît un peu pour aller dans la salle de bains. Mais soudain, son visage se figea. S'il avait fichu le camp pour de bon ?

L'idée la fit souffrir. Et elle s'en voulut pour cela.

Je veux revenir en arrière.

À l'époque où seul l'amusement comptait.

Ça ne doit pas être si difficile.

À ce moment, elle vit la montre posée sur le plan de travail de la cuisine, souleva le lourd bracelet métallique, se sentit mollir.

Rien que parce que c'est lui, deux cents points en plus.

Où diable était-il ?

Elle revint dans le salon, se mordilla la lèvre. Laissa son regard voltiger d'un meuble à l'autre. Jusqu'à l'ordinateur.

Éteint.

Alors que, pour en ménager l'allumage, la jeune femme le laissait toujours en veille.

Elle appuya sur le bouton.

La machine ronronna, l'écran s'illumina. Et la fenêtre du web s'ouvrit automatiquement.

Willow fronça les sourcils. Qui s'en était servi ?

Hammond ?

Rapidement, elle fit défiler l'historique des connexions. La dernière datait de 05 h 30 du matin. Approximativement l'heure à laquelle il l'avait réveillée, l'heure à laquelle...

Enfer et damnation.

Qu'est-ce que c'était que ce site ?

Willow valida l'URL.

Une fenêtre noire et rouge s'ouvrit. Et presque simultanément, un petit sifflement retentit. L'écran devint opaque. Tous les signaux lumineux s'éteignirent.

La jeune femme frappa le côté du clavier.

– Ah non ! Tu ne vas pas me lâcher maintenant !

Quelques minutes plus tard, le front soucieux, elle fermait la porte de l'appartement derrière elle.

19

Semaine 5. Player killer[1]

Mercredi, 12:41 (UTC–5)

COCHONNERIE d'orage. Saloperie d'embouteillage.

Sur le tableau de bord du pick-up garé en travers du trottoir, les aiguilles de l'horloge bougèrent imperceptiblement. La portière s'ouvrit brutalement. Et dans les secondes qui suivaient, Hammond donnait un grand coup d'épaule dans la porte du hall de l'immeuble de Willow, grimpait quatre à quatre les escaliers et, sans prendre la peine de frapper, empoignait le bouton de la porte de l'appartement. Qui ne bougea pas d'un iota.

Merde !

Il martela le bois avec violence, ne réussit qu'à se meurtrir les phalanges. Ce qui n'était rien en comparaison de l'angoisse qui lui tordait l'estomac.

Elle doit être là. Elle le doit !

Il s'apprêtait à s'élancer franchement contre le battant lorsqu'une voix le fit sursauter :

– Elle est revenue il y a peu de temps. Mais elle est repartie presque aussitôt. Elle avait l'air soucieux. C'est vous qui la rendez

1. « Tueur de joueur », expression couramment utilisée dans certains jeux vidéo.

comme ça ? À voir ce que vous faites à sa porte, ça ne m'étonne guère...

Il se retourna. Un gros tube de *Cadmium Scarlet* Winsor & Newton à la main, un vieil homme en blouse de peintre le contemplait avec consternation. Son aspect doucha les velléités de violence de Hammond. Le vénérable voisin haussa le menton.

– Mlle Owen est une charmante jeune femme. La plus charmante que je connaisse. J'espère que vous n'avez pas d'intentions malhonnêtes à son égard.

Hammond serra les dents. S'il n'avait pas été aussi inquiet, il aurait sans doute trouvé ça drôle. Pour le moment, ce n'était pas le cas. Cependant, il se maîtrisa.

– Pas le moins du monde. Nous devions simplement nous retrouver ici... et elle n'y est pas.

– Eh bien, je ne peux que vous répéter ce que je viens de vous dire. Elle est repartie avec l'air soucieux.

– Et... savez-vous s'il y a un web-café dans le coin ?

Le peintre resta coi un instant. Puis prit l'air désespéré.

– Décidément, vous les jeunes, je ne vous comprends pas. Si vous pensez que ça remplace... Le ReBar, un pub de Front Street, juste derrière la travée du pont, a installé quelques-uns de ces fichus broute-neurones il y a un an. Soi-disant pour...

– Merci !

Hammond se précipita dans l'escalier. Il était plus que temps de cesser de s'empêtrer dans les angoisses et les contradictions générées par son propre passé.

Affronter.

Quelques minutes plus tard, il s'installait au sous-sol du pub devant l'un des ordinateurs coincés entre le billard et l'écran géant. Et la fenêtre du jeu envahissait l'écran de noir et de pourpre, comme si elle s'assortissait aux couleurs de l'environnement immédiat.

Hammond sentit son sang pulser de plus en plus rapidement dans ses veines, sa jambe droite se mettre à tressauter sous la table. Cette bécane ne pouvait être manipulée comme l'avaient été celles de Willow : il devait en profiter pour regarder quels personnages se cachaient derrière les pions survivants. En priant pour que l'autre n'eût pas, sous un prétexte quelconque, déjà fixé un rendez-vous à la jeune femme.

Ne pas y penser. Ne surtout pas y penser.

Les doigts de Hammond coururent sur le clavier.

Dix minutes. J'ai dix minutes pour réussir. Sinon, il va repérer quelque chose.

Mais la page d'accueil restait sans réaction aucune.

Qu'est-ce qui se passe ?

Il était sur le point d'abandonner lorsque apparut une photographie brouillée. Celle d'une jeune femme aux courts cheveux bruns.

Et le jeu démarra.

Non !

Hammond tapa du poing sur la table.

Ce n'est pas possible !

Il tenta de ne pas céder à la panique, de mettre de l'ordre dans ses idées. L'autre devait avoir programmé la mise en route automatique. Et il ne s'agissait que d'une coïncidence.

Ou bien...

Un long frisson le secoua. L'image qui venait d'apparaître était celle de Willow.

Il se levait de son siège, prêt à courir au poste de police le plus proche, lorsqu'un texte s'inscrivit sur l'écran :

> Qui que tu sois, tu vas avoir droit au meilleur. Est-ce avec toi que je joue cette partie depuis quelque temps maintenant ? Peu importe. Sache simplement que si c'est le cas, je n'apprécie guère la manière dont tu t'es moqué de moi. Je vais te faire voir ce dont je suis capable. Regarde. Puis va faire un tour du côté du Blue Java, à l'université de Columbia.

La photographie de Willow disparut. Mais lorsque la voix que Hammond connaissait trop bien résonna, il avait déjà claqué la porte derrière lui :

Ô père Nanna, cette ville s'est changée en ruines...

Sous ses portes majestueuses, dans ses avenues joyeuses, gisent des monceaux de corps.

Ô Nanna, Ur a été détruite, ses habitants ont été éparpillés[1] *!*

À la place de la photographie, sous le chiffre maudit, une longue file de marcheurs virtuels serpentait dans un paysage aride. Au rythme des lancinantes inflexions du commentaire :

Ur a été détruite. Ses habitants ont été éparpillés. De temps à autre, quelques fuyards s'effondrent ensemble dans la poussière, compagnons d'infortune et d'hébétude. Là, le vieux Kouch et son fils. Près de lui, deux hommes qui se reposent devant leur plateau de jeu de vingt carrés. Plus loin, un jeune scribe qui écrit furieusement sur une tablette d'argile. Et ici, Numéro Huit, ta créature et l'aboutissement de ce jeu : la prêtresse venue d'Ébla, dans l'ancienne Syrie.

Fais comme elle, Numéro Huit, regarde-les, écoute-les. Pour réchauffer son fils, le vieux Kouch tente de soutirer une couverture de laine à son voisin. Après avoir relu le récit qu'il a couché sur l'argile, Nabheel le scribe se demande s'il a correctement représenté les personnages, leur vie et leur mort. Et tels des dieux insensibles préoccupés seulement de leur plaisir, les joueurs entremêlent les destins de leurs pions.

Mais voici que tous se relèvent, que les femmes hurlent. Entends-tu, Numéro Huit ? Les Amorrites ! Les Amorrites ! Et effectivement, une troupe de cavaliers grossit dans le coin de ton écran. En tête, un couple. L'homme est jeune, robuste. De la femme, derrière lui, on ne voit que les longues jambes dorées qui s'échappent d'un amoncellement de peaux.

Ils contournent les fuyards. Pourtant, devant le jeune homme à la tablette d'argile, le cheval qui porte le couple ralentit. Que

1. *Lamentation sur la destruction d'Ur.*

se passe-t-il, Numéro Huit ? La femme jette quelque chose. Le scribe regarde le petit tas informe devant lui, se met à pleurer. Les cavaliers repartent. La poussière retombe. Le vieux Kouch se précipite pour ramasser la peau de gazelle, la drape sur les épaules de Nem-rode, son jeune fils. Et notre prêtresse s'approche du scribe, lui parle doucement.

Approchons-nous, Numéro Huit, tendons l'oreille. « Et lorsqu'ils repartirent, ce fut vers le nord, vers un endroit encore fertile et que n'encombraient pas les relents de batailles aux origines trop anciennes pour s'en ressouvenir. » Un endroit que l'on appelle « la porte du Dieu », Numéro Huit. « Ka-dingir-raki » en sumérien. « Bab-ilim » en akkadien. Babylone. Un endroit de paix où les hommes parlent la même langue et où, pour s'allier aux dieux, ils construisent la plus haute des ziggurats, une Maison du Haut Lieu entre le Ciel et la Terre, « É-temen-an-ki *». « Et lorsque, venant des eaux de l'Apsû, ils monteront à l'assemblée, ce sera là un lieu de repos pour les recevoir tous. Lorsque venant du Ciel, ils descendront à l'assemblée, ce sera là un lieu de repos pour les recevoir tous[1]. »*

Tous. Passé, présent. Présent, passé. 2009. –2009. La jeune femme au foulard ; la jeune prêtresse de Bab-ilim. Aujourd'hui, la mémoire de l'une ; hier, l'existence de l'autre. Ici, ton image numérique ; là-bas, la tour qui se construit.

L'espoir. Ou le néant.

13:47

Dans le pub, sous le plafond de pierres rouges, les clients affluaient pour le déjeuner. Pendant que, sur fond noir et cramoisi, le film se mettait en route.

Deux plantureuses jeunes femmes s'approchèrent. L'une d'entre elles s'éventait avec un plan de la ville.

1. Poème de la Création.

– Ah non, je refuse de m'asseoir dehors ! Il fait vraiment trop chaud, c'est encore pire qu'au Texas ! Ici, dans leur espèce de cave, c'est bien plus agréable. Allez, viens, Tania !

Elle tira sa compagne derrière elle.

– Regarde... On peut se connecter. Dis, avec le temps qu'il fait, si on allait au cinéma ? Ce sera climatisé, on sera assises et il y aura des glaces et du pop-corn. Attends, on va regarder les programmes...

Tania s'assit devant l'ordinateur que Hammond venait de quitter, agita la souris de sa main aux ongles fuchsia.

L'écran de veille disparut. À sa place, un visage de femme en gros plan. Du sang coulait sans discontinuer d'une narine. Les yeux étaient clos. La bouche à peine entrouverte.

– Ça alors ! Angie, regarde ! Tu crois que c'est un extrait de film ? Ça a l'air un peu gore, mais si ça te dit...

20

Semaine 5. Wipe out[1]

Mercredi, 13:48 (UTC–5)

DU CÔTÉ de l'université, il y avait des restos en veux-tu en voilà. Pas toujours du top-qualité, bien sûr, mais du top-quantité. Du coup, pour ce qui était de la bouffe, c'était tout bon pour Donald.

Sauf un jour comme aujourd'hui.

Avec cette rosserie de tempête, toutes les ordures de New York étaient soit à la dérive, soit sens dessus dessous. Ce qui faisait que le petit déjeuner du vieux clochard avait été dix fois plus long que d'habitude à dégotter, et réduit d'autant.

Le bonhomme avait même songé à poser une réclamation auprès de Notre-Dame, dans son église de Morningside Park. La pauvre n'avait plus grand-chose à fiche dans ce quartier, étant donné qu'il y avait de moins en moins de bons catholiques par ici. Mais il s'était ravisé. Ce n'était pas forcément une bonne idée de froisser quelqu'un comme ça. Avec les people, on ne savait plus à quel saint se vouer. Si la Dame prenait la mouche, elle était capable de lui faire un miracle à l'envers. Or, même s'il n'avait

1. Littéralement « essuyer », désigne le décès d'un groupe de joueurs. Terme couramment utilisé dans certains jeux vidéo.

pas grand-chose à perdre, Donald tenait d'autant plus à ce « pas grand-chose ».

Donc, il avait retrouvé le chemin du campus de l'université, où il avait ses habitudes. Là-bas, il y avait le Blue Java. Et le serveur en chef, obsédé par les dates de péremption, avait la poubelle facile, ce qui réjouissait les cohortes de fauchés qui passaient.

Aussi, en ce jour, après que la ruée du lunch s'était calmée, que les tables avaient été débarrassées, le clochard longeait-il l'étroite plate-bande qui courait depuis l'entrée du très moderne Alfred Lerner Hall jusqu'à son plus ancien prolongement de briques rouges, en face de la 114e. Là où, dans la curieuse lumière rouge de ce début d'après-midi, les poubelles s'entassaient déjà.

13:49

– Ça ressemble à une image de webcam... Y a plus que ça sur le web maintenant, des gens qui filment leur bifteck et pensent que ça va intéresser la terre entière.

Tania secoua sa crinière dorée, mordit dans le sandwich que le serveur venait de poser devant elle.

– C'est pas parce que toi, tu regardes que ça qu'il y a rien d'autre. Et en plus, c'est pas un bifteck, c'est une tête de bonne femme, je te dis.

Sur l'écran, le plan s'élargit, comme si la caméra avait reculé.

– Eh... y a un mec, maintenant !

– Bof, un clodo. Un vieux, en plus.

Tania tapota son rouge à lèvres avec sa serviette en papier.

– Tu t'attendais à quoi ? George Clooney ?

Angie trempa un anchois dans le dôme de mayonnaise qu'elle venait de poser sur son assiette.

– Non, non, pas Clooney. Il vieillit et il s'intéresse plus qu'au café et aux Africains. Mais bon... quand même... un clodo...

– Il a pas vu la tête qui est par terre, là, entre le petit érable et l'espèce d'énorme plante grimpante... Faut dire, c'est une jungle qu'il y a là !

– Moi non plus je la vois plus. Où elle est ?

– Je sais pas... Mince, qu'est-ce qu'il fiche, le vieux ?

Sur l'écran, le clochard déposait des cartons, les vidait, se penchait pour trier.

Angie passa l'angle de sa serviette sous ses ongles, jeta un regard en coin à l'écran.

– Regarde, Tania, y cherche un truc à bouffer. Tu vas voir, il va la retrouver, cette tête.

Et elle cria à l'ordinateur :

– Allez, tu chauffes, biquet, tu chauffes...

Le vieil homme se mit à genoux, ajusta des lunettes sur son nez. Et se releva d'un bond, sortit du champ de la caméra.

Devant l'écran, Tania et Angie hurlaient de rire.

– Pas mal, leur truc ! Pas mal !

13:56

Pour la troisième fois, Hammond entrait et sortait du café. Du bâtiment.

Il en était à se demander si on ne lui avait pas fait un canular lorsqu'il fut heurté de plein fouet par un homme en guenilles.

– Eh, mon vieux, qu'est-ce qui vous arrive ?

Pantelant, le vieil homme secoua la tête.

Hammond fronça le nez. Le bonhomme ne sentait pas la rose.

– Ça ne va pas ?

Le clochard eut un regard halluciné.

– Là-bas... y a une... y a une tête... et...

Hammond le lâcha brusquement, se précipita vers la 114e, passa le portail. Revint sur ses pas, le long du Alfred Lerner Hall, sous les fenêtres du Blue Java.

Merde.

Il n'y avait rien ici. Rien que la longue plate-bande. Les poubelles. Les cochonneries sur le sol. Comme si quelqu'un avait emporté une brassée de détritus.

À la hâte, il fit demi-tour de nouveau, plus lentement cette fois, le cœur résonnant dans la poitrine.

Jusqu'à cet énorme container gris. Avec, derrière...

Ce petit recoin de terre entre la grille qui donnait sur la rue et le prolongement de l'immeuble où se trouvait le Blue Java.

Ce recoin couvert de plantes foisonnantes, mais aussi de cartons...

De papiers gras.

D'épluchures.

Il souleva les branchages, les feuillages.

Oh, mon Dieu...

Une tête de femme, à demi enfoncée dans le sol mou, le corps mince plié en deux sous les luxuriantes frondaisons. Les paupières closes et gonflées. Le visage tuméfié, maculé. Méconnaissable. Et sous la terre et le sang, des cheveux courts...

Oh, mon Dieu...

À côté d'elle, un foulard noir et gris, avec des taches. Et en dessous...

Des notes de musique, des planètes. Un piano coincé dans une pyramide.

Hammond tomba à genoux. L'air qui descendait dans ses poumons lui semblait soudain brûlant.

Il posa sa main sur le front bleui et, en un geste maladroit, souleva la frange souillée.

Oh non, pas elle. Je vous en supplie. Pas elle.

14:01

Ne restaient plus que les anchois dans l'assiette. Angie en pêcha un, se mit à le croquer avec circonspection.

Tania reposa son sandwich saumon-asperges-aïoli, se tourna vers son amie.

– Et celui-là, qu'est-ce't'en penses ? Il est bien, hein ?

Angie aspira d'un coup le minuscule poisson imbibé d'huile, toussa.

– Non. Je suis pas d'accord. Il est pas mal, mais il y a mieux. Déjà, il est pas rasé...

Tania haussa les épaules.

– Eh, on est à New York ici ! C'est la mode, les mecs pas rasés... comme la bouffe espagnole-brindezingue. Et puis, c'est pas un critère !

– Alors, il est trop grand.

– Tu déraillles ou quoi ? Où est-ce que tu as vu qu'il était trop grand ? Tu préfères un nain, genre Tom Cruise ? Regarde-le ! T'as vu les épaules ? Et les fesses ? T'as vu les fesses ?

Angie écarquilla les yeux.

– Il est à genoux maintenant... Comment peux-tu dire s'il est trop grand ou pas ? Et avec le jean, comment peux-tu voir ses fesses ?

Tania prit un air entendu.

– Crois-en mon expérience, le jean, c'est ce qu'il y a de mieux pour juger du cul d'un homme. Et celui-là... Oh, zut ! Qu'est-ce qui se passe ?

Angie posa l'extrémité de ses doigts sur sa bouche.

– Y en a un autre. Et... bon sang, Tania ! Il lui file un coup de batte !

– Une Rawling professionnelle... Mon frère a joué avec ça. À la maison, mon père se servait des vieilles pour finir les coyotes dans les pièges...

Furieuse, Angie se retourna vers son amie.

D'abord, ton père, c'est un gros dégueulasse avec les animaux ! Et puis, comment tu peux voir avec la webcam que c'est une Rawling, Mademoiselle Je-sais-tout ? En plus, il y a une seconde, tu trouvais le mec canon... Et maintenant, t'en as rien à foutre que l'autre lui démolisse la tête... Regarde, il est allongé par terre !

Les yeux embués, elle s'adressa de nouveau à l'écran :

– Relève-toi, vieux ! Relève-toi !

Son amie posa une main apaisante sur son avant-bras.

– Eh, du calme, Angie... C'est rien qu'une bête vidéo ! Tu vois...

Elle pointa son doigt sur la fenêtre qui devenait floue.

– Le type à la batte tire l'autre dans l'espèce d'énorme benne à ordures. Une fois dedans, le grand mec se relèvera et il rigolera avec ses potes. Je te le promets ! Ah, qu'est-ce que je te disais... Le plus petit revient enlever la webcam... Et voilà ! Fini !

L'écran devint noir. Angie renifla.

– Et la tête de bonne femme ?

Tania prit un ton rassurant :

– Pas de souci. C'est un truc du genre faux trophée de Jivaros... avec du ketchup dessus. George Lucas, je suis sûre que c'est comme ça qu'il a commencé : avec des masques de farces et attrapes et la boîte à maquillage de sa femme.

Angie s'essuya les yeux.

– Si tu le dis.

Son amie lui posa sur la joue un baiser sonore.

– Qu'est-ce que tu dirais d'un petit dessert ?

– C'est une bonne idée, mesdemoiselles, mais si vous le permettez...

L'assiette de Tania bascula, se brisa sur le sol.

Et Angie poussa un petit cri.

Derrière elle, une jeune femme terriblement pâle fixait l'écran. À ses côtés, un vieux monsieur dans une blouse couverte de peinture, un blond trapu en sueur dans un costume froissé, et un autre, maigre et long dans un polo noir.

Le blond lui tendit ce qui ressemblait à un insigne de police.

– Ce serait bien que vous nous disiez exactement ce que vous avez vu. Et que vous me laissiez jeter un œil à cet ordinateur...

Épilogue

Semaine 5. Cross-over[1]

Mercredi, 15:03 (UTC–5)

LE CŒUR de Hammond battait à grands coups dans sa poitrine. À tel point qu'il avait l'impression que sa chemise se soulevait.

Jamais il n'avait voulu reconnaître de dieu, encore moins de diable. Rarement il avait respecté les règles, tout aussi rarement il avait senti la peur. Ou alors il l'avait apprivoisée. Cependant, aujourd'hui, il s'agissait de terreur, de celles qui ôtent toute envie de résister. Car c'était la fin. Une fin qui n'avait jamais figuré dans son agenda mais qui, tout comme pour Willow, allait être plus terrible que tout ce qu'il avait pu envisager.

Et sans rédemption.

Pourtant, il fit de son mieux pour ne rien laisser paraître.

Ne lui donne pas cette satisfaction. Surtout pas. Simplement, résigne-toi.

Cela permettrait d'accepter l'inacceptable, l'étau d'impuissance. L'abyssal désespoir.

Il serra les dents, mais ne put s'empêcher de tressaillir lorsque, seringue au bout du bras et écarteur glissé dans la ceinture, l'autre se pencha sur lui.

1. « Intersection », terme couramment utilisé dans certains jeux vidéo.

Ce fut alors comme si la pensée même de l'horreur qui l'attendait cessait de le paralyser et, au contraire, le galvanisait. Il sentit ses muscles se tendre dans un brusque écart, puis dans l'envoi de ses jambes en avant. Comme on le lui avait appris autrefois.

Replier. Déplier. Frapper.

Ses talons atteignirent l'homme masqué au bas-ventre. Si violemment qu'en une fraction de seconde, celui-ci ne fut plus qu'un animal gémissant, plié en deux.

Les menottes qui entravaient Hammond derrière son dos heurtèrent le tuyau, qui retentit du choc jusque dans le radiateur auquel il était relié. Le prisonnier vit la seringue rouler sur le sol, à un mètre à peine de lui.

Ses tempes se mirent à battre. Le souffle court, il tira comme un fou sur ses poignets, avec pour seul résultat la brûlure de sa chair déchirée.

15:09

À genoux sur les carreaux souillés, les mains jointes sur ses parties génitales et le regard brouillé, Il releva la tête. La souffrance était telle qu'Il avait l'impression qu'Il ne pourrait plus jamais respirer normalement, sans ce halètement rauque qui sortait de ses poumons.

Le connard.

Un connard qui allait avoir droit à un traitement tout à fait particulier. Mais, pour commencer...

L'immobiliser.

Il se releva péniblement, rajusta sa cagoule.

Le jeu se corse juste un peu.

Il clopina jusqu'à la seringue et, d'un coup de pied, l'envoya valser à l'autre extrémité de la pièce.

– Tu croyais quoi, abruti ? J'ai autre chose à ton service... Puisque tu aimes le sport.

15:14

La voix de l'homme à la cagoule résonnait dans la tête de Hammond.

Le sport.

Oui. C'était comme le sport. À un moment-clé du match.

Se résigner, mais tenir. Ou...

À reculons, l'homme sortait lentement de la pièce.

... espérer et se battre.

Hammond allongea de nouveau les jambes, ferma les yeux. Se força à réfléchir à ce qu'il pouvait y avoir au-delà de la porte. Une fois sorti de ce réduit infâme, il suivrait un long couloir. Et il ne pourrait manquer de tomber sur la lumière, sur l'air du dehors. Ses pensées ne devaient pas aller plus loin, hormis peut-être vers un vague espoir qu'il retrouverait sa vie d'avant.

Sans elle.

Un sanglot l'étouffa.

Oublie-la. Oublie ce qui a été, ce qui aurait pu être. Ne laisse prise ni à la douleur, ni à la culpabilité, ni à la faiblesse. Dis-toi seulement que tu n'as pas envie de mourir.

À cet instant, il sentit la présence, ouvrit les yeux. Mais il était trop tard. La batte de base-ball venait de s'abattre sur son genou droit.

La douleur fut si fulgurante qu'il fut lui-même surpris par la violence du hurlement qui résonnait à ses oreilles. Avant de réaliser que c'était lui qui venait de le pousser.

15:18

Il fallait en profiter pendant que l'autre était amoindri, plié en deux à son tour, la jambe droite tordue en un angle peu naturel.

Pourtant, Il hésita un instant. Il aurait aimé lui expliquer à ce connard.

Pourquoi. Comment.

Il aurait aimé lui parler. De sa haine.

De Lily.

Il releva la manche sur le bras du prisonnier, se concentra sur son propre souffle. Avec l'épuisement, les pensées déferlèrent dans son cerveau, le désespoir ressurgit. Et la certitude soudaine d'avoir fait tout cela pour rien.

Pour rien.

Il se sentit acculé. Ses jambes se mirent à trembler sous Lui. Il lutta contre les larmes, contre la panique, se força à se détendre. À retracer le chemin qui L'avait amené jusqu'ici.

Depuis...

Depuis l'époque où Il était le larbin informatique de ces messieurs les chercheurs, à l'institut de génétique de St Andrew. Lui, le petit subalterne de classe lambda qui réglait tous leurs problèmes de seigneurs.

Depuis ce jour de fin d'automne.

Au-dehors, le vent de l'océan chuchotait sur la plaine herbeuse. Au-dedans, Il rencontrait Platten le linguiste. Et Lily.

Lily.

« *Un remarquable spécimen,* avait dit Platten. *Un cas d'école. D'une famille de gens très bien, du gratin d'Édimbourg. Mais qui, évidemment, ne savent plus quoi en faire.* » Il fallait les comprendre. Ils avaient tout essayé. Les précepteurs à domicile, les médecins spécialisés, rien n'y faisait.

Lui n'avait tout d'abord pigé qu'une chose : il y avait des parents qui attendaient des années avant de larguer leur inadéquate progéniture. Puis Il l'avait regardée, elle, l'inadéquate. Droite sur sa chaise, pas vraiment jolie, mais si frêle, si sérieuse. Si silencieuse. Seules ses mains s'exprimaient parfois, longues, blanches, souples. Pour la première fois de sa vie, Il avait songé qu'au fond, être abandonné à la naissance comme il l'avait été pouvait être une bénédiction.

Platten Lui avait ensuite expliqué ses projets, comment Lily s'y était insérée, les examens qu'il avait réalisés, et ce gène, FoxP2, l'une des clés du langage, qui empêchait la jeune femme d'articuler ce que son cerveau formulait. Et il Lui avait proposé d'aller avec lui et Lily à New York, l'hiver suivant. Le linguiste avait besoin d'un informaticien pour rapatrier, sélectionner et analyser les données que l'un de ses contacts était censé lui fournir. Il n'y aurait peut-être plus d'aussi généreux crédits avant longtemps. Il fallait en profiter.

Comme un crétin, Il avait accepté. Du moment que Lily était comprise dans le package. Parce que, en dépit de la mutation de ce foutu FoxP2, ou peut-être à cause de, Il se savait capable de la protéger, de vivre enfin. D'être heureux.

Heureux.

Il se rappela l'odeur de sa nuque, le soyeux de sa peau. S'essuya les yeux. Enfonça la seringue dans le bras du captif. Un de plus qui allait payer.

Le prix fort.

Ils étaient donc partis pour New York tous les trois. Platten, Lily, et Lui. Le linguiste avait embrayé sur des conférences, avec Lily toujours à ses côtés, comme les exotiques créatures exhibées par les explorateurs d'autrefois. Là, il s'agissait de montrer une case de cerveau vide. Ou plutôt un gène perturbé. Avec ça, Platten s'assurait son statut de brillant scientifique, s'ouvrait toutes les portes.

Pendant ce temps, Lui s'était retrouvé face au contact de Platten : un archéologue venu d'Irak qui avait récupéré des logiciels de sociétés pétrolières capables, pour dégotter l'or noir, de traiter n'importe quelles infos. Même et surtout celles qui provenaient des entrepôts de données que l'ancien régime irakien avait construits pour surveiller certaines populations de la « région Mésopotamie ». Grâce à ça, Platten et l'archéologue espéraient retrouver ce qu'ils appelaient « les locuteurs d'exception ». Des gens qui, parlant une langue rare ou disparue, possédaient soi-disant une pépite dans leur tissu cérébral. Alors que celui de Lily était dépourvu du minimum vital en la matière.

Vital.

Sous sa main, Il sentit le bras du prisonnier se raidir.

La colère L'envahit. Sans lâcher la seringue, Il lança un coup de pied dans le genou brisé.

Sans pitié.

En avaient-ils eu, eux, de la pitié ? Pourtant, Il avait fait tout ce qu'ils avaient voulu. Aspirer les données de tous les organismes qui pouvaient leur fournir quelque chose d'intéressant : départements universitaires, services d'immigration, services sociaux, maisons de retraite, hôpitaux... Puis, en fonction des critères définis par Platten et son archéologue, trier et corréler ce qu'Il avait récolté avec ce que les deux autres avaient déjà extrait des disques durs de Saddam.

Le linguiste et son compère avaient ainsi constitué une liste de « locuteurs d'exception ». Puis ils avaient découvert leur première pépite : un certain Hakan Qorhmah, un Ukraino-Syrien qui parlait l'amorrite et qui, inscrit à NYU[1] avec un visa de tourisme, était sur le point de se faire éjecter par les services d'immigration. Platten n'avait pas tergiversé : il avait contacté le jeune homme, lui avait affirmé qu'à St Andrew, il avait besoin de quelqu'un capable de traduire l'ukrainien et le syrien. En contrepartie, il l'aiderait à s'inscrire à la fac, lui obtiendrait un permis de séjour.

Platten s'était évidemment enthousiasmé. Jusqu'au moment où aussi bien le département de linguistique de l'université de St Andrew que l'institut de génétique avaient refusé de lui attribuer davantage de crédits pour ramener sa trouvaille. Or, dans ses valises, le linguiste avait déjà deux personnes : Lily et

1. New York University

son larbin informatique. Et ce dernier lui était encore indispensable pour compléter sa première liste. *« Au cas où il y aurait des décès. Certains des sujets sont âgés. Il faut que je m'assure un banc de remplaçants. »* Pour ce qui était de Lily, c'était une autre histoire. Platten s'était gardé de le dire, bien sûr. Mais il avait tiré d'elle tout ce dont il avait besoin. Et il ne voyait pas l'intérêt de payer de sa poche un billet d'avion supplémentaire. En conséquence, il l'avait « donnée » aux chercheurs américains.

Comme un supplément de bagages qu'on abandonne.

Il haussa les épaules. Appuya à fond sur le piston.

15:26

Hammond tenta de reculer, en vain. Il voulut lever la tête, en fut incapable.

Le produit faisait déjà son œuvre.

Le silence s'abattait de nouveau.

Et les gouttes continuaient de tomber dans le seau.

Plic. Ploc. Plic. Ploc.

Il passa sa langue sur ses lèvres desséchées. Ouvrit la bouche pour respirer. Un étau se referma sur sa poitrine.

Furtivement, par l'entrebâillement de la porte, il vit la table, les câbles, l'appareillage, ferma les yeux. Il n'avait fait que retarder le pire, de quelques minutes, peut-être de quelques heures.

Un tremblement incontrôlable s'empara de ses membres. Il faisait si froid ici.

15:28

Il regarda le prisonnier chavirer. Il aurait adoré procéder avec lui comme Il l'avait fait avec les autres.

Sans anesthésie aucune. Pour qu'il entende la suite.

La suite ? Ou le début ? À savoir ce que Platten avait oublié : si Lily ne pouvait pas parler, elle n'était en revanche pas sourde. Aussi, quelques heures après que le linguiste avait décidé de ne pas la ramener avec lui en Écosse, s'enfuyait-elle du laboratoire où elle était hébergée. Et le surlendemain, son corps était retrouvé dans l'Hudson.

Congelé.

La douleur s'était alors emparée de Lui. Avec la folie.

La folie.

Il se pencha.

Tu connais ça, toi aussi, connard.

Le souffle du prisonnier se faisait difficile. Ses paupières s'abaissaient.

Il fronça les sourcils. N'était-Il pas trop magnanime de lui offrir dès à présent l'abandon ? l'oubli ? Alors qu'Il l'avait lui-même tant cherché ?

Pourtant.

Sans anesthésie, c'était impossible. Ce connard était trop jeune, trop costaud, trop dangereux.

Rien que pour hisser son corps sur la table, dans la pièce adjacente, ça n'allait pas être facile.

Il lui attrapa les cheveux, lui renversa la tête sur le côté.

Une poupée de chiffon.

Plus rien ne subsistait de l'homme ivre de terreur et de colère qu'Il avait devant Lui encore peu de temps auparavant.

Il suffisait de si peu de chose pour basculer.

Dans un sens comme dans l'autre.

Pour Lui, il y avait eu cette conversation entendue entre deux portes, entre Platten et Hakan, son nouveau spécimen-ukrainien-locuteur-d'exception. À propos de ce que Platten avait été obligé de faire pour pouvoir ramener Hakan en Écosse, à propos de ce dont il ne fallait surtout pas parler. Et surtout pas au larbin informatique.

Alors, Il s'était senti envahi par quelque chose qui n'avait rien à voir avec le vide, l'oppression ou le désespoir qu'Il ressentait depuis la mort de Lily. Mais qui relevait du cocktail fatal. Frustration. D'avoir été abandonné, puis de s'être laissé tromper mais aussi dépouiller de ce qu'Il avait de plus cher. Jalousie. Du pouvoir que détenait Platten, des capacités dont avait hérité le spécimen-ukrainien et dont Lily n'avait pas reçu la première miette. Haine. Avec cette brutale envie de vengeance et de cruauté.

À eux deux, Platten et l'Ukrainien se croyaient très forts. Pourtant, ils avaient détruit son univers. Et ils allaient payer.

Il avait donc volé la liste des locuteurs d'exception, ainsi que les entrées de toutes les bases de données auxquelles les logiciels utilisés par l'archéologue irakien avaient eu accès. Ainsi que les passes et les codes de Columbia. Columbia où tout s'était joué pour Lily.

Et Il était Lui aussi entré dans le cercle.

Le cercle des prédateurs.

Il s'essuya les yeux. Il devait se concentrer sur ce qui restait à faire.

15:35

À la suite de John et du concierge, Barney s'engouffra dans le dédale de couloirs, bouscula une femme de ménage, puis un barbu en blouse grise qui, devant un groupe d'étudiants, sortait d'une salle pleine d'ordinateurs.

Ces universités.

Barney avait toujours pensé qu'elles étaient comme des marécages. Ce que l'on voyait de la surface, plutôt paisible, ne laissait rien deviner des âpres batailles qui se livraient dans les hostiles profondeurs.

Il secoua la tête. Pourquoi est-ce que ça lui évoquait Trevor et leurs relations, au moins autant que le répugnant embrouillamini qui les amenait ici ? Platten et ses idées fixes que lui, Barney Rodhum, aurait dû écouter plus attentivement dès le début. Platten et son dernier « spécimen ». Platten et le vol de matériel d'analyse médicale à St Andrew. Platten et son stagiaire ukrainien. Platten et son archéologue irakien, sans doute planqué quelque part. Platten et son assistant informatique, dont la disparition n'avait a priori inquiété personne. Platten et Columbia, où tout ce beau petit monde était déjà venu.

Quel bordel.

Essoufflé, le policier rejoignit les deux hommes qui le précédaient dans l'interminable escalier.

À leur suite, il s'introduisit dans un couloir incroyablement étroit, buta sur quelque chose, jura. Se pencha.

Des rails. Quelle idée.

Enfin, il s'arrêta sur les talons de son collègue devant une large porte métallique. Seule une ampoule noircie éclairait l'exigu passage.

– Où est-on ? Vous êtes certain que c'est ici ?

Ce fut le concierge qui répondit, extirpant lentement un énorme trousseau de clés de la poche de sa veste :

– C'est ce que vous vouliez voir, non ? La réserve ? Elle est sous le seul bâtiment qui reste de l'asile d'autrefois. La Maison française, ils appellent ça... allez savoir pourquoi. C'est là qu'on stocke le matériel neuf qui n'a pas encore été mis en place ou, au contraire, les vieux trucs qui ne servent plus, mais dont on ne veut pas se débarrasser tout de suite. Grâce au réseau de tunnels qui sillonnent le sous-sol de l'université, d'ici, on peut rejoindre les bâtiments de Hamilton, Kent, Philosophy et Fayerweather. De l'autre côté, il y a un deuxième réseau, qui connecte Mudd, Uris, etc. Ces tunnels servent surtout de conduits pour la vapeur, l'électricité, les télécoms... Mais on a aussi de vieux rails qui sont bien utiles. À l'origine, on collait des wagons remplis de charbon là-dessus. Maintenant, c'est le matériel informatique ou médical rapatrié du campus des Washington Heights. Autres temps, autres mœurs...

John le regarda avec impatience.

– Qu'est-ce que vous attendez pour ouvrir ?

Le concierge fronça les sourcils touffus qui lui tenaient lieu de cheveux, articula nonchalamment :

– Comme je vous l'ai déjà dit, je veux bien ouvrir les portes dont j'ai la clé. Mais dois-je vous rappeler que vous n'avez pas de mandat, que vous avez refusé que j'appelle la police du campus, que vous ne dépendez que de mon bon vouloir et de celui du président de cette université ? Vous m'avez dit que vous l'aviez prévenu, mais...

Barney eut soudain envie de secouer le chauve au-dessus d'une bassine. Pour voir si son crâne faisait de l'huile. Cependant, il n'était pas dans son pays, n'avait aucun droit. Il se tourna vers John, observa avec plaisir les petites boules de muscles qui roulaient de chaque côté de son menton. Son collègue s'énervait enfin.

– Ouvrez cette porte immédiatement, sinon, vous aurez de mes nouvelles !

Sans se presser, le concierge enfila une première clé dans la serrure.

Le policier écossais serra les poings et, tout en gardant le doigt sur la minuterie qui ne devait pas excéder trente secondes, décida de compter lesdites clés. C'était le meilleur moyen de garder son calme. Dans sa cuisine de St Andrew, lorsque Trevor devenait hystérique, Barney comptait les petites cuillères. Un fugitif instant, il se demanda ce qu'il pourrait compter le jour où cela arriverait à Maggy.

Le ronronnement de la minuterie s'arrêta.

Barney sursauta, appuya une fois de plus sur le bouton.

Pour la première fois, il venait d'envisager une cuisine commune avec Maggy.

15:48

C'était le moment de passer à la partie finale. Il se baissa derrière son prisonnier, entreprit de le détacher du tuyau. S'immobilisa.

Le bruit dehors. Les crissements contre le premier battant métallique.

Ils étaient là. Ils allaient entrer, et avec eux...

La fin.

Une fin attendue depuis qu'Il avait pris la liste des locuteurs et que tout s'était enchaîné.

Il avait imaginé le jeu, la procédure de traque de ses « sujets », le processus d'extraction des informations et leur utilisation. Il avait dégotté ce local dans le sous-sol de cette putain d'université. Là, Il savait pouvoir trouver tout le matériel dont Il avait besoin et, le cas échéant, un « laboratoire ». Là, Il savait aussi que Platten reviendrait pour son année de prof visitant. Il y avait donc constitué son premier tableau de chasse.

Il était ensuite revenu à St Andrew. À l'institut de génétique, Il avait volé le double du matériel d'analyse qu'Il avait dû laisser à New York. Dans sa cave, Il avait aménagé le pendant du laboratoire qui L'attendait désormais dans les sous-sols de Columbia. Et Il avait entamé l'élaboration de son second tableau de chasse. Puis Il avait accueilli son premier joueur, Il avait éliminé Hakan, le premier pion : spécimen-ukrainien-locuteur-d'exception, stagiaire favori de Platten, tueur de Lily. Crétin au point de ne pas s'être rendu compte qu'il était, lui aussi, un « sujet » avec un cerveau susceptible d'« exprimer » génétiquement bien des choses : le saut linguistique dans lequel, selon Platten, il se trouvait, et les éléments constitutifs de sa mémoire.

Et Lui, le larbin informatique, était alors devenu le meneur de jeu, celui qui avait désormais la main sur le futur comme sur le passé, sur la vie comme sur la mort.

La mort.

Aujourd'hui, elle serait pour l'abruti qui gisait à ses pieds, comme hier elle avait été pour les locuteurs d'exception. Parce qu'ils symbolisaient ce pour quoi Lily avait été tuée, ce après quoi Platten avant tant couru, ce dont il serait dorénavant privé.

Il avait donc une fois de plus utilisé les fameux logiciels, avait récupéré ce dont Il avait besoin sur l'environnement des locuteurs et sur l'histoire des ancêtres qui leur avaient légué leurs singularités linguistiques. Pour chacun d'entre eux, Il avait ensuite effectué un certain nombre de mesures physiologiques. Le montage sonore qu'Il avait mis au point servait d'agrément aux petits films qu'Il diffusait lors du jeu. Mais seules importaient réellement les données qui en étaient tirées. Enfin, Il avait extrait l'ADN de la matière prélevée, l'avait transcrit, avait introduit toutes ces informations au sein du système de positionnement spatial et temporel qu'Il avait mis au point. Un peu d'animation là-dessus, de réalité augmentée, et Il avait recréé le moment le plus décisif dans la vie de l'ancêtre du pion qui venait de disparaître. Moment décisif qui avait peut-être été à l'origine de la persistante présence de cette foutue langue rare à travers les générations.

À travers la toile, sa vengeance était complète. Non content de réaliser l'exploration scientifique dont rêvait Platten, Il avait inversé le temps, tiré un passé d'un futur. Puis, en éliminant les si précieux locuteurs d'exception, Il avait renvoyé le linguiste parmi les médiocres, l'avait transformé en suspect de premier choix. S'était hissé, Lui, le larbin informatique, parmi les seigneurs du ciel.

Utu.

Dieu de la Justice.

Mais pas seulement.

Et aujourd'hui, Il savait que l'archéologue irakien aurait été d'accord avec Lui. S'il ne s'était volatilisé, effrayé par le vent qu'il sentait se lever du côté de la Mésopotamie.

Le vent de Mésopotamie.

Il rit.

15:58

Barney en était à vingt. Vingt clés essayées par le concierge, vingt échecs, vingt fois l'index enfoncé sur le bouton de la minuterie. En cette seconde, il aurait volontiers sorti le couteau à découper un concierge. La différence essentielle entre lui et le primate surdoué qui se trouvait derrière cette porte tenait à un détail, infime : lui ne passerait pas à l'acte.

C'était probablement pour cette raison que Mac Leod allait crever. Car tout concordait. Et ce que la petite journaliste était venue leur dire le confirmait, les vidéos internet qu'ils avaient réussi à visionner également. Le fabricant de tunnels cérébraux officiait ici, dans les sous-sols du campus de Morningside. Là où était entreposé le matériel que l'on n'utilisait plus à la fac de médecine de Washington Heights, et dont personne ne soupçonnait la présence. Sauf ceux qui avaient séjourné un certain temps à l'université de Columbia, comme John avant d'entrer à l'école de police.

Ou comme...

– Ça y est !

Le concierge hurla.

Barney recula. Il avait perdu le compte des clés et des index sur la minuterie. Mais cela n'avait plus aucune importance. La porte s'ouvrait enfin.

16:01

Il sursauta. Un claquement sourd venait de retentir, suivi d'un cri de victoire. Ils avaient passé la première porte. La seconde céderait sans difficulté. Mais Il n'allait pas abandonner pour autant. Pour Lily, Il sacrifierait le dernier. Dans l'au-delà, elle aussi avait droit à ses serviteurs.

Il tira le corps inerte en le faisant glisser sur le sol.

Si lourd, le connard.

Il avait l'impression que jamais Il n'arriverait à la table, ne réussirait à le hisser dessus. Il lui fallait une bonne motivation. Il adossa donc la carcasse de sa future victime au mur, évoqua ce qui avait été fait jusqu'à présent. Et ce qu'Il allait achever.

Sur les vingt carrés de l'ultime jeu de piste.

16:05

En fin de matinée, Willow avait tenté de se reconnecter à l'URL sur laquelle Hammond avait surfé dans la nuit. En vain.

Elle sortait pour s'éclaircir les idées lorsqu'elle avait rencontré l'un de ses voisins, qui lui avait décrit celui qui la cherchait. Elle avait alors téléphoné à Gerald, puis avait filé au pub où Hammond était peut-être.

Les deux flics l'y avaient rejointe.

Là, sur un écran d'ordinateur, elle avait reconnu Hammond, à genoux, le visage dans les mains, devant le foulard qu'elle avait oublié à la cafétéria le matin même. Pétrifiée, elle l'avait vu tomber, être traîné dans une benne à ordures, puis emporté à l'arrière d'un bâtiment qu'elle avait mis quelques minutes à reconnaître. Le temps, en fait, de se connecter sur deux autres vidéos en ligne, vidéos plus qu'explicites sur le mode opératoire du tueur.

Après ça, l'inspecteur écossais lui avait intimé l'ordre de rentrer chez elle et de n'en pas bouger. Sans hésiter, Willow avait donc pêché Bob, le taxi qui passait sa vie au pub. Et elle avait suivi les deux flics.

Mais là, à la moitié de l'escalier par lequel ils avaient plongé dans les entrailles de Columbia, la jeune femme s'arrêta. Après le silence, elle percevait maintenant des grincements entrecoupés de chuchotements exaspérés.

À toute allure, elle termina de dévaler les marches, s'immobilisa dans le couloir à peine éclairé.

Entre deux ombres, elle discerna la silhouette du flic écossais. Se plaqua au mur lorsque le claquement résonna. Juste avant l'avertissement :

– Ne le touche plus ! Il est par terre, il ne risque pas de tomber plus bas ! Et recule-toi !

Le cœur battant, Willow n'osait bouger. De qui parlaient-ils ? Est-ce qu'ils l'avaient retrouvé ?

La panique l'envahit. Elle se redressa, fit un pas vers la porte.

Mais la voix retentit à nouveau :

– Mains à plat sur la table, je te dis ! Plus vite que ça !

Il y eut un silence. Incroyablement long. Pendant lequel Willow n'entendit plus que sa propre respiration, tout à coup assourdissante.

Et l'injonction :

– Non !

Les coups de feu éclatèrent.

La jeune femme bondit vers l'ouverture. Se figea.

Devant elle, un gamin au visage d'ange et aux grands yeux bleus s'effondrait contre le mur. Un liquide noirâtre coulait d'un grand trou dans sa poitrine.

Willow plaqua sa main sur sa bouche.

Puis elle vit le corps d'Hammond allongé au pied de la table, les poignets menottés dans le dos, le visage ensanglanté.

Immobile.

Elle hurla.

16:09

Bizarrement, il n'y avait pas de douleur réelle, localisée. Seulement l'impression de glisser.

Il lâcha le long couteau affilé qu'Il venait de saisir, posa sa main sur son torse, en regarda la paume.

C'était tellement foncé. Bien davantage que ce qu'Il avait imaginé.

Il eut juste le temps de songer. À l'histoire de la Mésopotamie, à celle de Lily, à la sienne, au dragon qui se mordait la queue. À ce qu'Il n'avait pas eu le temps de faire, de dire.

Le début envoie à la fin et la fin renvoie au début.

16:22

Hammond ouvrit les yeux. Il était allongé sur une civière, voyait le ciel au-dessus de lui. Il faisait extraordinairement beau. Le ciel était pur, sans un nuage, le vent léger.

Pourtant, le bleu azur fut soudain remplacé par un plafond. C'était laid. Cela ressemblait à une camionnette, avec des tuyaux partout et de drôles d'appareils.

Ça recommence. Filer d'ici.

Il voulut bouger.

Une nausée le saisit. Une douleur lancinante s'éveilla à l'arrière de son crâne. Une autre lui transperça le genou. Et une forme blanche lui enfonça quelque chose dans le bras. Il tenta de se souvenir.

En vain. Seul le visage de Willow apparut devant ses yeux troublés.

Oublier. Vite.

Il voulut se concentrer sur Mozart, la *Sonate K. 310*, le milieu du deuxième mouvement et son incroyable sauvagerie.

Il avala sa salive. Cela avait toujours fonctionné jusqu'à présent. Pourquoi plus maintenant ?

Ce fut alors qu'il sentit une main sur la sienne, un parfum à côté de lui.

Il tourna la tête.

Ces yeux qui plongeaient dans les siens, ces paumes qui essuyaient ses joues.

Ces lèvres qui se posaient sur les siennes.

Hammond baissa les paupières, s'abandonna. À Willow, à la vague d'allégresse qui le submergeait. Aux migraineux questionnements que cela déclenchait soudain.

Tout d'abord, il résista. Qu'importaient les « comment ». Elle était là, vivante, et c'était tout ce qui comptait. Mais bientôt, il ne put échapper. Tant de choses avaient changé en si peu de temps. Le regard qu'il portait sur ce qui était important, sur les autres, sur lui-même, sur ce qu'il pouvait faire de sa vie, ce qu'il en avait fait.

Jusqu'à présent.

Dans ses cheveux, la main de Willow s'attardait.

Il sentit sa gorge se nouer.

Avec elle, il ne pouvait qu'être lui, en un seul morceau, avec une seule histoire. Et cela signifiait qu'un jour ou l'autre, il faudrait qu'il lui dise. Parce qu'il n'était plus capable de vivre sans elle mais que, pas davantage, il n'échapperait à ce qui avait été.

Lui dire.

Il se força à ouvrir les yeux de nouveau.

Un jour…

Vendredi, 17:34 (UTC)

Derrière la baie vitrée, les nuages avaient laissé place au soleil. Une brise légère se levait, festonnant d'écume la surface de l'océan. Là-bas, une mouette venait d'effectuer un impeccable plongeon au cœur d'une vague. À peine alourdie du poids de sa prise, elle en ressortit presque instantanément, reprit son envol. La chaleur étouffante s'éloignait. La soirée serait belle.

Comme tout semblait si simple parfois. Si limpide.

Parfois seulement.

Martha baissa les yeux vers l'écran de son ordinateur, contempla le courrier en instance dans sa boîte aux lettres électronique. Il allait lui falloir l'ouvrir. Pourtant, Dieu seul savait pourquoi, elle n'osait pas. L'espace d'un instant, elle envisagea même de détruire l'e-mail sans en avoir pris connaissance. Comme si ce geste eût été capable de conjurer un mauvais sort dont, finalement, elle ne savait pas de quoi il eût pu être constitué.

Elle serra les dents, passa un index incertain sur le rebord de son clavier. Sentit la boule monter dans sa gorge. Qu'est-ce que cela changerait à sa vie, de toute façon ?

La réponse s'imposa.

Trop de choses.

Elle s'empara de la souris. Dut s'approcher de l'écran pour lire tant son regard était embué :

Tout va bien. Nous nous voyons de nouveau en septembre.

Elle retint le rire absurde qui, déjà, l'envahissait.

Mais à partir de maintenant, vous tâcherez d'être un peu plus explicite dans les informations que vous me transmettrez.

Nous allons avoir du pain sur la planche tous les deux. Et j'espère que cela durera encore très longtemps.

Hammond

Elle battit des paupières. Serra les mâchoires.

Il n'avait jamais été loquace. Mais là, il battait des records. Et ce culot qu'il avait. Ça lui aurait brûlé l'estomac de donner des détails ? de préciser si ce qu'elle lui avait envoyé avait été utile ? À défaut de remercier.

Elle se força à relire posément le message. Jusqu'au bout.

« Et j'espère que cela durera encore très longtemps. »

Encore très longtemps.

Très longtemps.

Elle releva le menton.

Et voilà.

Il l'avait eue.

De nouveau.

Jamais il ne changerait. Si elle voulait survivre à ses côtés, elle devait l'accepter.

Elle tira un mouchoir en papier de son tiroir, souffla dedans. Puis elle s'empara du calendrier coincé entre l'ordinateur et le cactus, entreprit de compter les jours. Et d'un coup, se leva. Cria :

– Yes !

Elle se rassit.

Au loin, la mer continuait d'enrouler ses feuilles d'argent. Et dans le jour déclinant, les oiseaux piaillaient de plus belle. Somptueusement indifférents.

Table

DU MÊME AUTEUR

REQUIEM POUR UN POISSON, Liana Levi, 2005 (« Folio Policier », 2006)

NOIR AUSTRAL, Liana Levi, 2006 (« Folio Policier », 2008)

Composition Nord Compo
Impression : CPI Firmin Didot, mai 2009
Éditions Albin Michel
22, rue Huyghens, 75014 Paris
www.albin-michel.fr

ISBN : 978-2-226-19095-6
N° d'édition : 25750 – N° d'impression : 95310
Dépôt légal : juin 2009
Imprimé en France